ANTÍPODAS

MARIA ANTÒNIA OLIVER

ANTÍPODAS

Traducción de Manuel Quinto

VIDORAMA

Diseño de la colección: Pep Trujillo
Fotografía de la cubierta: Gol

Edición original en catalán publicada por Edicions de la Magrana con el título: *Antípodes*, 1988
ISBN: 84-7730-060-7
Depósito legal: B. 243-1990
Hurope, S.A.
Impreso en España - *Printed in Spain*
EDICIONES VIDORAMA, S.A. Castillejos, 294 - 08025 Barcelona

A mi hermana Margalida.

Prólogo

Siempre me han fascinado las velas.

Aquellos lienzos hinchados por el viento me desataban la imaginación. El yate entraba majestuoso en el puerto: mis amigos y yo navegábamos cerca de la playa en una artesa como la cáscara de una nuez y lo mirábamos con ojos golosos. El yate se mecía solemnemente, las velas se desinflaban poco a poco y alguien a quien yo no veía las plegaba.

Otro día, desde el faro, divisábamos más velas en el horizonte: ¿fondeará o no en el puerto? Todo eran suposiciones, cábalas, invenciones. ¿De dónde venían aquellos yates?, ¿qué mares habían surcado?, ¿cuántas banderas de colores desconocidos?, ¿cuántos metros se precisaban para confeccionar aquel velamen?

También me gustaban las pequeñas velas de las pesqueras: quien no se conforma es porque no quiere.

–Ca-ca-cagoendiez... ¡¡¡Loooniaaa!!!... ¡Ostia! ¿Eres tú? ¿Lo eres de verdad? ¡Lonia! ¡Jem, mira quién está aquí! ¡Jeeem! ¡Sal, coño! ¡Jeeem!

Yo permanecía de pie en el pantalán, justo frente al Manyac, y apenas podía contener la risa ante los aspavientos que hacía Lida al verme.

Había corrido el riesgo: podía suceder que aquella pareja no se encontrara en Melbourne, y a pesar de eso había dado sus nombres y su dirección para obtener el visado. Una vez en la ciudad, no había resultado fácil localizarlos. Pero allí estaba el Manyac, y Lida en la cubierta con los ojos desorbitados llamando a Jem.

–¡Los-cojones-de-cristo-mecagoen-la-puta, la Polonieta! ¡La gran...!¡La virgen-de-las-pupas! ¡Lonia!

Lida, que tantas veces nos había regañado en el piso de las mallorquinas, en Barcelona: «Tenéis un lenguaje de carreteros»... ¡Como si la estuviera oyendo! Y ahora parecía como si hubiese hecho una recopilación de nuestras blasfemias y las soltara todas a chorro.

–¡Lonia! ¿Qué estás haciendo aquí?

Jem sacaba la cabeza por el tambucho, subía a cubierta de un brinco, saltaba por la borda –temí que cayese de bruces, pues el Manyac no era un barquichuelo– y se me acercaba a grandes zancadas. Su abrazo me reconfortó.

–¡Venga, no te quedes ahí como un pasmarote! –gritó Lida desde arriba.

Eran las doce del mediodía. Allí. Porque yo, tras más de veinte horas de viaje, ya no sabía si era hoy, ayer o mañana. Ya me desconcertaba el simple cambio de una hora en Barcelona, en otoño y primavera..., así que el haber ido pasando meridianos a aquella velocidad me había puesto la cabeza hecha un lío. Por suerte, hacía un magnífico día de primavera; también tendría que acostumbrarme al cambio de estaciones.

–¿Por qué has venido? ¿Ha sucedido algo? ¿Por qué no nos has avisado que llegabas? ¿Tienes visado turístico o de trabajo? Traes cara de cansada. Siéntate, siéntate... ¿o es que quieres ducharte? ¡Oh, estoy tan contenta de verte! ¿Te vas a quedar mucho tiempo? ¡Venga, no jorobes, no tiene sentido que alquiles un apartamento, si te puedes quedar aquí todo el tiempo que quieras, y si nos sale algún crucero te encontraremos acomodo en casa de algún amigo de la radio... o puedes hacer el viaje con nosotros...

–¡Déjala hablar, Lida! –gritó Jem.

–Bueno, bueno, ya me callo. Venga, cuenta.

–Es largo de contar... Para resumir, he venido para liberarme.

–¿Liberarte? No hagas frases, Lonia.
–Pues para cambiar de aires. Me han pasado cosas en Barcelona que necesito olvidar...
–No fastidies, ostia, tú que en Barcelona añorabas Mallorca ¡joder! y ahora que ya estás bien aclimatada..., algo muy gordo tiene que haberte sucedido para que hayas decidido levantar vuelo... Seguro que los años no te han curado aquella puta tendencia que tenías a los sentimientos de culpabilidad.
–Lida, ¿por qué no la dejas que hable? –aconsejó Jem.
Hubiera preferido no tener que hablar de los motivos.
–Bien..., cuando en tu casa se suicida una chiquilla de quince años porque la han violado y se ha quedado embarazada, y no sabe cómo solucionarlo y tú no la puedes ayudar..., y cuando no denuncias a la policía a una mujer que, en lugar de suicidarse por idénticas razones, decide llevar a cabo ella misma aquello de «contra violación: castración»... lo mejor que puedes hacer es esfumarte por una temporada, ¿no?
–Joder, eso es muy fuerte –dijo Lida–. ¿Quiénes eran esas mujeres?
–Clientas mías.
Cuando les conté el caso de la Gaudí con más detalle, Jem dijo:
–¿Pero no te parece que fue una venganza un poco demasiado truculenta? Cualitativamente, tres violaciones se pueden superar mejor que tres castraciones...
–No tienes que protegerte, Jem, no fui yo quien utilizó el bisturí –instintivamente, Jem se había colocado las manos en las ingles.
–Pero no lo impediste –insistió él.
–Mierda, Jem –saltó Lida–. Parece mentira que seas tan cabezota. ¿No ves que se siente culpable? Sólo falta ahora que tú consigas que se sienta aún peor...
Lida era la más rica, en el piso de las mallorquinas. La que recibía más paquetes procedentes de la isla, la que tenía más vestidos... Siempre acababa por pagar la parte

del alquiler de la que estaba peor de dinero aquel mes... y eso cuando no lo pagaba completo. Y todavía se acordaba muy bien de mi carácter.

–No, de eso sí que no me siento culpable en absoluto –dije con sinceridad–. Pero del suicidio de Sebastiana... Era mallorquina... –empecé a hablar entrecortadamente.

Lida me escuchó en silencio. Jem, también callado y procurando no hacer ruido, preparó un té.

El Manyac nos iba meciendo. El agua chapoteaba en los flancos. Yo hablaba al ritmo de aquel balanceo monótono, insistente, y con idéntica recurrencia me ensañaba en mi sentimiento de fracaso y de culpa. El rayo de sol que, como un péndulo, se balanceaba sobre la mesa, atraía mi vista y me hipnotizaba: Veía a Sebastiana en mi bañera y me escuchaba hablar a mí misma, pero aquella voz no era del todo mía. Era una salmodia adormecida que surgía de alguna parte de mi cuerpo, pero no era mía. Llegué a pensar que aquel sonido lo oía sólo yo. Pero Jem me colocó una taza de té en las manos y me dijo:

–Vamos, pasemos ya la página –y comenzó un chaparrón de preguntas: la situación general, el país, la ciudad, los amigos comunes, la política...

–¿Aquel imbécil, diputado? ¡No puede ser! Pero si en la facultad... –se sorprendía Lida.

–Claro que puede ser. Precisamente porque en la facultad sólo hacía el ridículo... –argüía Jem.

–¡Pero si nunca se mojó el culo! –protestaba Lida.

O:

–¿Director, dices? Bueno, no me extraña. De periodismo no tenía ni idea, pero era un experto trepador –concluía Jem.

O:

–¡Pero si en la asociación de vecinos se desgañitaba declarando que tal cosa era innegociable! –decía exaltada Lida.

El rayo de sol oscilaba ahora en la mampara del comedor. ¿Cuántas horas hacía que había llegado al

Manyac? Podían ser siglos o sólo un instante. Realmente, por las cosas de las que habíamos hablado, era como si no me hubiera movido de Barcelona. Sólo que las coordenadas espacio-tiempo estaban al otro lado del espejo. Y mi cuerpo y mi cerebro aún no terminaban de encajar aquel cambio tan radical.

–¡Ostia, son las seis! –exclamó Lida.

Tenían que irse a la radio a toda pastilla.

–¡Lonia, estoy tan contenta! –me dijo desde el muelle, a través del ojo de buey.

No me hice rogar. Por cuestiones de economía y porque la idea de vivir en un barco me provocaba un cosquilleo muy agradable en la parte del cerebro en la que tenemos almacenadas las ilusiones. Era una extravagancia que nunca hubiera creído poder permitirme. Además, deseaba hacer un poco de turismo antes de tener que buscar trabajo para sobrevivir, de manera que cuanto más tiempo pudiera alargar los ahorros que había hecho en Barcelona, más tiempo tendría para pasear.

El hogar marinero de Jem y Lida no era ningún palacio. Un nidito y gracias, con todos los rincones aprovechados hasta la exasperación: no había hueco sin utilidad ni repliegue sin función precisa; detrás de los cojines que servían de respaldo, estanterías con libros; debajo de los que servían de asiento, latas de víveres y cajas con piezas de recambio. Poco faltaba para que la taza del inodoro no hiciera las funciones de plato de ducha. Y no sé si fue por la similitud de las denominaciones –taza y plato– por lo que pensé que el cuarto de baño bien podría servir de cocina.

Sin embargo, no todo era de ensueño en la vida interior de un barco. Estaba la humedad, por mucho que ya se contara con ella. Además del continuo balanceo: los primeros días acababa molida. Dentro de un barco, aunque esté anclado, no paras de moverte ni cuando duermes. El movimiento es suave pero traidor, y hasta que los músculos no se acostumbran... Luego, la estrechez:

los primeros días me escurría por allí dentro encogida de hombros y con los brazos pegados al cuerpo.

–Pareces jorobada –se burlaba Jem.

Porque ellos dos incluso bailaban en la sala de estar, y Lida se encerraba en su camarote para escribir los guiones de la radio: se sentaba sobre la cama como un Buda, colocaba la máquina sobre el anaquel que hacía las veces de cabecera y hala, tic-tac, tic-tac, al ritmo del suave balanceo del Manyac.

–Baja más a menudo a tierra –me recomendó Jem–. También se aprende inglés por la calle.

A decir verdad, me había obsesionado con el inglés. No quería volver a tener los conflictos que me habían entretenido en la aduana durante horas. Las había pasado moradas en el intento de hacer que comprendiesen, mediante mi chapurreado inglés, que *Spain* no se encontraba en América del Sur sino en Europa. (Con los conocimientos geográficos que demostraban, no valía la pena hablarles de Cataluña.) Y me había costado Dios y ayuda entender que sospechaban que mi intención era la de quedarme a escondidas en el continente, siendo como era una «sudaca». Y la tonta de Cristina, que me había dado la tabarra durante más de veinte horas, me había abandonado cuando más la necesitaba. No quería volver a pasar las penas y los sudores que me había costado convencerlos de que sólo iba a Australia a hacer turismo y no tenía ninguna intención de convertirme en ilegal.

Aquel desasosiego lingüístico me ayudaba, con todo, a cubrir un poco el propio desasosiego que había traído conmigo desde Barcelona. Pero lo que me ayudó definitivamente fue el primer crucero.

–... de todos modos, teníamos que contratar una camarera... –me aseguró Lida.

–No te creas que te hemos ofrecido casa sólo por nuestro buen corazón. Contigo nos podemos ahorrar un sueldo –repuso Jem.

–Pero si yo, de las cosas de la marinería, no conozco ni siquiera los nombres...

–Ya lo suponía –se rió él–. Tú eres de las que dicen cuerda en vez de cabo...

No le entendí.

–Pero lo que sí sabrás hacer es preparar una ginebra con hielo o unos bocaditos de salmón –dijo Lida.

–Y si queréis me pongo un delantal y una cofia.

Ahora sí que podía afirmar, por muy ridículo que sonara, que había comenzado una nueva vida.

Si cuando miraba fascinada los veleros que arribaban a nuestro puerto me habrían dicho que un día navegaría en una nave como aquéllas; si entonces hubiera sabido que aquellas barcas brillantes, inalcanzables, serían algo más que un sueño, no me lo habría creído. Puede que incluso habrían dejado de fascinarme.

Pero ahora que Jem y Lida desplegaban las velas con aquella habilidad que me daba tanta envidia –como si no hubieran tenido que aprenderlo nunca–, ahora que el Manyac serpenteaba entre los demás barcos que entraban y salían de Phillip Bay, ahora yo miraba las velas que comenzaban a hincharse y sentía idéntica fascinación que veinte años atrás, en el pequeño puerto de veraneo, cuando desde el bote prestado contemplaba el ir y venir de los yates de los turistas ricos, velas al viento. Una nueva vida.

Las velas se tensaron: estábamos en la bocana del puerto. Los clientes, un matrimonio de mediana edad con un hijo mimado de veinte años, se habían instalado en cubierta. El hombre preparaba los aparejos de pesca, el chico se aburría ostensiblemente, la mujer luchaba sin éxito contra un sombrero de alas demasiado anchas, yo servía refrescos, Jem vigilaba el aparato y Lida llevaba el timón, mientras utilizaba ese misterioso lenguaje que hablaba de burdas, obenques, randas, crucetas y escobenes.

Parecía como si hubiesen transcurrido siglos desde el día que pasé a Arquer el dossier de mis investigaciones a cambio de un pasaje para Australia. Elena Gaudí, como si fuera un personaje de novela. Y Sebastiana, una pena difuminada en la trastienda de mi cerebro. Ahora todo mi mundo estaba lleno de velas que flameaban. No existían ni pasado ni futuro. Sólo velas. Y un mar tan diferente del mío que incluso me parecía que no era yo quien lo surcaba, sino otra persona que, por pura coincidencia, se llamaba también Lonia Guiu.

Rumbo a Tasmania, sufrí una desilusión con el estrecho de Bass, puesto que yo creía que se trataba de eso, un paso estrecho, y que de costa a costa sólo había la distancia de un tiro de piedra. Y no fue así: era realmente mar abierto, como el que separa Barcelona de Mallorca. Pero hicimos el trayecto como si fuéramos de Mallorca a Cabrera; es decir, bordeando islas e islotes. Sólo que, en lugar de ser sa Plana, s'Illa de ses Rates, sa Conillera, eran Devil Towers, Prime Seal, Chapell, Clarke y, detrás, las Flinders. Y, a decir verdad, todo mucho más grande. En Down Under todo es más grande y voluminoso. Incluso las olas de los mares que la rodean.

Hicimos la primera escala en Ringarooma Bay y luego empezamos a cruzar el estrecho de Banks. ¡Aquello sí que era un estrecho! Y los picachos que se encaramaban hacia el cielo, a pocos kilómetros de la costa, hacían que el paso fuera todavía más salvaje. Las corrientes y las ventoleras hacían que los dos expertos de a bordo fueran de cabeza.

–Esto no es nada –aseguró Lida–. Un día te llevaremos a ver un ciclón y ya verás tú con qué pan te lo comes.

El señor protestaba. Había pagado por un viaje de placer. Debía de creer que también pagaba al agua y al aire para que se portasen bien.

Por último, el Manyac salió airoso del estrecho y penetramos en el mar de Tasmania a la caída de la noche, proa al sur y con la isla a babor, según lenguaje propio de Lida.

–¿Menorca? *What's that?*

Desde la cumbre de los Hazards, el Manyac, pequeñito, fondeado allí abajo ante una blanca playa. La señora, asustada ante la pendiente de granito rojo cortada a pico, no quiso creer que los acantilados del Cap de Cavalleria de Menorca causaban un espanto aún mayor.

La lección de geografía que le dimos fue inútil; cuando al oír nombrar el *Mediterranean Sea* también preguntó *what's that,* la dejamos por imposible.

Entonces hicimos una escala corta en Bicheno, para visitar la tumba de la esclava que dio nombre al puerto por haber salvado a su amo y a otro pescador de morir ahogados.

Pero la cosa empezó a estropearse en la paradisíaca isla María, cuando Jem rezó un padrenuestro catalanoirlandés en memoria de los convictos. La familia, de ascendencia claramente inglesa, con escaso sentimiento británico y fuerte espíritu colonial, frunció el entrecejo. Y en Port Arthur no se limitaron a eso: cuando ante las ruinas del penal Lida se empeñó en explicarles –hay que decir que en plan panfletario– el parecido entre los desterrados irlandeses de otras épocas y los desgraciados catalanes de toda la vida –y, como colofón, naturalmente, el parecido entre ingleses y españoles y todo lo que de ello se derivaba–, ellos se sintieron profundamente ofendidos.

–¿Qué se han creído, que porque pagan les hemos de decir amén a todo? –protestaba Lida.

No llegaron a las manos, pero el crucero se acabó allí mismo. No dimos la vuelta a la isla, sino que regresamos a Melbourne por el mismo camino de la ida, navegando día y noche, con los clientes enfurruñados y con la amenaza de no cobrar la segunda mitad del viaje, que se debía pagar a la vuelta.

Me harté de servir tónicas a la señora y whiskys al señor. Me cansé de hacer la cama con las sábanas pulidas de aquel mocetón con cara de idiota. Como compensación, me compré un pintalabios en Eddystone, el último puerto de la isla en donde tuvimos que detenernos para las provisiones.

Un pintalabios asqueroso que, para más inri, se me cayó al mar cuando atracábamos en nuestro fondeadero.

«Querido Quim:

»¿Verdad que no sabes lo que es un *southerly change*? Presta atención, ignorante, en Melbourne a veces sucede eso. Un día hace un calor espantoso, tropical, y de repente llega una ráfaga de viento desde los pies del mundo, y como la ciudad está en el culo del mundo, la ráfaga llega directa, sin tropiezos y la temperatura baja de golpe y te hielas. Guapa la cosa, ¿eh? Y cuando, ya puesto a cubierto, empiezas a creer que es lo que corresponde en pleno mes de diciembre y que por fin las cosas han vuelto a su cauce, te asas otra vez. Literalmente.

»Me ha costado hacerme a la idea desde que llegué (ya hace cerca de tres meses... ¡Caray cómo pasa el tiempo!), pues en lugar de ir hacia el frío como corresponde a los meses de octubre, noviembre y diciembre, vamos hacia el calor. Es un vuelco total, como si los días, en vez de ir hacia adelante, retrocedieran. Y algunas veces tengo que efectuar un reciclaje en mis coordenadas espacio-tiempo. También ha constituido todo un trastrueque una Navidad a treinta grados o más de temperatura. Pero el *southerly change* ha sido *demasié*, como decíamos en mis tiempos.

»Lida y yo nos encontrábamos en Prahran –se podría comparar con Gracia, si las comparaciones no fueran odiosas, o sea que déjalo correr, no he dicho nada–; pues bien, habíamos ido a Prahran a comprar cosas para las fiestas de Navidad: además de comida, regalos para los amigos, porque Jem ha querido «*fer cagar el tió*»[1]. (Tam-

1. Referencia a la costumbre navideña típicamente catalana de golpear con un bastón un tronco hueco, para conseguir regalos para la chiquillería.

bién encontramos agua mineral del Penedés, pero en Toorak Road, la zona más «europea», es decir más *finolis,* y nos costó un ojo de la cara.) Y de pronto noté que la gente miraba a su alrededor como un perro que ventea. Y ¡plaf! primero un airecillo un poco más fresquito, que agradecí. Fue entonces cuando Lida exclamó: ya tenemos aquí el *southerly change,* y ya no tuve tiempo de preguntar de qué se trataba. Bueno, quizás exagere un poquito, pero vamos...

»Hemos pasado la Navidad aquí, atracados en el muelle de Elwood, a pesar de que teníamos un buen crucero-charter para hacer. Pero Lida ha querido permitirse el lujo de estar con los amigos, eso es todo. Son un buen grupo, casi todos compañeros de la radio: residentes, como Telly, Deborah y Tom, ingleses; Kathleen, irlandesa; inmigrantes legales, como Borg, sueco, y Brig, teutona; con el visado de turista vigente, Pete, también alemán; con visado de turista, pero caducado, y por lo tanto ilegales, Donna, danesa, y Nathalie, que pronto será legal porque se casa con Phil... Vaya follón, ¿no es cierto? Y es que, aunque tienen espacio de sobra, los *diggers* (una manera un tanto despectiva de decir australianos) lo ponen muy complicado eso de permanecer en Oz. En el grupo hay también gente del país, naturalmente. Andrea, Alan, Peggy, Maurice (que no es francés, pero lo parece y es encantador, ¡lástima que sea tan jovencito para mí!), etc. Pero de los foráneos, sólo nosotros somos «latinos»; y somos de los pocos de esta «raza» que intimamos con los «britanoides» (esto último es mío). Porque aquí, chico, las cosas están muy compartimentadas. Los de la ciudad y los *bushmen,* los de una ciudad y los de otra ciudad, los *aussies* (otra manera, esta vez amable, de decir australianos) y los otros, y entre los otros, depende de de dónde vengas, de qué lengua hables, de qué visado poseas y, sobre todo, de tu poder adquisitivo. Como es lógico, se habla mucho de que la cultura australiana está hecha de una mezcla productiva, etc., pero en realidad... Y entre este batiburrillo, es como si no existieran los aborígenes. Que por supuesto existen: hay muchas *Gallery of dreams* que te ofrecen *Australian Aboriginal Art and Craft*. También hay muchas tiendas en las que se venden ópalos de todas las medidas, y otras en las que puedes comprar un abrigo de canguro.

»En conjunto, es una buena tierra. Me he movido bastante. Por mar y por tierra. Sydney me agradó, pero es inabarcable. El caso es que el concepto de ciudad de aquí es muy diferente al nuestro, pero no me ha costado mucho acostumbrarme. Si bien aún no he podido hacerme a la idea de que los coches circulen por la izquierda.

»Tierra adentro hay parajes que parecen imposibles. No, no voy a describírtelos: no sabría hacerlo. Y supongo que habrás recibido las postales que te he ido enviando de cada nuevo lugar. Digo supongo porque, grandísimo bribón, ya es tiempo de que des señales de vida.

»Quiero aprender a patronear un barco. Mejor dicho, quiero sacarme un título. Pero tenemos los meses de enero y febrero repletos de cruceros y excursiones contratadas, de manera que quizás ya no valdrá la pena, porque será hora de regresar. Si es que decido regresar.

»También podría intentar introducirme en la radio en donde trabajan Jem y Lida. Es una emisora a barullo, como si dijéramos étnica, con emisiones especiales para todas las culturas foráneas que conviven en la isla. Pagada por el Estado, claro. Jem y Lida se encargan de la emisión en catalán. Yo podría dedicarme a contar rondallas mallorquinas.

»Y a ti, ¿cómo te van las cosas? Venga, escríbeme. Cuéntame muchas cosas. Mira que no es tan difícil. Oye, yo he empezado sólo para desearte un buen año y, ya ves, vaya epístola.

»Un abrazo y un beso muy grandes. Te quiero mucho, Quim. De verdad. Me gustaría que estuvieras aquí. Pero no te echo de menos, lo que se dice nada de nada. Lonia.»

1

Los compañeros de la escuela de patronaje me tenían envidia. De entre los principiantes, yo era la única que podía presumir de experta en navegación. Y yo les tenía envidia a ellos, pues también era la única que no podía presumir de ser propietaria de un barco.

Para empezar, ya conocía una retahíla de palabras marineras. En catalán y en inglés. Además, el barco era mi casa, no un juguete. En la primera clase me lucí como nunca: hice más alardes que un pavo real. Aquel día ya pude notar que Rule me miraba de un modo especial.

Y como era la alumna más exótica de las ocho, me metí al monitor en el bolsillo. Al terminar la primera tanda de cuatro semanas, le hice una proposición, que él aceptó encantado. A Lida también le encantó.

–Hostia, esa posibilidad no la habíamos previsto. *El buque escuela Manyac*. Coño, vaya fardo, ¿eh? Y nos va de puta madre para el presupuesto...

Para el presupuesto de Jem y Lida, pero también para el mío. Porque a pesar de que entre mis gastos no figuraba el alojamiento; a pesar de que gastaba poco en turismo gracias a los charters con el Manyac, mi pequeña fortuna de Barcelona había disminuido de forma peligrosa y, si me descuidaba, no me bastaría para acabar de vivir los dos meses que aún me permitía el visado.

Y, la verdad, yo deseaba aprovechar hasta el final aquellos seis meses. La estancia en las Antípodas había sido, hasta entonces, como una especie de *peeling* del alma. Todas las células muertas fuera y una regeneración integral de las vivas. Alguna vez, cuando me dormía, totalmente compenetrada con el balanceo del mar, tenía problemas de identidad. ¿Quién eres tú, Lonia? ¿Qué está haciendo aquí Lonia Guiu? ¿Ésa soy yo, de verdad? Pero me dormía enseguida, sin darle más vueltas al asunto.

El viernes, a la caída de la tarde, vino el monitor para familiarizarse con el Manyac.

Y también se presentó Rule.

–*Sorry, mate*, pero no puedo ir –le dije con gran sentimiento.

Jem y Lida estaban en la radio y no podía dejar plantado al monitor para irme al cine con un posible ligue. De manera que el posible ligue se quedó también para familiarizarse con el Manyac. Y después a cenar. Y después a dormir.

–¿Y Maurice? –me preguntó Lida a la mañana siguiente.

Yo me encogí de hombros. Maurice era un buen chico, pero demasiado joven. Maurice me halagaba, Rule me satisfacía.

–Pero no puedes estar enamorada de ambos a la vez –dijo Lida.

–No estoy enamorada de ninguno de los dos. Me gustan. Punto.

–¡Mirad, *la femme fatale*!

El sábado, al romper el día, el Manyac estaba preparado para la primera clase práctica. Y, por primera vez, Jem y Lida harían de profesores.

No salimos de la bahía. Primero la costeamos por la banda de levante, proa al mediodía, hasta Mornington. Luego cruzamos hacia la punta de sudoeste, fondeamos en Dromana para dormir allí (amontonados, naturalmente), pero sin ninguna especie de promiscuidad; por lo menos, sin ninguna promiscuidad hétero: los hombres a un lado y las mujeres a otro. El domingo regresamos a Elwood tras dar la vuelta por poniente y tramontana.

El Manyac estaba hecho un asco, pobrecito. Suerte que limpiar y ordenar el yate formó parte también de la primera sesión de prácticas. Ya era noche cerrada cuando Lida terminó de ajustar los tratos con el monitor para próximas sesiones. Si no hubiera sido por mí, habría dejado el barco gratis, porque, la verdad, el monitor era un tacaño.

–Ha sido divertido –dijo Jem cuando todos se hubieron marchado.

–Pero todavía tenéis que preparar los guiones –dije, compungida–. Me parece que no ha sido una buena idea.

–Lonia, ¿y ahora por qué te sientes culpable? –me regañó Lida.

Me fui a dormir. Y mientras oía el teclear de las máquinas de escribir, me di cuenta de que estaba de mal humor porque habría preferido no tener que compartir a Rule con todo aquel montón de gente. Y sobre todo porque Rule no había hecho ningún amago de quedarse y se había marchado con ellos.

Al siguiente fin de semana, lo mismo. Sólo que, durante la semana, Rule me ayudó a prepararlo todo. Y al otro, me invitó a ir a su casa.

–¿A Darwin? ¡Pero si está al otro lado del mundo! –Resultaba evidente que a Lida no le gustaba Rule–. Que Australia no es Mallorca...

–Ya lo sé. Son tres mil kilómetros en vez de ochenta. Pero en Mallorca no tengo a ningún novio que me lleve en avioneta a sus posesiones.

Como es natural, duró más de un fin de semana. Y si no hubiera sido por la celada que me habían tendido Rule y su mamaíta, seguro que no me habría liado en lo que después me lié. De no haber sido por la señora Daisy, no habría regresado a Melbourne a toda prisa para embarcarme en el Manyac. ¡Si las cosas pudieran preverse, sobre todo las malas!

Sólo el viaje a Darwin duró una semana. Con aquel

avión lo habríamos podido efectuar mucho más rápido, pero Rule tenía ganas de presumir de tierra antigua delante de la europea que era yo. Suerte que en el aire no era tan atolondrado como en el mar; en realidad, era un excelente piloto.

Fue todo muy diferente de mi único viaje en avioneta, cuando tenía dieciocho años: un técnico del aeropuerto de Palma quería ligar conmigo y me llevó a dar una vuelta. Sobrevolamos Ciutat, por poco no nos la pegamos contra la torre del homenaje de Bellver, y luego nos bebimos una Coca-Cola. El chico me dio un beso desmañado y con gusto a eructo de ajo: lo evité durante todo el resto del verano, pobre; hasta que se terminó la temporada de trabajo. Entonces comencé mi labor en la Agencia Marí –INVESTIGACIONES COMERCIALES Y PRIVADAS– y lo perdí de vista.

Pero Rule y su avión eran otra cosa. Y Australia, desde el aire, además de no terminarse nunca, era realmente algo especial. La primera etapa yo ya la había recorrido en primavera, haciendo autostop, y ahora me costó reconocer la grisura arenosa del volcán de Mount Richmond, que ya había tenido ocasión de ver deslumbradoramente florido. Y tuve una primera visión de la grandiosidad de la isla, de las tierras rojas del interior.

–Está vacía como la página de un diario censurado... –declaró Rule.

Yo me lo quedé mirando boquiabierta por aquella comparación tan idiota.

–... lo dijo un poeta, me parece... o un aventurero, no lo sé...

Dormimos en Port Augusta, aún en plena civilización. A la mañana siguiente sobrevolamos la zona prohibida de Woomera –minas de uranio– y una avioneta militar nos hizo desviar lo quisiéramos o no.

La próxima etapa, Coober Pedy: la desolación de la tierra removida y abandonada, en plena tormenta de arena. La ciudad fantasma, la ciudad invisible, la ciudad enterrada. Rule se obstinó en regalarme un gran ópalo;

«un lugar tan inhóspito y tórrido como éste produce unas piedras tan bellas y frías como éstas», dijo.

Al otro día me emocioné como una pánfila en Ayers Rock, esa inmensa mole roja que sobresale en el antiplano. El orgullo de las Antípodas.

–Como la verruga de un gigante –me salió sin querer, imitando las metáforas insensatas de Rule.

–¿Cómo lo sabes? –se asombró él.

Porque parecía que Ayers Rock tenía que ver con gigantes, aunque no precisamente mallorquines: había sido morada de los gigantes que se alimentaban de aborígenes.

Aterrizamos en una pista que invadían hierbas y matojos. Fue algo magnífico hacer el amor a la sombra de aquella protuberancia encendida.

Rule se negó rotundamente a hacer una parada en la reserva aborigen que nos quedaba a poniente. O sea que seguimos en dirección tramontana: desierto, una grieta en la tierra con manchones de palmeras, un lago seco como la cara surcada de arrugas de una vieja, inmensos rebaños de ganado, algunas ciudades milagrosamente verdes, ciertos pueblos que, desde el aire, recordaban la fiebre del oro en decadencia, minas de todo tipo de minerales, la sabana, la vegetación exuberante del trópico, la humedad tras la sequía..., todo se acumulaba en una sucesión de visiones que yo no tenía tiempo de absorber; de pronto, Rule tenía prisa por llegar a casa.

En el aeropuerto particular de Rule nos esperaba un *haiga* para caerse de culo. Cuando llegábamos a la casa, rodeada de espléndidos jardines, yo ya estaba curada de espanto. Esas mansiones de las películas..., pues exactamente lo mismo. Sólo que en vez de campos de algodón, tenían minas.

La señora Daisy estaba enamorada de aquella casa.

–Es preciosa –dije yo.

–Es de las pocas que el *Tracy* respetó –dijo ella.

–¿El *Tracy*? ¿Quién era?

Había sido un ciclón.

La señora Daisy tenía más aspecto de criada que de gran señora; quizá por eso me cayó bien. Una cena a la luz de las velas servida por criados asiáticos; velada nostálgica con fotografías ampliadas por un proyector supermoderno: la zona cuando llegó allí el bisabuelo, héroe familiar (fugitivo de Botany Bay, naturalmente), con barracas cochambrosas desparramadas aquí y allá; el abuelo, que se adivinaba de rostro encendido a pesar del sepia borroso del papel, en el mismo lugar, derribando todas las barracas menos una, ya con apariencia de una casa normal, con la abuela a la puerta, en actitud de señora, delantal hasta los pies, pañuelo en la cabeza y criatura sobre la cadera.

–Mi padre, de pequeño –señaló Rule con orgullo.

Y lagrimita de la madre al confesarme que se sentía muy sola desde que el marido se había muerto. Y fotografías de Darwin antes del *Tracy*.

–¡Qué lástima! –exclamó la señora Daisy–. Con lo bonito que era antes...

Y panorámicas de miles de cabezas de ganado, acres y acres de tierra, y las minas, sobre todo las minas.

A la hora de dormir, una cama con dosel. En habitaciones separadas, sin embargo. Y Rule no se hizo ver en toda la noche, como si el deseo de mí durante el viaje hubiera desaparecido de golpe.

A la mañana siguiente encontré a la señora Daisy en la cocina. Me había preparado el desayuno.

–El niño se ha ido a las minas... –me dijo a guisa de buenos días–. La verdad es que no le gustan demasiado las minas, pero no hay que preocuparse, porque las cosas marchan por sí solas... Claro que, de cuando en cuando, conviene que vean al dueño...

Me miraba de arriba abajo, sin intentar disimularlo.

–¿Te gustan las criaturas?

–... Bueno..., no especialmente... ¿Por qué?

–Oh, lástima. A mí me gustan mucho... Ruly es un buen chico, puedes estar segura. Y no sufras, que a mí también me costó aclimatarme, Irlanda es tan diferente, pero mi marido era un buen hombre y siempre se portó muy bien conmigo... Claro que yo no le di motivos para enfadarse... Ruly se parece mucho a su padre, sí...

–¿Usted es irlandesa?

–Sí, ¿no te lo ha dicho Ruly?... Bueno, no me extraña..., se avergüenza un poco de ello, pero yo puedo andar con la cabeza muy alta, porque mi marido me salvó de la mala vida a la que me había empujado la pobreza... Australia es una buena tierra para las mujeres, resulta fácil encontrar un buen marido... Bueno, ya lo sabes tú... Yo también –me miró con una sonrisa cómplice– vine a Australia huyendo de la miseria... y conocí a Martin Daisy... Recuerdo que el primer día me burlé de su apellido..., pues lo conocí en la casa donde trabajaba..., bueno, entre tú y yo podemos hablar claro: yo estaba en un prostíbulo de mala muerte, y entonces Martin tan sólo era un pobre minero y él me dijo, nena, follas bastante mal, así que serás una buena esposa... y es que para llevar una casa, y un marido, y unos hijos, no sirven estas chicas tan modernas de hoy, que sólo piensan en pasárselo bien en la cama y en comprarse ropa –nueva mirada cómplice– que ni siquiera saben mandar... Pero tú pareces muy juiciosa... ya verás como te gustará todo eso, de trabajo nada de nada, porque todo lo hacen los criados, pero hay que tener buen tino y carácter fuerte para saberlos mandar y para saber llevar al marido... y Ruly está muy enamorado de ti y se le pasarán las manías que tiene de ir a vivir a Melbourne...

¡La puta de oros! ¿Qué estaba imaginando aquella mujeruca?

–Oiga, señora, yo...

–No, si no quieres decirme de dónde vienes ni qué haces, a mí me da igual, hija mía, no te preocupes... Pero si deseas un consejo, un consejo de mujer, has de ser tú quien tome la iniciativa... Rule es muy tímido con las chicas...

¡Rediez, vaya madraza!

–... y ya me temía yo que no encontraría ninguna adecuada.

Entonces llegó Rule: venía satisfecho pero yo debía de tener una cara de perros porque al mirarme cambió de expresión. La madre hizo un discreto mutis.

–Escucha, ¿qué cuernos le has dicho de mí a tu madre?

–¿Yo?

–¡Sí, tú! ¡Cree que soy una puta rescatada como ella, y que nos casaremos, y qué sé yo!

–Lonia, yo no le he dicho que seas una puta...

–¿Pero le has dicho que nos casaremos?

–Bueno, no exactamente... Le he dicho que me gustaría casarme contigo... Y...

–¿Y qué más?

–Pues... como dentro de un mes se te acaba el visado, si quieres permanecer sin problemas en Australia lo mejor que puedes hacer es casarte...

–¿Y quién te ha dicho que quiero quedarme?

–Es que yo te quiero, Lonia...

–Niña –la señora Daisy había regresado–, ¿quieres venir conmigo a Darwin?... Hoy es día de mercado...

La habría mandado a hacer puñetas, pero ya que estaba allí, aprovecharía para hacer turismo. Rule se apuntó a la excursión: después del mercado iríamos al puerto y me mostraría *my little ship.*

No sé si se debía a mi estado de ánimo o porque realmente era así, pero Darwin me pareció una ciudad absolutamente provinciana, de una pretenciosidad ridícula, tan nueva y tan limpia que parecía un decorado. La noche anterior me la había imaginado muy diferente, a la vista de las fotos.

En el mercado un grupo de aborígenes vendía artesanía. Pensé que la injusticia que se había cometido con ellos, reduciéndolos a las reservas y a los suburbios, empapados en alcohol, era aún más flagrante cuando el motivo había sido hacer un lugar para gente como aquella mujeruca, su marido difunto y su hijo pegado a las faldas de mamá. Compré a los aborígenes una pasta roja en el interior de la cáscara de alguna fruta exótica: un nuevo ejemplar para mi colección de pintalabios.

A la señora Daisy no pareció gustarle demasiado mi gesto: lo debió de considerar como una extravagancia poco digna de su futura nuera. Porque la mujer me presentaba a todos los conocidos que encontraba, y la gente –quién lo iba a decir– me felicitaba. Aquella pequeña margarita silvestre era, en realidad, toda una palmera de señorío.

Después entramos en una joyería para recoger un reloj que la señora Daisy había llevado a arreglar. Creí sorprenderla guiñando el ojo al dependiente, un hombrecito rechoncho de sonrisa fláccida. Aquí hay tomate.

Claro que lo había, pero no el que yo sospechaba. Sin darme cuenta, me encontré sentada delante de un mostrador contemplando una impresionante cantidad de anillos, pulseras y collares de oro, suntuosamente recargados.

–Mi primer regalo, hija mía –dijo con una sonrisa maternal–. Escoge el que quieras y no mires el precio...

No miré ni precio ni nada: todos eran horribles, ridículos, ostentosos: unas joyas tan escandalosamente ricas que parecían falsas. La mujeruca interpretó mi desconcierto como si fuera timidez agradecida y escogió por mí: un collar de oro que parecía una cadena de perro, grueso, pesado, que valía una fortuna.

–Rule, eso es una encerrona –cuchicheé en su oído al salir de la joyería–. No puedo aceptarlo..., nunca me lo pondré, es feísimo.

Dudé por un instante. Si le aceptaba el collar, aquella mujer quizá creyera que aceptaba alguna otra cosa. Pero, bien mirado, algún provecho tenía que obtener de aquella confabulación.

Con el coche cargado de paquetes, fuimos al puerto a ver el yate de Rule, que para eso seguía el curso de patronaje.

¡Ostras, aquello no era un yate, era un transatlántico! A su lado, el Manyac parecía un dedal. Y no, no era posible, no podía ser: colgados de un andamio, en la amura de babor, dos hombres estaban pintando el nombre: Lonia.

Por todo eso consideré que la llamada de Lida constituía mi salvación.

–Ha telefoneado la señorita Lida –dijo el criado–. Ha dicho que la llame usted a la radio.

El viaje con el Manyac no sería hasta dentro de quince días. Si no me interesaba, no tenía por qué sentirme obligada, pero era el último que hacían aquella temporada. Es decir, que era el último que yo tenía tiempo de hacer.

–Pero ¿no es muy tarde ya para emprender un crucero de tal envergadura? –dije.

–Sí, podemos encontrar mal tiempo, pero es una oportunidad... –dijo Lida.

Tenían que saber ahora si yo participaría, para contratar o no a una camarera. Aunque no hacía falta que regresara a Melbourne hasta dentro de una semana.

Pero cuando hube colgado le dije a Rule:

–Tengo que irme ahora mismo...

–Pero..., pero, ¿realmente estás obligada a hacerlo?

–No los puedo dejar en la estacada, ahora que me necesitan. Y es una oportunidad para ir gratis a Nueva Zelanda...

–Yo he preparado un crucero hasta Melville...

–¿Contigo de patrón y yo de marinera? –me burlé.

Había contratado a toda una tripulación. Y la señora Daisy ya había enviado las invitaciones para una recepción.

Peor para ellos. Haber contado conmigo antes de involucrarme en todo aquel embolado.

–Si tú no puedes acompañarme, tomaré el avión de línea. No tengo dinero para el pasaje, pero puedo vender el anillo...

Mi impertinencia le dolió en el alma.

La señora Daisy también estaba desolada.
–Haga usted el crucero, con todos los invitados a la recepción... –le dije–. A mí no me interesa para nada.
–Ay, y yo que creía que era una buena chica, Rule... Siempre te equivocas, hijo... –gimió la mujer.

Fueron días de zafarrancho. No volví a la escuela de patronaje: no quería ver a Rule. Pero aunque hubiera querido, no habría podido: preparar un crucero a Nueva Zelanda para cinco personas, además de la tripulación, era una labor organizativa de mucho cuidado. Suerte que algunos amigos de la radio nos ayudaron en horas libres. Repasamos las velas, compramos algunas de recambio y también un nuevo transmisor (y todavía nos sobró más de medio collar de doña Margarita), revisamos las herramientas, cargamos víveres para un regimiento... Como si nos fuéramos a una isla desierta a empezar de nuevo la repoblación de la Tierra.
No era aquél el crucero más largo que el Manyac había efectuado. Había venido desde Barcelona a Melbourne dando toda clase de rodeos, haciendo las escalas y tomando los atajos, según el gusto y la situación de cada momento. Por eso Jem y Lida insistían en que todo tenía que estar previsto, controlado, cronometrado, mucho más que en los otros cruceros. No podía faltar ni una bengala de auxilio ni una botella de ginebra, tenía que haber los suficientes cabos de respuesto y también provisión suficiente de cigarrillos. La agencia de viajes que nos había proporcionado los clientes, nos había dado asimismo una lista de sus gustos y caprichos, en la que no faltaba ni siquiera una determinada marca de condones.
–Supongo que ellos traerán la mejorana... –dije yo.
–¿La mejorana? –preguntó Jem.
–Claro, hombre..., la hierbaluisa..., y harina del ronquido, y las inyecciones de agua del Carmen...
¡Lida tenía dos botellas de agua del Carmen de la de verdad!

Y llegó el día señalado. Todo estaba a punto para el gran viaje. Me sentía más ilusionada que un perro con un hueso. El viaje a Darwin no me había escarmentado. De aquel crucero esperaba relaciones maravillosas, temporales borrascosos, quizás heroicos rescates. Me entusiasmaba la idea de calmas pertinaces en alta mar, provocadoras de situaciones límite entre los pasajeros. Me emocionaba pensando en profundos descubrimientos del alma humana, secretos confesados en noches de luna llena o en el momento en que el Manyac estaba a punto de zozobrar. Declaraciones apasionadas, el Haley que despertaba licantropías. ¡Qué sé yo!

También era aquél mi adiós a las Antípodas. La última limpieza del cutis del alma. Lo único que me sabía mal era tener que volver a hacer de camarera.

Pero cuando solté la última amarrra, tuve un escalofrío. ¿Una premonición? No tuve tiempo ni ganas de pensar en ello: había muchas cosas que hacer.

Mientras Jem, Lida y el marinero iniciaban las maniobras, yo colocaba una sillas en cubierta para los clientes.

Eran tres hombres y dos mujeres: no los había podido calibrar lo suficiente, sólo me había parecido notar que el más viejo de todos ellos –iría por la sesentena– miraba con demasiada insistencia el culo de Lida, majestuosamente tenso durante la operación de enrollar la cadena en el cabrestante. Pero quizá todo fueran travesuras de mi imaginación superexcitada.

Cuando el Manyac comenzaba a oscilar y las velas silbaban, las dos mujeres salieron a cubierta para tomar el sol. Los tangas dejaban en libertad nalgas redondas, muslos prietos y firmes tetitas. Parecía que sólo iban vestidas con las gafas de sol.

Lida llevaba el timón, Jem y el marinero vigilaban el velamen y yo me acercaba a las chicas para ofrecerles el primer refresco.

Entonces, a dos pasos de ella, la reconocí.

2

–¿Que es ésta la hilera de Australia?

Ya resulta extraño que en el aeropuerto de Londres una desconocida te hable en español, pero aún lo era más por la manera como lo hablaba.

–Eres mallorquina, ¿verdad?

Me miró con sorpresa. Era una chica de buena familia, es decir, media melena rubia –teñida–, cara redonda, los ojos pintados subrepticiamente de manera que parecía que los tenía azules a pesar de tenerlos marrones, vestida con ropa cara y discreta, accesorios sabiamente combinados, manicura impecable con uñas rosadas en su perfecta longitud. Lo que mi tía Antonia llama una «niña fina». Le calculé unos dieciocho años.

–¿Por qué lo dice? –dijo, todavía en español.

–Porque los mallorquines hablamos fatal el español.

Le desmonté todo el tinglado y acabó por hablarme en catalán de Mallorca.

–¿Usted también va a Australia?

–Sí, y no me trates de usted, que no soy tan vieja.

–Es que en mi casa me han enseñado a tratar de usted a las personas desconocidas.

Criatura.

Me cayó encima como un aluvión, pobre chica. Era la típica hija de papá, tontorrona y creída, satisfecha de sí misma, de su estatus social, a la que todo había salido a pedir de boca hasta entonces y creía que todo ello era debido, no a la casualidad, sino a sus propios méritos.

Nos mirábamos mutuamente con una cierta condescendencia, sólo que ella no se daba cuenta de que yo la menospreciaba igual que ella a mí. Pero, fuera como fuese, como era más joven que yo, iba también más insegura por el mundo, y se me pegó como una lapa. Esperamos juntos a que llamaran nuestro vuelo, viajamos una al lado de la otra y ella sólo dejó de hablar durante las escalas –se las pasaba comprando perfumes y bombones en los *free shops*– o para dormir. Y cuando despertaba, volvía a la charla con buenas ganas.

Eso sí, me invitó a todo lo que la compañía aérea no daba gratis y las naranjadas naturales a bordo de un avión de la British Airways valen una fortuna, un lujo que mi presupuesto no me permitía. A cambio, tuve que soportar el relato de sus grandezas y las de su familia:

–... papá no quería dejarme venir, pero entre mamá y el tío Matías lo han convencido... Mamá es mucho más moderna que papá, es una mujer con mucha personalidad y mundología, y dice que una chica tiene que tener mundo para poder llevar los negocios..., yo ya sé inglés, hice el bachillerato y he viajado mucho, pero mamá dice que me falta la pátina de un colegio extranjero; en Palma fui a un colegio bueno, el mejor de todos, pero eso no es suficiente, y me hizo tanta ilusión ir a Australia, ya ves tú, ninguna de nuestras amistades ha enviado a una hija a un colegio de señoritas de Australia, nuestra familia es muy conocida, y no sólo a causa de la cadena de hoteles, sino por el linaje, mi señor abuelo era noble...

Hacía siglos que no escuchaba lo de «señor abuelo». Creía que ya nadie utilizaba aquella expresión. En el pueblo sólo la empleaba la Tineta, la niña más cursi. Cristina hizo una pausa. Quizás esperaba que yo me maravillara por estar viajando junto a la nobleza, pero como sea que yo no demostré ninguna especial satisfacción, continuó:

–... pero como en la guerra fue rojo, lo fusilaron. Suerte que papá y el tío Matías lo arreglaron todo para no perder ninguna de las posesiones y los negocios...

Nuestra familia fue una de las primeras en construir un gran hotel...

¡Virgen Santísima!

–... y ahora tenemos cinco... o seis. Oh, a mí no me interesan los negocios, pero cuando papá se casó con mamá dicen que se unieron las dos mayores fortunas de Mallorca..., después de March, claró está..., y como que no tengo hermanos, todo será mío, pero el tío Matías, que es mucho más joven que papá..., mamá también es mucho más joven que papá..., dicen que antes tengo que aprovechar para divertirme, y también para hacerme una cultura, que ya tendré suficientes dolores de cabeza cuando tenga que llevar las riendas de todo... Pero mi papá no podía consentir en separarse de mí tanto tiempo, y total será medio año, no creas, pero él me adora y no lo podía consentir de ninguna manera, pero el tío Matías le dijo: yo he hecho lo que tú has querido con Cala Mura, ahora te toca a ti complacerme, y, a fin de cuentas, todo es para bien de Cristina... Porque Cala Mura es mía, bueno, toda Na Morgana es mía, y el tío Matías quería construir una urbanización allí, y mamá también opinaba que era una buena idea, pero yo no quería, y como aún no soy mayor de edad, papá me hace de tutor... ¿Duermes?

–¿Eh?

–Me ha parecido que dormías..., pues yo convencí a papá..., bueno, los ecologistas también ayudaron, pero yo no me fío demasiado de gente como ésa..., pues convencí a papá para que no construyeran la urbanización... y cuando el tío Matías dijo que había conseguido una plaza en la residencia Rutherford de Melbourne para mí, que había necesitado muchas influencias porque sólo aceptan a la flor y nata de todo el mundo, papá decía que quedaba demasiado lejos, pero mamá y el tío Matías lo convencieron, y aquí me tienes...

Sí, aquí la tenía: ¡qué cruz!

Y cuando ya estábamos a punto de llegar, cambió el disco:

–¿Y tú, qué vas a hacer a Australia?

–Tengo unos amigos allí.

–¿En Melbourne? Oh, tienes que venir a verme a la residencia. Y tienes que darme tu dirección. Quiero dar una fiesta y os invitaré, sí, también podrán venir tus amigos...

Me hice la distraída. Yo me iba a las Antípodas precisamente para desvincularme de todo, y no iba a atarme de nuevo a mi tierra por medio de aquella presumida. Respondí con evasivas y ella ni tan siquiera se dio cuenta. No sé por qué, pero se había hecho amiga mía unilateralmente.

–Me caes muy bien, a pesar de que no seamos de la misma... –no se atrevió a decirlo.

–¿Categoría? No, reina, por suerte.

Después de aguantar su rollo, no hizo nada por ayudarme cuando los aduaneros me formulaban preguntas impertinentes, la muy tonta. Como si no me conociera. Y al salir, no me presentó a aquella señora bellísima, elegantísima, que había venido a esperarla, con un criado uniformado, altísimo y fornido como un gigante, con un bigote que se le comía media cara y un tatuaje muy vistoso en el dorso de la mano izquierda.

–Bueno, Cristina, que te vaya muy bien –le dije, pensando que me podía ahorrar el taxi hasta la ciudad.

A la señora bellísima y elegantísima no pareció que yo le cayera demasiado simpática. Tampoco me debía de considerar con la suficiente categoría como para relacionarme con ella. Yo, por buena educación –o porque tenía otras cosas en la cabeza–, evité romper allí mismo el papel que, justo antes de bajar del avión, me había dado Cristina con la dirección de la residencia. En realidad, no pensaba utilizar nunca aquella dirección.

Naturalmente a ninguna de las dos se le ocurrió ofrecerse para llevarme a la ciudad en su cochazo.

Cuando mi taxi se ponía en marcha, yo ya me había olvidado de Cristina Segura.

–¡Hola, Cristina!

Se quitó las gafas instintivamente, pero tuvo que entornar los ojos, deslumbrada por el sol. Se las volvió a poner y se incorporó. Me miró.

–¿Habla conmigo? –preguntó en inglés.

Vacilé por unos instantes. No me pareció una cara lozana, como durante el viaje. Ni tan refinada. Y tenía los cabellos cobrizos, evidentemente teñidos.

–Cristina, ¿no me reconoces? Tú sí has cambiado, pero yo nada... ¿No te acuerdas de mí?

–No la entiendo, lo siento. ¿Habla usted inglés?

–¿Cómo que no me entiendes? ¡Ah, sí! En el aeropuerto te habías avergonzado de tu acento mallorquín, y ahora quieres hacerme creer que no me entiendes...

–¿Qué quiere? –le preguntó la otra muchacha.

Cristina se encogió de hombros.

–No lo sé. Habla de algo que no entiendo.

–¿Será posible? –dije, enfadada.

Pero la verdad es que ya empezaba a tener dudas. Y con aquellas grandes gafas de sol que llevaba puestas, pudiera ser que yo estuviese equivocada. Me sentía ridícula: no sé por qué, me había alegrado de volver a encontrarla; y no sabía por qué, me molestaba que se hiciera la distraída.

Lida había dejado el timón y se nos había acercado. Al notar mi tono de voz demasiado elevado se habría sorprendido, más al oír que hablara en catalán.

–¿Sucede algo? –preguntó en inglés.

–Esta mujer –dijo Cristina, también en inglés–, no sé lo que quiere porque me habla en una lengua que no comprendo.

–¡Claro que me comprendes, tonta! Si me diste la tabarra en la misma lengua durante todo el viaje. ¡La familia Segura, tan importante! Y la señora abuela, y los hoteles... Y aquella isla virgen... ¿cómo se llama?... Na Morgana... ¿Y qué, vendrás a verme en la residencia? Celebraré una fiesta y os invitaré a ti y a tus amigos... ¡Y ahora dices que no comprendes!

–Lonia, ¿qué cojones te pasa? –Lida.

Uno de los tres hombres se nos había acercado con cautela y ahora miraba con cara agria a las chicas. Lo veía de cerca por primera vez: de entrada no supe si tenía aspecto de mayordomo o de chulo, pero el caso es que no me cayó nada bien.

–¿Pasa algo? –preguntó.

–No, no –respondió Lida–, sólo queríamos saber si les apetecía tomar alguna cosa. –Y con una mirada imperativa hizo que me alejara de ellos.

–Estoy segura, Lida –pero no era verdad–, hice todo el viaje con esta chica...

–No nos habías dicho nada...

–Porque me olvidé por completo. No me interesaba nada. Era una de esas niñas de Palma inaguantables, que creen poder ponerse el mundo por montera... Pero es extraño, me dijo que venía a una residencia de señoritas... Me estaría comiendo el coco...

–¿Seguro que no te equivocas?

–Bueno..., pudiera ser... ¿Quiénes son toda esa gente?

–En la agencia de viajes nos dijeron que eran dos parejas y el secretario de uno de los señores. Y no preguntamos nada más... El que ha subido a cubierta debe de ser el secretario, porque se ha instalado en un camarote para él solo...

–Y los otros dos... Las chicas son muy jóvenes, y uno de los tipos es un vejestorio...

–Los dos lo son... ¿Acaso te has vuelto puritana? –se rió.

Se nos acercaba el joven: no era un vejestorio, qué va, sino un magnífico cuerpo de hombre sobre unas piernas que te hacían venir ganas de que se te enroscaran al cuerpo. Pero mantenía una expresión chulesca de lo más desagradable. Tenía pinta de todo, menos de secretario.

–¡Qué hombre, Dios mío! ¡Parece tan malvado! –exclamé.

Lida intentó que la risa por mi ocurrencia pareciera una sonrisa dedicada al secretario y lo consiguió.

–Las chicas quisieran tomar un refresco –dijo él, también con una sonrisa que quería resultar encantadora. No parecía aquella la forma más adecuada de denominarlas por parte de un «secretario», y él se dio cuenta: me miró con una mirada de seductor –que en otra ocasión me habría hecho perder el culo, palabra: me gustan los hombres malvados, es mi debilidad–, y debía de creer que con ello ya no le hacía falta rectificar.

Fui a preparar los refrescos, decidida a seguir el consejo que me acababa de dar Lida: teníamos que convivir un buen montón de días con aquella gente, que no parecía demasiado propensa a las familiaridades con la tripulación; por lo tanto, cada uno a su aire y buen viento a las velas.

Buen viento a las velas, sí. Viento, tanto como quisiéramos, y ni un soplo del bueno. Fue un inicio de crucero tan sólo, porque al tercer día de navegación, cuando Jem pidió la previsión del tiempo, nos recomendaron que volviéramos para atrás.

–¿Pero no habíamos efectuado la previsión antes de salir? –preguntó el secretario, con el entrecejo fruncido.

Ya no llevaba pantalón corto porque el viento de la Antártida –que se empeñaba en soplar más de lo conveniente– le habría helado los pelos de sus magníficas piernas. Tan magníficas que, entre nosotros, le llamábamos el Piernas.

–Claro que sí –Jem–, pero ahora nos comunican que esas previsiones han cambiado. Más que un viaje de placer, nos exponemos a hacer, en el mejor de los casos, una expedición para experimentar la resistencia a la congelación... Incluso podríamos llegar a convertirnos en los primeros seres humanos hivernados...

–No le veo la gracia –dijo el Piernas, más ceñudo todavía.

Pero tuvo que cerrar la boca. Él y las dos parejas. Y nosotros: con aquel contratiempo, corríamos el riesgo de que nuestro presupuesto se fuera al garete.

–Pueden negarse a pagar el resto –decía Lida–. Y con la inversión que hemos efectuado...

–Tendréis comida para un año... –dije yo.

Las dos jovencitas, sin embargo, parecían más que satisfechas con el cambio de ruta. En realidad, las pobres, desde que habían subido a bordo no habían tenido muchas ocasiones para disfrutar del viaje. En parte por el mal tiempo que se había presentado a las pocas horas de haber zarpado, pero sobre todo porque los vejestorios les hacían pasar la mayor parte del tiempo en sus respectivos camarotes, de donde salían sólo para comer.

Yo no había intentado volver a hablar con Cristina, pero me di cuenta de que ella, cuando el Piernas no estaba a la vista –lo cual sucedía muy pocas veces–, me miraba tras sus gafas oscuras.

–Si es o no tu Cristina de Mallorca, no lo sé –me dijo Lida–, pero algo quiere ocultarte esta chica: no se quita las gafas oscuras por nada del mundo.

–Tampoco lleva las uñas pintadas de color rosa como cuando la conocí.

Ni de ningún color. Ahora las llevaba en carne viva, que daban pena. Se las comía con desasosiego, desesperadamente, en silencio. Entonces el Piernas le hacía una señal imperceptible con la cabeza y ella lo seguía dócilmente al camarote individual. Cuando salía de allí, al cabo de unos minutos, era para irse directa al camarote doble, en donde su pareja la estaba esperando. Y lo mismo en el viaje de vuelta.

Desgraciada. Se le habían bajado todos los humos.

El mismo día en que cambiamos de rumbo, atrapamos al Piernas cuando estaba a punto de arrojar una bolsa de plástico al mar.

–No, oiga, eso no... Al mar sólo se arrojan los restos biológicos, y triturados. El plástico, nunca. Lo guardamos y lo dejaremos en el depósito de basura al llegar a puerto...

Se lo dije con una amabilidad ridícula: aquel hombre tan atractivo me desconcertaba. Alargué la mano para cogerle la bolsa y él me propinó un golpe en el brazo. No por ello dejaba de estar como un tren, pero a mí no me pega ni el hombre más cojonudo del mundo.

–Pero, ¿qué te has creído, so idiota? –grité en catalán.

El hombre estaba de mal humor. Y era un chuleta asqueroso. No me entendió, pero no hacía falta: mi tono de voz había sido lo suficientemente explícito.

–No te metas en lo que no te importa, nena –me dijo en un inglés entre dientes, mientras con sus zarpas me arañaba el brazo–. Ya sabes de qué va la cosa, de modo que te callas.

Y se quedó la bolsa. Y a mí me salió un moretón en el brazo.

Y se lo comenté a Jem y a Lida.

–Lonia, a veces el mal de mar no causa mareo, sino imaginaciones –me dijo Jem.

–¿Y este moretón también son imaginaciones? ¿Acaso tenéis los ojos en el cogote? ¡Si no queréis creerme no me creáis! ¡Si no queréis creer que está vigilando a Cristina, no me creáis! ¿Si no queréis creer que se trata de Cristina, no me creáis! ¡Si no queréis creer que a Cristina le pasa algo, no me creáis!

–No te exaltes, Lonia –Lida intentó poner paz.

–¿Pero no veis que estas pobres chicas...

–Vamos a hacer una cosa, Lonia: cuando él se encuentre en cubierta, buscaré la bolsa de plástico en su camarote... –se ofreció Jem.

–No hace falta, ya sé lo que vas a encontrar.

–¿Lo sabes?

–Jeringuillas. Las dos chicas tienen pinchazos en los brazos. Pero no es eso lo que me preocupa...

–¿Qué, pues?

–La situación de estas chicas.

–Son putas de lujo, mira por dónde –Jem.

–Eso también lo sé. Pero ¿lo son por gusto o por obligación? –Lonia.

–¿Eres boba o qué, Lonia? ¿Hay alguna puta que lo sea por gusto? –Lida.

–Quiero decir...
–¿Qué quieres que hagamos? ¿Que vayamos a la policía cuando lleguemos a Melbourne?
Naturalmente, no habría servido de nada. Pero yo estaba dispuesta a hablar con Cristina, a obligarla a hablar costara lo que costase. Aunque sólo fuera para saber si toda la charla que había tenido que soportar dentro del avión por parte de ella era un rosario de mentiras. Mi orgullo profesional estaba en juego.
–Si sigue usted importunándome, se lo diré al secretario de mi amigo –me amenazó la ramera, al día siguiente, en un inglés casi perfecto–. Me quejaré a la agencia de viajes que los ha contratado y no volverán a proporcionarles más clientes.
–Pero, ¿de qué tienes miedo?
De nada, no tenía miedo de nada.

Por medio del transmisor habíamos podido avisar de nuestro fallido viaje a la agencia de viajes y a los amigos de la radio.
En Elwood, un coche con chófer había venido a recoger a los clientes, y Maurice y Deborah nos esperaban para ayudarnos a limpiar y ordenarlo todo. Por la noche, teníamos fiesta de desfrustre en casa de Maurice: teníamos que darnos prisa.
Deborah hacía un fardo con las sábanas para llevarlas a la lavandería: subió a cubierta con un sobre en la mano.
–Lonia...
Era un sobre de los nuestros, con mi nombre escrito en él. Dentro del sobre, una hoja escrita a mano y otro sobre, cerrado.

«Lonia: tenías razón, soy Cristina Segura.
Por favor, envía esta carta. Gracias.»

En la cara del sobre cerrado, un nombre y una dirección: Bernat Segura, Llucmajor, Mallorca.
–¿Qué? –dije, desafiante, alargando el sobre a Lida.

–¡Coño! –gritó Lida.

¿Tenía que abrirlo? Lida decía que sí, Jem decía que no. Deborah y Maurice no entendían nada. Por último no la abrí. Le puse los sellos y la envié.

Aquella noche, en la fiesta, me emborraché. Como soy abstemia, ya era suficiente con oler el alcohol. Pero no es que precisamente me limitara a olerlo, qué va.

A la mañana siguiente me desperté en la cama de Maurice. Tenía el cerebro de piedra y los oídos me silbaban. Maurice me dio un brebaje hecho con ginebra, crema de leche y no sé qué más. Al cabo de un rato las piedras se habían convertido en corcho y los silbidos en arrullos de paloma.

–¿Qué estoy haciendo aquí?

–¿Qué hace una mujer en la cama de un hombre?

¿Un hombre? ¡Maurice era una criatura de veinticuatro años! Me sentía halagada, eso sí, de que un chaval como él se apasionara tanto por mí. Pero me hacía sentir vieja. Ahora, además de vieja, me encontraba fea, llena de achaques y de puñetas.

–¿Y qué? –pregunté temerosa del diagnóstico.

–Eso eres tú quien tiene que decirlo.

–¿Yo? ¡Yo no me acuerdo de nada!

–Lástima. Porque eres sensacional.

Sólo llevaba una toalla atada a la cintura. A lo largo del espinazo, un tatuaje floral. ¡Qué manía con el tatuaje, los australianos! ¡Recordé una mano tatuada, pero cuando intentaba recordar de quién, Maurice se sentó al borde de la cama y se le desató el nudo de la toalla. De pronto me entraron unas ganas locas de volver a ser sensacional y, sobre todo, de darme cuenta de ello. Aquel muchachote con cara de ángel tenía un cuerpo que me convertía el corcho del cerebro en algodón de muy agradable suavidad.

Los dos estuvimos sensacionales.

3

Bajé al final de la línea 19. Quería observar el barrio con cierto detenimiento, porque aquella zona de la ciudad sólo la había visto de pasada en el autobús, camino de Sidney. Fakers Road estaba allí mismo, esquina con la Hume Hayway.

Era una calle no demasiado larga pero muy espaciosa, con poco tráfico comparada con la fila continua de la Hume que llevaba a Sidney, sorprendentemente silenciosa desde las aceras con magnolios, a un lado y a otro de las cuales los jardines ingleses habían sustituido a la flora original del lugar y habían concedido al barrio una elegancia que nada tenía que ver con lo que yo me había imaginado de las Antípodas.

El aire europeo de Melbourne, que tan satisfechos tiene a los melburneses, allí estaba quintaesenciado. En cierta manera, aquella parte alta de la *queen city* me recordaba, con ciertas diferencias, la parte alta de la Barcelona anárquica, modélica, pretenciosa y no sé qué más. Pero no es verdad lo que dicen los de Sidney, que Melbourne es una ciudad puritana y aburrida. No.

Diseminados entre los jardines, casonas con criadas de cofia que sacaban brillo a cristales cuadriculados y mayordomos con chalecos rayados que regaban las macetas floridas de las terrazas. Bueno, en realidad, ni criadas ni mayordomos: pero no habrían quedado mal allí y habrían redondeado el cuadro y el ambiente que se respiraba: calma, confort y señorío.

Residencia Rutherford: letras de latón sobre mármol.

–Vengo a ver a la señorita Cristina Segura.

Pues sí, aquí había abierto la puerta un mayordomo, y vestía un chaleco a rayas.

–¿Está usted citada con Mrs. Joil?

–No vengo a ver a Mrs. Joil, sino a miss Cristina Segura. ¿Quién es Mrs. Joil?

–¿Y usted quién es?

–Una amiga de miss Cristina Segura.

Me dio la espalda sin decirme nada y desapareció por una puerta a la derecha del vestíbulo. Un vestíbulo redondo, con claraboya de cúpula que desparramaba una claridad lechosa, relajante. A la izquierda, una escalera se curvaba hacia una galería interior, desde donde bajaba alguna risa y música tecno amortiguada. Frente a mí, unos grandes ventanales dejaban ver un jardín interior con piscina cubierta. Unas cuantas muchachas ganduleaban por allí, algunas de ellas desnudas. Vistas desde el vestíbulo, parecían como mínimo fotografías de una revista artístico-porno. Dos chicas más, visiblemente poco agraciadas –chaparras, piernas rechonchas, vestidas con camiseta y pantalones cortos–, servían bebidas y daban masaje a las bellas. Y un hombre alto y robusto, con un traje completo color hueso y sombrero de paja, se paseaba entre ellas, y a una le tocaba el culo, a otra le pellizcaba un pezón y la chica pellizcada se incorporaba de un salto, dolorida, pero no se atrevía a propinar un sopapo al hombre trajeado.

Y a pesar de que parecía que no podía ser, lo era: diferente, pero el mismo. Lo único que no le cambiaba eran los bigotes y la flor de colorines en la mano izquierda. Por lo tanto, Mrs. Joil tenía que ser...

–Mrs. Joil la recibirá al instante –el chaleco rayado me hacía la señal para que lo siguiera.

Y, efectivamente, Mrs. Joil era la dama bellísima y elegantísima que había venido al aeropuerto a buscar a Cristina, con el chófer bigotudo de la mano tatuada que acababa de ver allí disfrazado de chulo.

–Me sabe mal hacerle perder su tiempo, Mrs. Joil, pero me parece que el mayordomo no me ha entendido. Yo sólo vengo a hacer una visita a Cristina Segura... No hacía falta que la molestaran a usted, era suficiente con que la hubieran llamado a ella.

Mrs. Joil me escuchaba con deferencia.

–Es nuestra costumbre conocer las visitas que reciben las chicas –pausa–. La familia nos las confía y nuestra responsabilidad es velar por ellas. Nuestra reputación nos obliga a ello. Lo comprende, ¿verdad?

¿A dónde quiere ir a parar, mala pécora?

–¿Quién es usted?

Cuando le hube dado mi filiación, medio verdadera, medio falsa, quiso comprobarla con mi pasaporte.

–Oiga, ¿esto es una residencia para señoritas de buena familia o una comisaría de policía? Haga venir a Cristina y ella misma le explicará quién soy, de qué la conozco y todo cuanto quiera saber de mí.

–Bueno, el caso es que aquí no tenemos a ninguna señorita con este nombre. Ni la hemos tenido nunca. En realidad, no conozco a ninguna chica que se llame así –magníficamente imperturbable, la mujer: como si estuviera diciendo la pura verdad.

–¡Vaya! ¿Y por qué no me lo ha dicho desde el principio? ¿A qué viene tanto interés por ver mi documentación? Oiga, señora, no me cuente mentiras, porque usted y ese chulo que tiene en la piscina se la llevaron delante de mis narices, en el aeropuerto de Tullamarine. Que Cristina no esté ahora aquí, eso me lo creo, pero que no la conoce... ¡Venga ya, mujer! Y a mí también me conoce usted...

–Señorita, permítame que le diga que no estoy acostumbrada a que se utilice este tono en mi propia casa. Haga el favor...

–Y yo no estoy acostumbrada a que quieran tomarme el pelo de una manera tan poco refinada. O sea que haga el favor de decirme dónde está Cristina. ¿Dónde la llevaron desde el aeropuerto?

–Le digo que se equivoca...

¡Testaruda, la dama, mecachis en la mar!

–Venga, ya está bien: ¿dónde está Cristina Segura? –yo, aún más testaruda que ella.

–No estoy dispuesta a seguir aguantando sus impertinencias.

Y ya entraba el del chaleco a rayas y me agarraba suavemente –es un decir– por el brazo, y me acompañaba hasta la puerta y me la cerraba en las narices.

Caminé por Fakers Road en dirección contraria a Hume Hayway, di la vuelta a la primera esquina y me paseé un buen rato por el barrio: estaba segura de que tarde o temprano descubriría a quien me seguía. Pero me cansé. Nadie, ni a pie ni en coche. Tan distraída iba yo vigilando a la poca gente de las aceras y los coches que me parecía que circulaban con excesiva lentitud, que al cruzar una calle transversal miré instintivamente a mi izquierda en vez de a la derecha.

Se me acabaría el visado de seis meses de permanencia en Australia y aún no me habría acostumbrado al hecho de que los coches circularan por la izquierda. En más de una ocasión había tenido que dar un salto atrás, precipitadamente, tras haber comenzado a atravesar una calle con la seguridad en el cuerpo. Por eso, a pesar de que hubiera semáforos que dieran paso a los viandantes, el instinto de supervivencia hacía que me asegurara de que no se acercaba ningún coche. Sólo que me aseguraba por el lado contrario.

O sea que miré hacia la izquierda, di un paso por la calzada, y de repente, por la derecha, me embiste un rayo desencadenado que por poco me deja seca. No sé cómo, salté hacia atrás sobre la acera y ni yo tuve ánimos de increpar al coche, ni a mi cuerpo le quedó tiempo para la correspondiente descarga de adrenalina. El coche, blanco, de formas exageradamente redondeadas, pegado al suelo, se alejaba a toda velocidad sin haberse dado cuenta de que había estado a punto de dejarme seca. Me apoyé en el semáforo con la sangre helada.

–¿Se encuentra bien?

Una señora frisando los sesenta, gordita y plácida, con un cesto en la mano, me miraba compungida. Ya la tenemos aquí, pensé. Un personaje de aquellas características desentonaba en aquel barrio. Si querían seguirme, lo habrían podido hacer de forma más inteligente. Y cuando la mujer me alargó un pañuelo empapado en colonia, yo se lo rechacé sin miramientos y me puse a correr hacia la parada de tranvías.

–Pobre mujer –dijo Lida–, seguramente lo hacía con toda la buena voluntad del mundo...

–Puede que sí. Lo malo es que la mala voluntad de unos la pagan los otros –apunté filosóficamente.

Estaba irritada: ninguna de las dos gestiones habían dado buen fruto. Tampoco Jem y Lida habían podido sacar nada en limpio en la agencia de viajes.

–... que se limitan a hacer de intermediarios entre los clientes y nosotros...

–Y vosotros os lo habéis creído, claro –dije con impertinente menosprecio.

–Pues no es nada raro, chica. Éste es un país libre, sin carnet de identidad. Y aunque los clientes hubieran pagado con tarjeta de crédito, en la agencia no tienen por qué darnos la referencia... Sin embargo, la verdad es que resulta curioso que pagaran al contado..., ésta es la tierra de las tarjetas...

–¿Y si hubieran olvidado algo en el barco, cómo se lo podríamos devolver?

–¿Y qué excusa crees que hemos dado para desear volver a ponernos en contacto con los clientes? Que se habían olvidado un anillo –dijo Lida–. Y nos han dicho que lo entregáramos en la agencia o que lo guardáramos nosotros, que los clientes ya se molestarían en venirlo a buscar...

–Lonia..., creo que sería mejor que lo dejaras correr –me recomendó Jem–. Si Cristina necesitaba tu ayuda, tuvo más de una ocasión para pedírtela, por mucho que el Piernas la vigilara.

–¿Y por qué no echó ella misma al correo la carta para su padre?

–¡Yo qué sé!

–No tienes por qué sentirte responsable de ella, que te conozco, bacalao –dijo Lida–. Si quieres meterte en un lío, espera a tu regreso a Barcelona, que ya falta poco.

Lida tenía razón. Para hacer lo mismo, no era necesario venir a las Antípodas. Pero yo acababa de decidir que dejaría perder el billete de vuelta que me había pagado Arquer y permanecería en el culo del mundo hasta que encontrase a Cristina.

No sé hasta qué punto influyó en ello el hecho de que no deseara involucrar a Jem y a Lida en lo que me proponía llevar a cabo, o el hecho de no tener que dar explicaciones de mis motivos para actuar así. El caso es que Maurice no tuvo que insistir demasiado para que me fuera a vivir a su casa-con-huerto de Heltham.

–Lo tienes a tus pies –me dijo Lida, no muy convencida de mi decisión.

–¿Así que no piensas irte por ahora? –me preguntó Jem–. Ya sabes a lo que te expones, ¿verdad?

–Es emocionante ser ilegal –mentí–. Y esta tontería con Maurice también lo es –volví a mentir–. Mientras dure, claro está.

–¡No te hagas la frívola, cojones! –gritó Lida, francamente enfadada. Y después cínica–: Creía que no te gustaban los jovencitos.

Sí, me gustan los hombres más maduros, no los jovencitos. Sin embargo, la verdad es que me gustan los hombres ya hechos, porque creo que ya sólo puedo gustar a los hombres hechos. Lo que llaman la crisis de los cuarenta, yo, para ser diferente, la había empezado a padecer a los treinta y cinco... y todavía me duraba.

Lo que no les dije fue la causa decisiva de mi determinación de irme a vivir con Maurice: el día antes, cuando ellos estaban en la radio, yo había subido a cubierta y vi a un hombre plantado en el extremo del muelle. Iba vestido exactamente de la forma en que no viste la gente acostumbrada a ir al mar. Era como los cazadores novatos, que se colocan el uniforme de El Corte Inglés, y luego no cazan ni un gorrión, pero éste en plan marinero. Pantalones blancos, camiseta a rayas blancas y azules, gorra azul de visera, mocasines de suela de caucho para no rayar la madera del yate. Impecable. Gigantesco. Camaleónico: con los mismos bigotes inmensos del chófer y la misma flor en la mano.

Venía a buscar el anillo, claro está.

–¿Tú también eres secretario? –le pregunté.

Pero lo diría en un inglés incomprensible, porque no me entendió. Me miraba con cara de pocos amigos, pero yo no pude evitar hacerme la dura. A mi modo, claro.

–¿Un *ring*? No lo sé, los dueños del barco no me han dicho nada... ¿De dónde has sacado tal cosa?

–Nos han avisado en la agencia de viajes...

–Os han avisado. O sea que han tenido que avisaros... ¿No os habíais dado cuenta? –pausa mía y silencio furioso por parte de él–. Y... ¿qué clase de *ring*? ¿Una sortija, un anillo *digger* con un ópalo? ¿De oro o de latón? Es que tenemos tantos anillos olvidados por los clientes y que después no han pasado a recoger...

–¿Quieres jugar a las adivinanzas, *dolly*?

–Ni *dolly* ni leches..., pero sí, claro que quiero jugar. ¿Verdad que no sabes, tío, cómo se llama una de las *dollys* que hizo el crucero? Se llama Cristina Segura. Y tampoco debes de saber que es la misma que hace medio año recogiste en el aeropuerto con Mrs. Joil.

Se ve que se le debió de terminar la paciencia: hasta entonces habíamos estado hablando yo desde la cubierta del Manyac y él plantado en el muelle; pero al punto subió a bordo en un impulso y me agarró por la muñeca con muy poca amabilidad. En la mano tatuada le había crecido un cuchillo brillante, amenazador.

Hice dos cosas al mismo tiempo: le clavé un rodillazo en las partes –marca de la casa– y me puse a chillar como una doncella desvalida.

Salió gente del interior de los yates vecinos. Vinieron marineros del servicio del club marítimo, y al extremo del muelle apareció, como por un milagro sospechosamente oportuno, un coche de la policía.

Los dos bofias se lo llevaron, sin ponerle las esposas, porque el pobre hombre aún estaba doblado con las manos en los cojones. Pero intuí que no lo detenían, sino que lo salvaban de mis garras, y que no lo conducirían a ninguna comisaría, sino que lo dejarían, sano y salvo, a la puerta de la residencia Rutherford. Porque no sólo no me habían preguntado nada, sino que ni tan siquiera se habían molestado en escuchar mis explicaciones.

Como sea que había logrado desempeñar el collar de Mrs. Daisy y, además, poseía el anillo de Rule para un momento de necesidad; y como en casa de Maurice era él quien pagaba todos los gastos –bien mirado, yo era su mantenida, y a mucha honra–, decidí comprar un coche de segunda mano para ir de un lado a otro.

Regresé a Fakers Road. Aparqué cerca de la Residencia Rutherford y me sequé el sudor. En abril y en Melbourne, más bien hace fresquito: la gente ya ha sacado ropa de invierno. Pero conducir por una ciudad de la que no conoces las direcciones y encima con el tráfico circulando por la izquierda, haría sudar a la conductora más experimentada incluso en pleno casquete polar.

Observé entrar y salir gente de la Residencia. Sobre todo, chicas, pero siempre acompañadas de uno o dos energúmenos altos y fornidos que quitaban las ganas a cualquiera que pensara acercarse a ellas. Por ese lado no hay manera. Sólo en una ocasión, durante todo el día, salieron dos de ellas sin escolta. Pero no tuve tiempo de acercarme: un coche con las puertas abiertas las esperaba justo delante del lugar en el que el sendero del jardín se encontraba con la acera de los magnolios.

Aquella noche, Maurice había comprado golosinas vegetales. El chaval me mimaba. Me habló de su infancia en la granja, en pleno *backout*, cuando todavía no existían las radios-escuelas; y de su abuelo, quien le enseñó las primeras letras. Yo le hablé de cuando era niña, en Mallorca, y de aquella monja que nos quería hacer aprender las vocales a bofetadas.

Luego me hizo una demostración amatoria de gran variedad imaginativa.

A la mañana siguiente, después de un sueño profundo y relajante, me desperté fresca como una rosa. Y en vez de ir a la academia de idiomas –me la había inventado para cubrir mis verdaderas actividades–, regresé al barrio de Toorak y me planté de nuevo en Fakers Road.

Hubo aún menos movimiento de entradas y salidas que el día anterior. Cuando vi a dos chicas que salían solas de la casona por una puerta lateral, salté del coche, de manera que cuando llegaron al primer magnolio yo ya estaba al lado de ellas con un plano de la ciudad en la mano haciéndome la turista despistada. Pero no habría sido necesaria tanta precipitación, pues no las esperaba ningún coche: eran de las feas. No iban vestidas ni maquilladas como las otras, sino con una discreción muy adecuada con su físico poco favorecido por la naturaleza. Poseían rasgos orientales y hablaban un idioma francamente incomprensible.

–*Please...* –las paré amablemente.

Me miraron extrañadas. ¿Puede que amedrentadas? Una de ellas dirigió una mirada furtiva a la casa. Esa actitud era francamente extraña en una ciudad en donde no te hace falta solicitar ayuda a nadie porque te la ofrecen con sólo verte con un mapa en la mano.

–Esta casa de donde salís, ¿qué es? –les pregunté–. Una residencia de señoritas seguro que no, o sea que no es preciso que me respondáis eso. Mirad, quiero encontrar a una amiga mía, sé que Mrs. Joil...

–*No understand* –dijo la más temerosa en un inglés aún más defectuoso que el mío y cogió a la otra por el brazo y tiraba de ella.

Yo las agarré a ambas por el brazo y las retuve.

–*Yes, you understand.* ¿No os dais cuenta de que si

tenéis miedo estaréis encerradas aquí toda la vida? Vamos a otro sitio y hablaremos. ¡Venid, tengo el coche aquí!

La más valiente ponía cara de haberme entendido y parecía dispuesta a seguirme. Dijo alguna cosa a la otra, que negaba con la cabeza, muy asustada, y después me dijo en un inglés muy rudimentario:

–*You no tricky?*

–No, claro que no os engaño. Quiero saber dónde está mi amiga. Y quiero saber qué clase de líos hay en esta casa. Quiero ayudaros, ¿no lo entendéis?

–*Very dangerous. Very trouble.*

Ya me lo imaginaba. Pero el que quiera pescar tiene que mojarse.

Las chicas echaron a andar, y yo detrás de ellas. Parecía, no que quisieran deshacerse de mí, sino alejarse de la casa. Pero no tuvieron tiempo: en aquel momento vi que el chaleco a rayas venía gesticulando por el sendero. Ellas se quedaron detenidas al lado de un magnolio, mirando como hipnotizadas al hombre que se les acercaba.

Me alejé discreta aunque rápidamente, y cuando el mayordomo las cogía a ambas por el brazo y las llevaba hacia la casa, yo ya había desaparecido detrás de los arbustos de otro jardín.

Regresé al coche dando un gran rodeo. Maldecía mi mala pata. Si no hubiera tenido tanta prisa, si hubiera esperado a que estuvieran fuera del campo de visión de la casa...

Estás perdiendo facultades, Lonia. No hay que ser tan impulsiva en este oficio. La reflexión y la intuición son las cartas que hay que jugar, y a ti, Lonia, ambas se te han evaporado.

No tuve tiempo de autorrecriminarme: en ese momento salían de la casa el Camaleón Tatuado con dos tipos más. Caminaban arriba y abajo de la calle, vigilando, sin demasiada convicción a pesar de todo, ya que no me vieron. Claro que me acurruqué bajo el volante, pero sólo con que hubieran estado un poco al tanto, me habrían pillado.

Y justo cuando ya habían vuelto a entrar, apareció el coche por el lado de la Hume: ¡el coche blanco de formas escandalosamente redondeadas y pegado al suelo! Llegaba sin la estridencia del día en que estuvo a punto de plancharme. Fuera quien fuese el que lo conducía, iba al ritmo rápido pero ordenado del tráfico de Melbourne, que era como si en una conversación animada nadie dice una palabra más alta que la otra ni pisa ni corta las demás intervenciones.

Habrías tenido que darte cuenta, Lonia Guiu, de que no era lógico que en esta civilizada ciudad un coche te afeitara si su objetivo no era quitarte de en medio.

Ahora la Joil salía de la casa y subía al coche. El coche arrancaba, y yo detrás sin pensármelo un segundo.

Para una experta como yo en seguir coches, aquella carrera fue un suplicio. La circulación era más fluida que en Barcelona. Más juiciosa. Más calmada. Y se nota que cuando estás acostumbrada a las cosas más complicadas, las cosas sencillas te resultan más difíciles. Sobre todo cuando las cosas sencillas son al revés de las complicadas.

Mientras fuimos por el Hume no hubo problemas: el coche blanco por una vía y yo por otra. Sólo que no me detuve cuando paró el tranvía y estuve a punto de atropellar a un pasajero que descendía. Oí que me gritaban, pero vi la señal de giro que hacía el coche blanco y me coloqué en su carril. Naturalmente, la calle por la que giró era de doble dirección y me metí por la que no me correspondía. Frené justo a tiempo. Pero el coche que me venía de frente tardó unos segundos en hacerlo y oí el ruido de cristales rotos. Di marcha atrás y obligué a un coche que me pasaba por detrás a que se desviara estrepitosamente. Se armó la marimorena. Se ve que estas cosas no suceden muy a menudo en Melbourne, pero cuando ocurren la gente se sale de sus casillas con gran facilidad. No podía permitirme el lujo de intentar aplacar los nervios exaltados de la gente. Además, todavía no dominaba las dimensiones del coche, pues el volante a la derecha me despistaba. O sea que cerré los ojos y embestí. A lo lejos por la calle el coche blanco desaparecía. Aceleré adelantando a los demás coches y colocándome, cuando era necesario y podía, por las vías de sentido contrario, hasta llegar –sólo el ángel de la guarda sabe cómo– al final de la calle. Me colé por el callejón por donde había desaparecido el coche blanco. El callejón se convertía en carretera y luego en puente. Pero no podía ser el Yarra, el río que discurría por debajo, pues mi despistado sentido de la orientación me indicaba que nos encontrábamos en el otro extremo de la ciudad, hacia el oeste. Aunque no hubiera apostado nada por ello, ni tan siquiera cuando vi que los aviones volaban bajo y supuse que podíamos andar cerca de Tullamarine.

Unas curvas más abajo vi de nuevo el coche blanco.

El seguimiento se tornó más fácil durante un rato. Poco tráfico. Pronto me di cuenta de que circular por la izquierda ya no constituía un trauma. Casitas dispersas, una zona parecida al barrio de Maurice, más urbana sin embargo, más cerca del centro. Fuera como fuese, ya la situaría al volver a casa. Ahora no podía permitirme el lujo de fijarme si no quería perder a la Joil. No tenía ni la más remota idea de hacia dónde nos dirigíamos ni del tiempo que hacía que estaba siguiendo al coche blanco.

Entonces, a lo lejos, por encima de una zona verde, reconocí el edificio de la radio de Jem y Lida por una parte que sobresalía. O sea que estábamos relativamente cerca del Yarra.

El coche blanco se detuvo en una calle de edificios bajos, sin árboles. Salieron la Joil y otra mujer, elegante como ella, pero más vieja. ¡Mala puta! ¡Con su aspecto de abuela joven que se dedica a los comités de caridad, y había intentado atropellarme con su máquina!

Aquella calle poseía un aire muy particular. Las casas parecían viviendas, pero en casi todas las fachadas había rótulos: una empresa de diseño, un club de ajedrez, un estudio de arquitectos, una casa de alta costura, un club de una religión esotérica, una asociación profesional de médicos... Todo era arquitectura moderna, de líneas limpias que me recordaban a Sert. Aséptico aunque acojedor. Una buena combinación. Monash St.

Las dos damas entraron en el número doce. Osseto. Podía tratarse de un club de macramé. O cualquier otra cosa. Seguro que era cualquier otra cosa.

Las dos señoras no me concedieron demasiado tiempo para sacar mis conclusiones. La carrera continuaba. Hacia la City.

Yo conducía ya como una autómata, sólo atenta al coche blanco para no perderlo y para que no se dieran cuenta de que los estaba siguiendo. Pero con el aumento del tráfico, volví a notar el volante a la derecha y los coches que me venían de frente, ¡maldita sea! Y aquel podrido tranvía que me impedía el paso.

Ahora sí que me había perdido. Ante mí tenía toda la calle Bourke, de doble dirección, con el edificio del Parlamento al fondo y una pléyade de calles transversales. Coches a porrillo, tranquilos, disciplinados, pero a porrillo. Hubiera querido ir muy lentamente, aminorando la marcha sobre todo al cruzar cada calle: tenía la esperanza de recuperar aquellas formas redondeadas sólo mirando a uno y otro lado. Pero los demás conductores se ponían nerviosos. Incluso alguno tocó la bocina, música insólita.

Y no sé cómo me encontré con que había armado otro buen follón.

En Barcelona había estado más de una vez mezclada en follones de aquella clase. Pero era yo quien los provocaba. Y los provocaba porque quería, porque me convenía. Para impedir el paso de un coche que me estaba siguiendo o al que yo seguía, para distraer a un peatón que me molestaba, para desviar la atención de un hecho que deseaba que pasara desapercibido. Pero en Melbourne, toda mi habilidad como conductora se iba a hacer puñetas, y, sin pretenderlo, me encontraba en medio de un caos de tráfico que se había armado por sí solo.

Juro que no sé cómo logré salirme de él. Pero aún escucho los gritos de un rebaño de energúmenos que, si no hubieran chillado tanto, seguro que les habría entendido que se cagaban en mis muertos. En aquel momento, tampoco sabía en cuál de las calles transversales me había metido. No veía ni torta y estaba a punto de detenerme en seco para hacer lo que de verdad me apetecía: echarme a llorar.

Me detuve, pero no lloré. Miré arriba y abajo, a la derecha e izquierda. El ángel de la guarda me había abandonado. Recorrí, esta vez con mayor calma y más cuidado, unas cuantas calles de la City. Y nada. Como si el coche se hubiera evaporado. Podía encontrarse en cualquier aparcamiento subterráneo de la zona, podía haber tomado una de las calles paralelas a Bourke, incluso podía haberse puesto a volar.

4

El *pub* parecía trasplantado de aquél de Greenwich en el que había comido un pastel de pastor. Sólo que, como por allí no pasaba el meridiano ni la bola del tiempo bajaba a las doce en punto, no estaba lleno de turistas.

Aquel singular y curioso prurito de britanismo propio de los *aussies.*

Se miraban y quedaban boquiabiertos en el espejo de la metrópoli. A pesar de que ya se escuchaban voces que propugnaban quitar la *Union Jack* de la bandera. Y también se vanagloriaban de una *way of life* autónoma y, por lo tanto, diferente. Pero las diferencias venían dadas por influencias de la pariente rica y poderosa, América del Norte. En el caso de aquel *pub,* la infuencia consistía en un aparato de televisión y una máquina tragaperras.

Una barra de madera oscura en forma de ele, con una hilera de grifos de cerveza de barril. Detrás de la barra, un camarero descolorido miraba distraído la televisión y en la contemplación lo acompañaba un cliente que se tragaba, también distraídamente, el contenido de una jarra de cerveza monumental.

Ante la máquina tragaperras, una abuela se obstinaba, con tanta fe como poca fortuna, en hacerle cantar la cancioncilla de la buena suerte. Y a su lado, dos jóvenes rubiales y fornidos se dedicaban con contumacia a clavar dardos en el círculo de corcho colgado en la pared. Sus latas de cerveza, con los protectores para conservar la temperatura helada, retemblaban sobre la máquina tragaperras, bajo las sacudidas de la abuela. Pero ellos se habían olvidado de las bebidas y discutían apasionadamente por un milímetro de corcho.

–Una cerveza –pedí.

–¿De qué clase? –preguntó burlón el camarero.

Se ve que era ridículo no pedir directamente la clase y la cantidad. Aún más ridículo habría sido pedir una naranjada o un vaso de leche.

–Da lo mismo. No me la voy a beber... Y una guía de teléfonos.

Pues sí, estaba: OSSETO, Monash St., número doce, en Sunshine.

–¿Puedo telefonear?

El camarero me indicó el reservado que se encontraba al fondo del local. Cuando me dirigía allí, oí que llamaba la atención de los clientes sobre algo que anunciaban en la televisión.

Marqué el número. Una voz de mujer.

–*Mrs. Joil, please* –dije, muy decidida.

–No está. Ya se ha ido. ¿Quién habla? –la voz tenía un acento de procedencia no anglosajona.

–Llamo desde la residencia Rutherford. Tenemos que localizar urgentemente a Mrs. Joil. ¿No ha dicho a dónde se dirigía?

–¿No lo sabéis vosotros? ¿Quién habla?

–Y tú, ¿quién eres?

Unos segundos de vacilación al otro lado del hilo.

–Alexia.

–Yo soy la Puttie –¡toma ya!–. Oye, Alexia...

–¿La Puttie? No te conozco.

–Yo a ti, sí. Escucha, es muy urgente. En la residencia tenemos una visita peligrosa y debo comunicarlo sin falta a Mrs. Joil. Sé que tenía que efectuar unas gestiones en la City, pero dependía de la visita ahí, en la calle Monash. ¿No ha dicho a dónde iba, antes que nada? Puedo pasarme toda la mañana intentando localizarla en diversos teléfonos, pero seguro que a ella no le gustará que tenga que hacerlo..., ya la conoces...

–Sí..., la conozco demasiado. –Pausa–. Ha hablado por teléfono con Mr. Mec y ha ido a la agencia con Mrs. Gardener.

–¿Qué agencia?

–¡La agencia Gardener, naturalmente! –con un punto de desconfianza en la voz.

–¡Ya lo sé, mujer! –tenía que echarle jeta al asunto y arriesgarme–: Quiero decir a qué sucursal.

–A la central...

Así no íbamos a aclararnos, pensé.

–¿Por qué llamas tú en lugar de Toby? –quiso saber Alexia.

–Porque Toby está con la visita que te he dicho. Dices que en la central, pues... ¿Estás segura?

–Claro.

–¿Y por qué estás tan segura?

–Porque ha dicho a Mrs. Gardener que Mr. Mec los esperaba en Bourke St. Y la agencia central está en Bourke, ¿no?

Al fin. Justamente era en Bourke donde me había desaparecido el coche blanco. Y ahora yo me encontraba en una de las estrechas calles del tablero de ajedrez de la City. No me sería difícil localizar la agencia Gardener.

–Buena chica –dije–. Bueno, adiós...

–Oye, ¿dices que me conoces? ¿De qué me conoces? Yo hace mucho tiempo que no estoy en Rutherford. ¿Eres nueva?

–Casi. Y te conozco porque Mrs. Joil me ha hablado de ti.

Hasta entonces yo había empleado un tono cortante, autoritario. Alexia, en cambio, parecía entre desconfiada y temerosa. Ahora me pareció sólo temerosa:

–¿Y qué te ha dicho de mí?

–Escucha, ahora no puedo perder más tiempo hablando... Tengo que llamar a Gardener...

–¿Pero qué te ha dicho de mí?

–Si quieres, podemos vernos un día y te lo contaré...

–¿Estaba enfadada...?

–No..., enfadada del todo, no... –dudé por un segundo–: pero tampoco demasiado satisfecha...

–¡Oh! –me pareció escuchar un sollozo–. ¿Qué voy a hacer yo ahora?

–¿Quieres que nos veamos un día? –me ofrecí.

–¿Cómo? ¿A ti te dejan salir?

–¿Qué?... Ah, sí... Conmigo es diferente, sí que puedo salir. –Y mi instinto particular e intransferible me hizo añadir–: Mrs. Joil me tiene mucho afecto.

Al otro lado del hilo, los sollozos se hicieron inconfundibles.

Cuando regresé a la barra, el camarero y los clientes parecían como azorados. La abuela ya no jugaba a la máquina tragaperras, y los dos lanzadores de dardos ya no consideraban el corcho redondo como el centro de su mundo.

–¡Es que no hay derecho! –gritaba uno de los muchachos–. Y ya puedes decir que eso, aquí, no pasaría –al camarero–. Con esas cosas, tanto da si pasan aquí como en Rusia o en Perú: ¡nos alcanzarán a todos! ¡Hijos de puta!

Cogí la jarra de cerveza que me aguardaba y me la bebí de un golpe sin darme cuenta. Intentaba conocer qué era lo que los tenía tan alterados. Pero odio la cerveza, y seguramente puse cara de asco. Pedí otra.

–Ya se te ha calentado, hija –la viejecita me sonreía, con una gran jarra de *guiness* en la mano–. La cerveza hay que beberla bien helada y entonces cura todos los males.

–Tanto da helada como hirviendo, abuela: ¡igualmente la diñaremos todos muy pronto! –dijo uno de los jugadores de dardos.

–No seas exagerado –decía el camarero–. La noticia es sólo un rumor, todavía...

–Sí, y cuando nos la confirmen, ya no habrá nadie que pueda escucharla.

Por fin supe de qué iba la cuestión: por la televisión habían comunicado que en algún lugar de la Unión

Soviética una central nuclear había estallado como un globo. Noticia no confirmada, informaciones contradictorias, desmentidos oficiales, etcétera. Ahora el jugador de dardos manipulaba el aparato de televisión a fin de encontrar un canal que diera más información. Yo, en un mecanismo de defensa harto extraño, me aferré a lo que tenía más a mano: me bebí la segunda cerveza de otro trago. Luego, con el mismo mecanismo en funcionamiento pregunté–: ¿Qué calle es ésta? –mientras desplegaba el mapa de la ciudad.

La abuela se interesó vivamente. Los australianos adoran a los turistas, como los adoraban los mallorquines, pero por diferentes motivos. Aquí te agradecen que hayas tenido la idea de visitar este culo del mundo y te tratan a cuerpo de rey. Allí nos embelesábamos y pensábamos a ver qué podíamos sacar de ellos.

La abuela me apuntó Hardware St. Yo marqué con el dedo el itinerario a seguir hasta Bourke St. Y después busqué el número de la agencia Gardener en la guía telefónica.

La abuela estaba ansiosa por ayudarme.

–No, si ya sé ir allí yo solita –dije.

En la City no podía perderme. Sólo tenía que tomar las calles principales del cuadriculado.

–Pero lo que no sabes son los atajos –dijo ella–. ¿Tienes coche?

–Sí...

–Si quieres puedo acompañarte.

–No quisiera molestarla...

–Mira –el camarero me guiñó el ojo–, si le pagas la cerveza que hoy ya lleva tragada, le harás un favor a ella. Y si te la llevas, me harás un favor a mí...

No sé por qué, pero yo misma me sorprendo de la facilidad con que a veces me dejo convencer.

En la calle, la vieja decía, mientras subía a mi coche:

–Yo, francamente, prefiero acabar de un empacho de *guiness* que de un cólico de radiactividad de ésa... Pero hoy no he tenido suerte con esa máquina...

Le dije que no se preocupara, que yo le pagaría gustosa la muerte que deseaba.

La abuela tenía verdaderas ganas de pasear en coche; se le notaba.

Iba indicándome por dónde tenía que ir, por dónde tenía que girar, muy puesta y satisfecha en su papel de copiloto. De cuando en cuando, saludaba a los otros conductores, como una reina paseando en el interior de su carroza.

En cambio a mí la cerveza me había sentado mal: era la primera consecuencia de la radiactividad.

La agencia Gardener tenía un gran rótulo en las ventanas del tercer piso de un anodino edificio de oficinas, acero y cristal y publicidad. El rótulo, que sufría parpadeos eléctricos, anunciaba una agencia matrimonial. A su lado, una iglesia cerrada *on sale.* Para pasar el rato –no quería tropezarme con la Joil– me puse a conversar con la abuela.

–Los tiempos cambian, hija, y ahora la gente no está para iglesias. Aquí van a hacer un restaurante, unas galerías o un banco. No será la primera iglesia que corre tal suerte, ¡y me parece la mar de bien!

Muy progre, la abuelita.

–¿Qué estamos esperando en esta calle? –me preguntó entonces.

–He de ir a aquella agencia matrimonial.

A veces, la sinceridad no es ni una virtud ni un defecto: es una metedura de pata.

–¿Quieres casarte?

–Pues... sí... –¿qué le iba a decir?

Primero me soltó un sermón acerca de las ventajas de permanecer soltera. Luego me confesó que ella había tenido cinco maridos, tres de los cuales fueron legales, y que nunca se había sentido mejor que cuando había ido por libre.

–Aquí es fácil encontrar marido, hija. Hay más hombres que mujeres. Por eso, cuando quieras uno, sólo es necesario levantar la mano, como si llamaras a un taxi. No entiendo por qué tienes que atarte a uno solo... –pausa–. ¿Acaso lo buscas para poder permanecer en Australia? Ya lo entiendo, se te ha terminado el visado y quieres quedarte, ¿verdad? Pero seguro que tiene que haber otros sistemas, niña..., seguro... Quizás... Quizás yo pudiera ahijarte y...

Era encantadora. Delgada como un fideo, con ropas multicolores y ojitos enrojecidos por la cerveza. Quizá sí fuera una solución que me ahijara. Más que casarme con Maurice, quien ya también me lo había propuesto.

Por último un automóvil se detuvo delante de la puerta. Unos instantes después vi bajar a la Joil. Cuando bajé yo del mío, la vieja se empeñó en acompañarme.

–Yo me conozco a los hombres: los puedo calibrar con sólo verlos una vez, ni que sea en fotografía. Los hombres de aquí quieren una criada y una puta, todo a la vez y gratis. Y ya que no quieres seguir mi consejo de no casarte, por lo menos deja que te aconseje en la elección.

Me daba la sensación de que aquella viejita tenía cien años y que me estaba contando historias de la época de la fiebre del oro. La verdad es que me apetecía más escuchar su charla que tener que ir a hacer la visita, pero la obligación está antes que la devoción, como diría la tía Antonia.

–¿No preferiría ir a tomarse una cerveza? Mantengo la promesa de pagarle a usted tantas como pueda beber... para que pueda morirse de la forma que más le guste...

–Luego. Cuando hayamos hecho el trabajo en la agencia, ya me invitarás, hija. Primero los malos tragos, luego la juerga –como mi tía Antonia.

La verdad es que dejé que viniera conmigo por pura conveniencia; en su compañía, mis intenciones pasarían más desapercibidas.

Yo, la verdad, no soy una experta en agencias matrimoniales, pero aquélla lo parecía todo menos lo que pretendía ser.

–¿Mrs. Gardener? –pregunté a la recepcionista.

Era lo que Quim llamaba –me parece que con una pizca de coña– una mujer de bandera. Me pregunté para qué demonios necesitaba mostrar tanto el tetamen. Cuando estuvimos instaladas en una salita de espera pude ver que todas las chicas que corrían por allí –y las había en gran número– estaban igualmente bien dotadas en materia de frontispicio. Puede que hicieran propaganda de una marca de silicona. Pero después de ver aquel muestrario, los clientes resultarían difíciles de complacer con mercancía de calidad inferior. No podía creer que todas las mujeres que eran clientas de la empresa tuvieran la misma exuberancia que las que trabajaban allí para encontrarles un marido.

Bueno, lo de que trabajaban... Es una forma de decir. No parecía que hicieran algo más que pasear. Se balanceaban ostensiblemente por el vestíbulo, por las salas de espera –todo estaba separado por cristales salvo una gran puerta al fondo y una pequeña junto a la entrada– por el pasillo y por la –digamos– sección de trabajo, en donde había unas mesas cuya función era servir de asiento a las chicas para que pudieran mostrar los muslos hasta las ingles.

Si Mercè se enterara de que yo pensaba de aquella manera –tan despectiva, tan insolidaria, diría ella–, seguro que me soltaría uno de sus habituales sermones feministas. Y tendría razón, como siempre. Y como siempre me haría sentir avergonzada por no haber pensado yo sola en materias tan obvias y tan evidentes como las que me señalaba al sermonearme. Pero, ¿cómo podían darme lástima aquella mujeres tan favorecidas por la naturaleza? Lo que me daban era envidia.

En las otras salitas de espera había unos cuantos clientes. Algunos estaban solos; otros parecía que hubiesen ido juntos. La verdad, no tenían pinta de querer una criada y una puta gratis, sino sólo una de las cosas y pagando lo que hiciera falta. Porque, eso sí, las únicas clientas éramos la abuela y yo.

Se abrió la puerta del fondo y salieron dos señores con cara de gran satisfacción acompañados de una muchacha que parecía un gigante. Enseguida otra mujer impresionante hizo pasar a otros clientes.

–Escucha –me dijo la abuela–, ¿por qué no vamos a las otras salas de espera? Nos podríamos ahorrar la comisión de la agencia.

–¿Ahora resulta que usted también quiere marido? –me reí al oírle hablar en plural.

–No, mujer, yo sólo velo por tus intereses... –se puso de pie y con la vista dio un repaso sin ninguna discreción a los hombres–. Hay más de uno que te podría ir de perillas... –aseguró–. No son demasiado jóvenes, pero parecen disfrutar de buena posición...

Sin embargo, yo estaba más interesada en las chicas. Parecían encantadas de la vida. Quizá sólo fueran realmente las oficinistas de una agencia matrimonial. O puede que Lida se equivocara al decir que ninguna mujer es puta por gusto. O puede que aquella cara de satisfacción que lucían formaba parte del oficio, fuera el que fuese. Ya se sabe: hay que hacer el trabajo bien hecho.

Las salas de espera se fueron vaciando. Después de nosotras no había venido ningún otro cliente. De repente, tuve hambre. Miré la hora: eran las cuatro. Y no había comido nada en todo el día, salvo unas tostadas antes de salir de casa de Maurice. Cuando por fin nos llegó el turno, el estómago se me revolvió. Acaso fuera de miedo: estaba a punto de meterme en el cubil de la fiera; la Gardener casi había conseguido aplastarme como a una mosca. O tal vez fuera la cerveza que me volvía a la boca.

La señora Gardener nos hizo sentar con un gesto muy amable y la guapaza que nos había acompañado desapareció por la puerta que estaba detrás de la mesa monumental de la directora, una mesa que iba casi de pared a pared y era como una muralla que salvaguardaba a la mujer de las visitas, como si quisiera defenderla de algún ataque.

No me había reconocido. No resultaba tan extraño: era completamente impensable que yo estuviera allí, delante de sus narices. Pero estaba allí. Y ya que estaba, tenía que aprovechar la ocasión al máximo. Sólo que no me había planteado la forma de hacerlo.

–Mire, yo no es que tenga unas ganas locas de casarme, pero la abuela se ha empeñado en venir... Dice que no quiere verme una solterona para toda la vida, y como ya no soy una jovencita... Pero la verdad es que no me gustaría comprometerme a nada de momento... Mirar... pero podérmelo pensar antes de tomar una decisión definitiva... Y si finalmente decido que no, pues... –empecé, vacilante.

Intentaba dar la imagen más estúpida posible. Y lo conseguía, porque la señora me trató con una condescendencia maternal que en otra ocasión le habría hecho tragar de mala manera.

–No se preocupe, aquí ningún cliente está obligado a nada, y siempre, siempre y en cualquier momento tiene la oportunidad de volverse atrás. Tiene que entender, señorita, que nosotros sólo actuamos de intermediarios, sólo ayudamos a la gente a que se encuentre, e intentamos que se encuentren las parejas con más posibilidades de funcionar bien... –pausa, cigarrillo, timbre.

Entró una chica para ofrecernos si queríamos tomar algo. Yo, un vaso de agua. La abuela, una cerveza. La Gardener, un whisky.

–Muy bien, empecemos por el principio –había cogido una hoja de papel impreso y se disponía a rellenarlo–. Primero le haremos la ficha, después estudiaremos su personalidad, le haremos unos tests psicotécnicos... También tendremos que efectuarle una revisión médica...

–¿Y eso para qué? –simulé una gran alarma–. ¡Yo soy virgen!

La abuela me miró con una lástima infinita.

–La virginidad no tiene ninguna importancia para nosotros, señorita –no hacía falta que lo jurara, la muy cerda–. A pesar de que hay clientes que le conceden mucha... No, yo me refería a una revisión médica general... Pero eso no sería hasta más adelante, si es que le interesa continuar siendo nuestra clienta.

–Ah, bueno.

Entonces me pidió el nombre, edad, lugar de nacimiento –tiene usted un acento inglés un tanto extraño–, estudios, trabajos, aficiones, manías, religión, incluso las ideas políticas –tomando en cuenta que eso no tiene importancia alguna para nosotros, señorita, pero hay clientes...

Me inventé una historia garbancera. Había nacido en Darwin hacía veintinueve años –si no me creía, me daba igual–, de madre australiana y padre francés. Mi padre era ingeniero de minas que había venido a trabajar al Territorio del Norte, donde había conocido a mi madre y se había casado con ella. Cuando yo tenía cinco años, nos habíamos ido a Francia...

–Oh, París –exclamó ella.

No, París no, Montpellier. En realidad, me eduqué allí. También había estado en Italia con mis padres... Y en Dublín... por eso tengo ese acento tan mezclado, ¿sabe? No, no tenía estudios. La verdad es que no tengo capacidad para estudiar. Y trabajar, ¿para qué? Ya trabajaba mi padre y ganaba más que suficiente... Pero cuando tenía veinticinco años, mis padres murieron en accidente de coche, y como toda la familia de mi padre también había fallecido, regresé a Darwin con la abuela.

–Pero me aburro en Darwin. Y resulta que se nos ha terminado el dinero de la herencia y la abuela ha pensado que debería casarme. A mí, la verdad, me gustaría más trabajar, pero no sé en qué... Encontrar un trabajo facilito, aunque no paguen demasiado, sólo para distraerme y para permitirme algún capricho..., porque con lo que cobra la abuela de la jubilación y yo de orfandad, podemos vivir con decencia pero sin permitirnos ningún lujo... –yo misma me sorprendía de mi propio rollo.

–Bien, hemos tenido a más de una clienta como usted, miss Frairet, y hemos llegado a la conclusión de que les serviríamos más encontrándoles un trabajo que un marido... Sí... –pausa–. ¿Conocen a mucha gente en Darwin? ¿Tienen un círculo muy amplio de amistades?

–¿Para qué?

–Sencillamente porque quizá fuera mejor empezar a buscarle trabajo en ese círculo...

Mentirosa. Pero ya sé a dónde quieres llegar.

–Yo no quiero volver a Darwin –dije como una niña mimada–. Me aburro allí.

–Pero sus amigos... –ella insistía.

–No tengo amigos en Darwin.

–¿Y su abuela?

Tanto interés en saber quién me encontraría a faltar... La muy cerda. Decidí facilitarle las cosas.

–Tampoco. Sólo conocemos a algún vecino, y seguro que no nos van a echar de menos, que lo diga ella –señaló a la vieja, que negó con la cabeza, muy convencida.

–Muy bien, perfecto...

La guarra no podía esconder su satisfacción. ¿Pero qué sacaba yo en definitiva de todo aquello? Ya veía que tendría que seguir con el juego y arriesgar la piel en él. Tendría que convertirme en una de sus «ahijadas» para llegar a encontrar el intríngulis de todo aquel montaje de residencias de señoritas y agencias matrimoniales, para llegar a encontrar a Cristina. Y no me hacía ninguna gracia. En Barcelona o en Mallorca, aquello no me habría preocupado demasiado. Me había metido en asuntos aún más sucios y había salido por mi propio pie. Pero en Australia ya era harina de otro costal...

–¿Le ha recomendado alguien esta agencia? Quiero decir... Bueno, tanto para encontrarle trabajo como un marido, necesitamos referencias de usted. Lo comprende, ¿verdad?

Aquella pájara de cuenta no se daba por vencida. Pensé en darle algún nombre inventado.

Luego estuve a punto de darle el nombre de la señora Daisy. Pero finalmente lo dejé correr.

–No, la verdad es que nadie me la ha recomendado –declaré con expresión compungida–. Hemos escogido mucho antes de decidirnos, pero la abuela ha pensado que ésta era la agencia matrimonial que tenía el letrero más elegante de todas cuantas hemos visto, y...

La señora Gardener sonrió ampliamente, una sonrisa benévola y tranquilizadora.

–Bien, va contra las normas de la casa, pero quizás en su caso hagamos una excepción –concedió, como mostrándose generosa–. Esperen un instante y una secretaria le tomará los datos.

Y se fue por la puerta de detrás de la mesa.

–¿Todo lo que has contado es verdad? –me dijo la vieja, maravillada.

–¿Es que usted es de Darwin? ¿Y acaso es mi abuela o qué?

–No, pero... Bueno, es que he llegado a creérmelo... Es una historia tan bonita...

De pronto me subió a la boca un sorbo de cerveza agria, como un mal presagio.

–Esto no me gusta, abuela –me levanté–. Prepárese para salir de aquí corriendo.

–¿Por qué? No podemos dejar plantada a esa señora tan amable...

Yo ya había dado dos pasos en dirección a la puerta de salida. La vieja todavía se estaba levantando sin entender nada. Pero cuando alargué la mano hacia el picaporte, la puerta se abrió sola y me di de narices contra el Piernas. Quien, naturalmente, me reconoció enseguida. Realmente, parecía que él ya sabía a quién encontraría en el despacho de la Gardener, porque no puso ninguna cara de sorpresa.

La otra puerta de detrás de la mesa también se abrió para dar paso a dos nuevos macarras.

Pero antes de que orillasen la barrera de madera, cuando mi ex compañero de crucero en Nueva Zelanda me agarró por el brazo, yo puse en práctica las enseñanzas de Quim en materia de defensa personal, específicamente mi llave preferida. Y el Piernas me soltó con un aullido. Se había doblado y aproveché que tenía su nuca a la altura de mis puños para propinarle un golpe al estilo mataconejos, que lo hizo rodar por el suelo.

–¡Mr. Mec! –oí que decía uno de los otros chulos.

–¡Vamos, abuela, piernas para que os quiero! –grité sin mirar atrás. Y eché a correr.

5

–Lida, me dicen que Maurice no se puede poner...

–No, está en el estudio de grabación.

–Sólo dile que esta noche volveré tarde, que no me espere, que no se preocupe...

–¿Te pasa algo? Tienes una voz...

–¿Sí?... No..., bueno..., es que...

Necesitaba explicarlo a alguien, pero no se lo podía decir a Lida, porque ella no sabía nada de mis investigaciones.

–Ya sabes la noticia –siguió Lida: era una afirmación, no una pregunta–. Por aquí la gente anda muy soliviantada, pero las informaciones son contradictorias. Me parece que se organiza una manifestación para uno de estos días.

¿De qué diablos estaba hablando?

–Lonia... ¿sigues ahí?

–Sí, sí... ¿Una manifestación? ¿Para qué?

–¡Contra las centrales nucleares, mujer!

¡Ah, era eso! Pero yo tenía un trabajo más perentorio que protestar contra las centrales nucleares: antes tenía que rescatar a mi madrina australiana.

–No te asustes..., quizá todo sea una falsa alarma –Lida seguía con su rollo–. ¿Me oyes?... Lonia, parece que estás muy afectada por ello...

Es terrible que las personas nos sintamos más afectadas por las cosas cercanas que por las cosas que nos parecen más lejanas. Al margen de su importancia real, al margen de la cantidad de gente involucrada. Nos trastorna más la enfermedad de un amigo que la masacre de un millar de campesinos peruanos: ojos que no ven, corazón que no siente. Seguramente se trata de un mecanismo de defensa inherente a la propia vida; porque si no, seguro que toda la humanidad ya se habría suicidado. El caso es que, con mecanismos de defensa o sin ellos, terminarán por suicidarnos. El suicidio a la fuerza ya había empezado; así pues, ¿qué importancia tenía que la vieja hubiera quedado atrapada en la agencia matrimonial?

–Sí, no me hace ninguna gracia morir de un empacho de radiactividad..., preferiría hacerlo de un cólico de cerveza... –dije como una manera de pedir perdón a la madrina–. Bien, dile a Maurice que no me espere..., puede que no vaya a dormir...

–¿Otro ligue? Ostia, Lonia. ¡A joder, a joder, que el mundo se acaba!

–¡Qué más quisiera yo!

Y volví a instalarme en mi coche, a esperar.

No me había parado hasta que me encontré en la calle. Entonces me había dado la vuelta y la abuela no venía detrás de mí. Había cruzado la calle y me había vuelto a girar. La abuela no salía. Había entrado en el coche y esperado allí unos segundos. La abuela no había salido pero sí los dos nuevos esbirros, corriendo como yo. Uno de ellos había tomado por la calle arriba, el otro hacia abajo, mirando a un lado y a otro. Yo mantenía los ojos fijos en la entrada del edificio: la vieja no salía.

Los dos chulos habían vuelto a entrar y la abuela aún no había salido. Eran las cinco. Puntualmente, tiendas y oficinas iban cerrando y aumentaban la gente y el ruido. Yo había bajado del coche y me había dirigido hacia una cabina telefónica. Había marcado el número de la policía: una mujer se encuentra en peligro en Bourke Street número tal, piso tal. Cuando me preguntaron que quién estaba hablando, había colgado y regresado al coche a toda prisa. Con la cerveza no sólo en la garganta sino también en el culo. No sabía si el esfínter resistiría.

Cuando el coche de la bofia había llegado, la abuela todavía no había salido. Un bofia descendió del coche. Cachazudo. Entró en el edificio y cinco minutos más tarde volvía a salir. Pero no llevaba a la abuela con él, sino a una de las chicas. Y, por cierto, no tenía cara de ir detenida.

El coche patrulla había arrancado sin el bofia y la mujer, quienes, en cambio, habían subido a un taxi con cara de felicidad.

Y yo aún estaba esperando no se sabe qué, como aquel perro que había tenido a los doce años, que se sentaba delante de una puerta cerrada y se quedaba mirando la cerradura, como si esperara que la puerta se abriera sola.

Sabía que no serviría de nada volver a subir a la agencia, que, si lo hacía, lo único que conseguiría sería que me retuvieran también a mí. ¿Y quién intentaría rescatarnos, entonces, si nadie sabía dónde estábamos?

Me sentía culpable e idiota. Culpable: primero por no arriesgarme a efectuar el gesto inútil pero noble; luego por haberme escapado yo sola, sin arrastrar a la vieja conmigo. Idiota: por haber cometido el error de dejar venir a la mujer conmigo. Y por no haber sacado provecho alguno de aquel atolladero.

Aún no sabía que aquel error habría de provocarme no sólo sensaciones de estupidez y vergüenza, sino un sentimiento de culpabilidad y de impotencia irreparables. Y, esta vez, no porque tuviera tendencia a experimentar tal tipo de sentimientos, sino por motivos de una espantosa objetividad.

Así pues, esperaba. Con el estómago revuelto. Pero no podía abandonar mi puesto de vigilancia, ni para comer ni para evacuar.

Hubiera deseado que me gustara fumar: mis amigos fumadores me habían dicho que el tiempo no era tan espeso si lo mezclabas con humo de tabaco. Y, además, ahora ya tanto daba ensuciarse los pulmones. Tenerlos bien limpios no constituía un antídoto contra la radiactividad.

Poco a poco la calle se había calmado. Ahora estaba prácticamente desierta. Los aparcamientos de las aceras, vacíos. Los establecimientos, cerrados; las marquesinas ya no guarecían a nadie. En un extremo de la calle las agujas de St. Paul sobresalían por encima de las columnas del Parlamento; en el otro, el color rojo de la puesta de sol hacía reverberar un tranvía que pasaba con una lentitud exasperante.

Yo esperaba. Había abandonado el coche y estaba escondida dentro de Union Lane. Vi llegar al Camaleón Tatuado nuevamente disfrazado de chófer; vi salir al Piernas, que caminaba como si estuviera escaldado –a consecuencia de mi rodillazo– con un chulo que lo sostenía por una axila. No creía haberle atizado tan fuerte, pero ahora no era ocasión de alegrarse por ello. A pesar de todo, yo todavía salía perdiendo. Mejor dicho, la vieja, que no tenía ninguna culpa.

Luego salieron las mujeres y todas subieron a una furgoneta que las estaba esperando. Después la Gardener, escoltada por el otro rufián que había bajado corriendo a perseguirme.

¿Y la abuela? ¿Por qué no salía la abuela?

Un portero remolón, con la chaqueta del uniforme sobre el brazo y la gorra en la mano, cerraba con llave la puerta de un edificio de oficinas.

Me estremecí: si hacían lo mismo con el edificio de la agencia, seguro que yo no podría entrar. Me sentía capaz de abrir cualquier puerta, pero necesitaba calma y seguridad. Manipular la puerta de la calle no me ofrecía ninguna de estas dos condiciones que me eran indispensables.

Salí de mi escondite y pasé con cautela por delante del edificio. Había luz en el vestíbulo. Crucé la calle: había luz en algunas ventanas. Pero las que correspondían a la agencia Gardener ya estaban a oscuras, sólo el letrero luminoso seguía parpadeando. Me decidí.

Llegué hasta el tercer piso sin ninguna dificultad. Pero al estar delante de la puerta me di cuenta de que no me encontraba en Barcelona en donde, cuando salía del despacho con la sospecha de que en mitad del trabajo podía encontrarme con una puerta cerrada, ya iba preparada para el evento. No; ahora estaba en Melbourne ante una cerradura que no había visto nunca, con el bolso desprovisto de las herramientas adecuadas y con el estómago cada vez más atormentado.

Una mujer de la limpieza manejaba cansinamente un aspirador al final del pasillo. Me acerqué a ella.

–¿Ha cerrado ya la agencia Gardener?

–Sí, ¿no lo ve?

–Es que esta tarde me he dejado olvidada una documentación aquí dentro, y la señora Gardener me ha dicho por teléfono que podía pasar ahora a recogerla... ¿Usted tiene que entrar aún a limpiar?

La mujer me miró desconfiada.

–Hoy he limpiado antes de que cerraran...

–¿Y no tiene la llave?

–No crea que voy a dejarla entrar.

–Necesito la carpeta para esta noche –suplicaba yo–. ¿No podría entrar usted a buscarla y dármela?

–¿Y cómo sé yo que usted está diciendo la verdad? ¿Cómo puedo saber que usted no pretende registrar los archivos para chantajear a los clientes?

¡Vaya mujer! Ella se lo guisaba y se lo comía. O acaso sabía leer en el rostro las intenciones de la gente. Quizá no fuera la primera vez que alguien intentaba entrar a escondidas para saquear los archivos.

–Ya le digo que yo no voy a entrar. Entre usted sola. Yo esperaré en la puerta.

–¿Y por qué tengo que hacerle este favor, si puede saberse? ¿Qué obligación tengo yo de hacerle este favor? Yo a usted no la conozco de nada. ¿Qué voy a ganar con ello?

Iba a ganar una buena parte de mis ahorros. Pero dicen que el dinero es para cuando lo necesitas, y, a falta de herramientas mejores, a veces lo necesitas para abrir puertas.

La mujer abrió.

Yo entré detrás de ella y cerré.

Al oír la puerta, la mujer se giró hacia mí y me miró con cara de pocos amigos. No eres muy amable, pensé. Peor para ti.

–¿No había dicho que no entraría? –exclamó, molesta.

–No querrá que me quede en el corredor, con la puerta abierta. Cualquiera que pasara se extrañaría de ello.

–Me da lo mismo. Yo no hago nada ilegal –la mujer empleaba un lenguaje de serie televisiva.

–Pero yo sí –dije.

Y antes de que pudiera seguir hablando le aticé un puñetazo en la mandíbula, tan inesperado para ella como para mí. Y tan acertado, que al tiempo que ponía los ojos en blanco se desplomaba como un saco lleno de arena. Tuve tiempo de impedir que cayera al suelo: la sostuve por las axilas –pesaba como un muerto, la pobre– y miré a mi alrededor. La arrastré hasta la única puerta de madera que había en el recibidor además de la de la entrada. Debía de ser el lavabo.

Cuando la tuve dentro –efectivamente, era el lavabo: mejor dicho, un cuarto de baño completo, como un balneario de lujo oriental–, la dejé en el suelo con cuidado. Y aproveché para evacuar, que ya no podía más. ¡Dios mío, qué descanso! Tenía todos los músculos del vientre doloridos de tanto aguantarme.

Después volví a acercarme a la mujer y le quité el dinero de mis ahorros. Sólo le dejé un billete, por el trabajo de volver a limpiar la taza del water.

Y cuando me incorporaba, lo vi. Una sombra oscura. La cortina de plástico era translúcida. Si no hubiera habido una instalación de luz en el interior de la bañera redonda, inmensa como una piscina, o si la cortina hubiera sido opaca, probablemente no habría reparado en ello.

Me acerqué con el corazón en un puño. Sabía lo que iba a encontrar, estaba segura. Descorrí la cortina. No quería que fuera verdad.

Pero era verdad.

Desenvolví el fardo depositado dentro de la bañera: era la abuela. La cara morada, no sé si a causa de las hostias o por asfixia. O por las dos cosas.

Como Sebastiana.

El mundo me daba vueltas. Todo a mi alrededor se volvía blanco, luminoso y deslumbrador.

Una ola de fuego me quemaba el cuerpo, pero mis pies eran de hielo puro. Un silbido me pinchaba los oídos, agudísimo. En una fracción de segundo pensé que no podía desfallecer; no puedes, Lonia, no puedes. Y mi cuerpo reaccionó. Recobré el dominio de mí: estaba arrodillada en el suelo, las manos aferradas al borde de la bañera, los ojos fijos en la cara del cadáver.

Unas incontenibles arcadas me hicieron vomitar todo cuanto había comido en una semana sobre la ropa y el plástico que envolvían a la abuela.

No sé el tiempo que había transcurrido. No me había desmayado pero no fui consciente del lugar en que me encontraba hasta que la mujer de la limpieza se removió, gimiendo.

Me incorporé de un salto, y antes de que recobrara el conocimiento, volví a dejarla sin sentido. Ya puestos...

Tuve que efectuar un esfuerzo sobrehumano para ir a buscar los ficheros. Por lo menos, que la muerte de aquella mujer sirviera para liberar a otras mujeres. El despacho de la Gardener, la puerta de detrás de la mesa.

Había mayor cantidad de material del que pensaba encontrar. Muchas mujeres europeas. Curiosamente, portuguesas, griegas, italianas, sobre todo del sur, algunas turcas, algunas irlandesas, asiáticas... Y en todas las fichas que decía *Spain*, el lugar de partida era el mismo:

Mallorca, Munditourist, a pesar de que los apellidos no eran mallorquines. Sólo el de Cristina.

En los *dossiers* de cada mujer había fotografías y la documentación completa. Algunos contenían el visado de residentes, de trabajo o de turistas, caducados y sin caducar; en resumidas cuentas, aquello significaba que habían entrado legalmente en la isla. En otros, no: ¿quería decir que habían entrado a escondidas? Fuera como fuese, no resultaba nada lógico que aquellos visados estuvieran allí. Los australianos no tienen documento de identidad propiamente dicho, les bastan las tarjetas de crédito o el carnet de conducir. Pero una extranjera estaba expuesta a tener que demostrar su identidad y su legalidad en cualquier momento. A mí no me había sucedido nunca, pero siempre, mientras lo había tenido vigente, lo había llevado en la mano. Si aquellas chicas lo tenían dentro de aquel fichero quería decir que no lo necesitaban, que se lo habían quitado o que les habían dado una nueva documentación.

En la ficha de Cristina –y en otras– estaba el nombre de Rossenhill al lado de Gardener o de Rutherford.

De pronto me di cuenta de que me había entretenido más de la cuenta hurgando en el fichero. Se me erizaron los cabellos en la nuca cuando oí abrirse una puerta. No se me había ocurrido que tarde o temprano tenían que venir a recoger el cadáver.

Voces, pasos precipitados en el recibidor. Cogí unos cuantos papeles, los documentos de la carpeta de Cristina y la ficha de Alexia, y me dirigí con cautela hacia la salida. Desde una de las salitas de espera vi la puerta del cuarto de baño abierta. Los dos esbirros que me habían perseguido antes discutían ahora en voz baja, de pie ante la mujer de la limpieza, que aún sufría los efectos de la contundencia de mi narcótico. Entendí que se cagaban en la intromisión propia de las mujeres de la limpieza y que creían que se había desvanecido de la impresión al descubrir el cadáver de la abuela.

Y entonces todo se precipitó.

Vi con mis propios ojos –y estaba tan aturdida que no me di cuenta de lo que veía– cómo uno de los hombres colocaba un silenciador en una pistola y disparaba, en un mismo gesto, a quemarropa en la sien de la mujer de la limpieza. ¡Dios mío! ¡Dios mío!

Me acurruqué, paralizada –de horror, de pánico, de desesperación; era la segunda vez en mi vida profesional que habría querido tener un arma en las manos. ¿Pero, qué habría sucedido si yo también hubiera tenido una pistola? Seguramente habría disparado contra aquel animal, seguramente el otro habría disparado contra mí y quizás antes yo todavía habría tenido tiempo de soltarle otro tiro.

Pero ahora las manos me servían sólo para taparme la boca con fuerza para no gritar; aunque no hacía falta: habría sido incapaz de articular ni un solo sonido; las cuerdas vocales se me habían puesto rígidas, sentía que en lugar de la tráquea tenía un tubo de plomo, como si en vez de corazón tuviera una caja de resonancia. ¡Dios mío! ¡Dios mío!

Volvieron a envolver a la madrina en el plástico y a la mujer de la limpieza en la cortina de baño. Cargaron cada uno con un cuerpo y se fueron sin mirar ningún otro sitio.

Pude salir de la oficina sin otro impedimento. En el pasillo aún estaba la aspiradora, apoyada al lado de la puerta.

Sin darme cuenta, había llegado a City Square. No era yo la que miraba las plantas, ese estallido de luz, las cascadas de agua de la plaza interior. No era yo la que estaba sentada en un sofá del centro de la galería; no era yo la que oía sin escuchar cómo un hombre joven y un poco borracho intentaba convencerme de que me fuera a la cama con él. Pero fui yo la que me di cuenta de que su boca apestaba a cerveza. Como la de la abuela.

Y también fui yo la que se levantó y se fue al bar más cercano y pidió una jarra de *guiness*. El camarero sacó la jarra de la nevera y el cristal estaba empañado como las cortinas de la bañera. La llenó y el líquido frío me quemó el alma. Quería morir de un empacho de cerveza, ya que la abuela no había podido hacerlo. Hasta que el camarero dijo que ya no me servía más. Y salí de City Square, mientras las cascadas de agua seguían chorreando, alegres, indiferentes.

Si iba a la policía a denunciar los asesinatos, me pedirían el visado. Y me pondrían en la frontera. Y aunque detuvieran a la Joil y a toda su patulea, ello no iba a resucitar ni a la abuela ni a la mujer de la limpieza. Si es que llegaban a detenerlos. Porque lo cierto es que mi denuncia anónima no había servido para nada.

¿Y a Cristina? ¿La matarían también?

Era tardísimo cuando volví al coche. La treintena de kilómetros hasta Eltham me parecían la ruta hacia el fin del mundo. Habrá sido el instinto de supervivencia lo que me hizo llegar allí sana y salva.

–Seguro que has cometido más de una infracción –me dijo Maurice mientras me ayudaba a desvestirme–. ¿No te das cuenta de que ahora no puedes arriesgarte a hacer esas locuras? Si te pescan no te escabulles con una multa. Te ponen en la frontera...

Tenía razón. Lonia, eres una irresponsable. No denuncias unos asesinatos porque eres ilegal y te expones a que te agarren conduciendo borracha a más no poder.

–Una vez Lida me echó la misma bronca en Barcelona –dije con lengua estropajosa.

–Creía que eras abstemia.

–No, si aquella vez no me había entrompado. Había robado una camiseta en El Corte Inglés. Y cuando la mostré a mis compañeras de piso, Lida me dijo que era una irresponsable, exponerme a que me agarraran con el piso lleno de propaganda clandestina. Y es que yo antes había estado trabajando en El Corte Inglés. Atrapaba cacos, precisamente. Y las compañeras del piso también se habían enfadado mucho conmigo cuando lo supieron. Es decir, que nunca sé las cosas que están bien y las que no están bien, de manera que siempre lo hago mal... Oooooh, estoy muy mal, esto es peor que estar a bordo del Manyac...

–Traes una cogorza... Intenta dormir... No hables tanto, que tampoco te comprendo.

–¿Por qué no me comprendes?

–Porque no entiendo el catalán –se rió Maurice.

–¡Pues ya podrías entenderlo!

–El catalán que hablas ahora no lo entendería ni Lida. Hala, duérmete...

–¡Que no quiero dormir, coño! Quiero hablar. No, tampoco hablar. Quiero llorar.

Durante todo el resto de la noche lloré y vomité cerveza negra y amarga, mezclada con bilis y desesperación. La casa de Maurice hedió a lúpulo fermentado durante una semana. Maurice cuidó de mí, pero no tenía cara de mucha satisfacción. Y yo era incapaz de sostenerme en pie.

–Haré que venga un médico –dijo Maurice.

–¡¡No!!

–¿Quieres que venga Lida? Está preocupada...

–¿Qué le has dicho a Lida? No sé por qué tienes que ir a contarle cosas que no le importan...

–Lonia, ¿qué te sucede? ¿Acaso Lida no es tu amiga?

–¡No me pasa nada! ¡No me pasa nada!

–¡Estás insoportable!

–Si tanto te molesto, me puedo ir.

–No, mujer, no...

Pobre Maurice. Me soportó así durante una semana. Pero el día de la manifestación ya me encontré mejor.

En la manifestación nuclear grité hasta desgañitarme. Grité toda mi desesperación particular, individual, toda mi impotencia, la rabia, la culpa. Grité mi incapacidad para unirme a los gritos de los demás, chillé mi imposibilidad de ser solidaria con un drama común, porque yo tenía uno particular con el que nadie en el mundo podía solidarizarse.

–Estás muy exaltada, Lonia –Jem me miraba con cierta sorpresa.

Los demás manifestantes gritaban con calma; eran gritos equilibrados, acompasados. Yo desentonaba allí. Como cuando cantaba en el coro de la parroquia. Lo hacía con toda mi alma, como ahora. Pero no armonizaba con los demás. También como ahora. Porque ni entonces cantábamos lo mismo, los otros chicos y yo, ni ahora gritábamos por lo mismo, la otra gente y yo.

–Estás muy rara... –me decía Lonia mientras descansaba la garganta unos instantes.

–Me gustaría que esta manifestación fuera como las de febrero en Barcelona... ¿En qué año era?

–¿También con bofias como aquéllos? ¿Sientes nostalgia? –el tono de Jem me pareció demasiado paternal.

–Tú no estabas –tenía ganas de herirlo, no sé por qué.

–No estaba con vosotros, pero sí estaba.

–¿Por qué quisieras que fuera como aquéllas? –preguntó Lida.

No podía decirles que lo que me hacía falta era algo físico, palpable contra lo cual gritar; que para mí no bastaba un sentimiento de culpa ni una nube radiactiva invisibles.

–Definitivamente, estás rara, Lonia –dijo Lida, mientras Jem añadía de nuevo su voz a la de la otra gente–. ¿Es a causa de Rule?

–¿Rule? –casi ni me acordaba en ese momento–. No lo he vuelto a ver.

–¿Es que ya no sigue el curso de patronaje?

–Ah, no lo...

Me detuve a tiempo. Si le decía a Lida que no lo sabía, le descubriría que la que no seguía el curso era yo. Y entonces me vería obligada a confesarle mi drama. Y puede que me conviniera. Pero aparte de la vergüenza, yo creía que no tenía derecho alguno a cargarla con mis propios problemas. Si se lo contaba todo, la obligaría a compartir un peso que sólo a mí me tocaba cargar.

–¿Las cosas no van bien con Maurice?

–Sí, sí van bien..., aunque no tiene demasiado futuro. Es realmente una bellísima persona, pero es demasiado joven para mí...

–Escucha, Lonia..., es que él anda loco por ti. Está realmente enamorado, te adora... Quiero decir que quizá fuera mejor desilusionarlo a tiempo...

No, por favor; ese tipo de problemas, no. Ahora no. ¿Quién coño le había mandado enamorarse de mí? Yo deseaba una relación temporal, una relación agradable, superficial y sin problemas, sobre todo sin implicaciones sentimentales salvo en la mutua simpatía y a la primera complicación que se presentara, punto y fuera. Puede que sí me conviniera romper ahora mismo, antes de que se planteara el primer conflicto.

Se sucedían oleadas de gritos y consignas a nuestro alrededor. Maurice, a nuestro lado, nos miraba pero no nos comprendía.

–¿Habéis venido a la manifestación para haceros confidencias o para protestar contra las centrales nucleares? –preguntó.

–No tengas celos de mí, Maurice –le contestó riendo Lida, y se puso a gritar la consigna que ahora sonaba por nuestra zona.

Al terminar la marcha, Lida me dijo:

–Tenemos un viaje en perspectiva. Una semana. Te conviene venir. Por ti y por él...

–¿Cuándo?

–Zarpamos pasado mañana.

No podía ser. Tenía que encontrar a Cristina antes de que acabara como la abuela y la mujer de la limpieza. Aquella semana de resaca quizás había sido fatal para ella. Y era yo quien la había puesto en peligro. Yo había levantado la liebre entrando en la Rutherford, luego en la agencia Gardener, más tarde robando parte de los archivos... Una vez y otra había levantado la liebre y había fallado el tiro. Y ahora, sólo encontrándola podía salvarla y tirar de la manta.

Si antes no la habíamos diñado todos juntos, la Joil y el Piernas, la Gardener, el Camaleón, la gente de Mallorca que les enviaba muchachas, los de la bofia de aquí y de allá que estuvieran implicados... y todos cuantos nos estábamos manifestando.

Y yo que había ido a las Antípodas para cambiar de aires...

–No puedo, esta semana son las pruebas –dije.

–¿Y ya tendrás el título?

–Si las supero...

El título de patrona de yate. Toda mi vida me había hecho ilusión y posiblemente no volvería a tener la oportunidad de obtenerlo. Los viajes que había hecho en el Manyac eran horas de mar que me habrían servido de mucho para avanzar en los cursos. Si no hubiera abandonado las clases y ahora, además, hiciera lo que me ofrecían Jem y Lida, ya tendría como quien dice el título en el bolsillo. Pero iba a bordo de otro barco –¡que navegaba en un mar de mierda!– del que no podía desembarcar. O sea que otra ilusión a hacer puñetas.

6

Los días que siguieron a la manifestación fueron largos y pesados.

Miré las guías telefónicas por todos lados; apellidos, oficios, empresas, calles. Nada. Miré planos de la ciudad, quizá fuera un barrio, una colina... Nada. Maurice poseía una enciclopedia en la que tampoco encontré la entrada. Me pasé horas delante del televisor: podía ser una marca; incluso podía tratarse de una religión, los anabaptistas organizan tómbolas y tertulias, los presbiterianos de Balacrava tenemos una biblioteca surtidísima, los católicos ofrecemos asesoría psíquica, los no-sé-qué de Hartwell hemos puesto butacas nuevas en nuestro centro de reunión..., cada barrio, cada credo, se anunciaba en la tele como la pasta para pizzas o el desodorante. Incluso los chinos de Footscray y de Little Bourke alardeaban de Buda. Pero Rossenhill no era ninguna secta ni religión. Rossenhill no existía. Sin ni una pista, fui a la Melbourne Tourism Authority, a pesar del pánico que sentía al acercarme tanto a Bourke Street.

–¿Rossenhill? –dijo la chica de información–. ¿Pertenece a este Estado?

–No lo sé –dije yo.

Era consciente de la poca lógica de mi consulta; la chica había creído que era un topónimo y no quise decirle que yo no estaba tan segura de ello. Consultó en una pantalla, tecleó... *maybe a park*, oí que murmuraba para sí. Pero nada: ni un parque, ni un parador, ni un acantilado, ni una aldea. Consultó las terminales de los otros Estados, y nada tampoco. Por último buscó en un nomenclator –quizá la manera antigua diera más resultado–, pero nada.

–¿No puede darme ninguna pista? –me preguntó, desolada.

–Lo siento..., quizá no se trate de un lugar... –insinué.

–¿Qué quiere decir? ¿No lo sabe usted?

–No del todo –me arrugué por completo.

–¿Quiere decir que no sabe lo que está buscando? –la amabilidad de la chica se esfumaba, y con razón–. ¿Y por qué ha dejado que hiciera yo todo este trabajo sin decírmelo?

–Lo siento: me han citado en Rossenhill como si fuera un lugar muy conocido... He mirado en la guía de calles y no he sabido encontrarlo... Yo también he pensado que debía de tratarse de un barrio o unos jardines...

–Quizá sea un restaurante –volvió a ser amable.

Hay que señalar que la chica tenía moral, como la mayoría de los *aussies* al servicio del público.

–Quizá sí... o una empresa, o un cine... Pero tampoco he sabido encontrarlo...

–También podría ser la casa de alguien que se llamara Rossenhill –aventuró ella.

Podría ser cualquier cosa. Pero ni en toda una jornada de trabajo la pudo hallar. Que le diera mi número de teléfono, que seguiría buscando al día siguiente y si lo encontraba me lo comunicaría.

–No tengo teléfono. Ya pasaré yo... –no quería arriesgarme más.

Con mi jovencito las cosas habían empezado a ir mal el mismo día de la manifestación. De pronto me empalagaban sus atenciones; y me sacaba de quicio su carita de cachorro castigado sin culpa, cuando yo no le hacía el caso que él consideraba merecer. Y la verdad era que con todo el lío que soportaba no me resultaba nada fácil conservar la amabilidad. Ni la serenidad. Y cuanto más atento era él conmigo, más seca era yo con él. Si no puedes estar malhumorada en tu casa, ¿dónde puedes estarlo? Si no te puedes desahogar en casa, es que no es tu casa.

–Ya no me quieres –me dijo, a punto de largarse a hacer pucheros.

Me pasé todo un día en la State Library. Desde las 10 a.m. a las 10 p.m. Consulté enciclopedias, libros de historia, tratados de geografía, museos, manuales de antropología.

Rossenhill debía de ser un fantasma.

–Esta noche soñabas en voz alta –me dijo Maurice, molesto porque la noche anterior yo tampoco había tenido ganas de hacer el amor.

–¿Ah, sí? ¿Y qué decía?

–Rossenhill.

¡Cagoenlá!

Ni Maurice ni los compañeros de la radio habían oído jamás ese nombre. La chica de la oficina de turismo tampoco había encontrado la pista.

Fui a una agencia de patentes: tal vez fuera la marca de alguna cosa. La consulta era un poco cara, pero podía dar resultado.

–Tardará veinticuatro horas –me dijo el *clerk*–. Si el nombre no está registrado, ¿quiere usted que lo registre a su nombre?

–No, no..., antes tengo que consultarlo con mis socios. Debo hacerles la propuesta e intentar convencerlos de que el nombre es atractivo y comercial, y quiero estar segura de que es original...

–Sí, la comprendo...

Pero tampoco era ninguna marca de talco, ni de cigarrillos, ni de cortadoras de césped. No era el nombre de un colegio, ni de una editorial, ni de una cadena de hamburgueserías.

Tampoco era el nombre de ningún barco. Por lo menos, de ninguno que hubiera estado dando vueltas por aquellas aguas o recalado en un puerto australiano en los cinco últimos años. En los clubs marítimos de Port Philip fueron muy amables y de una eficacia que me dejó boquiabierta: no se les escapaba ni un velero, ni una lancha, ni la más mínima barquichuela. Incluso tenían controlados los *snipes*. Todo computerizado, todo conectado con terminales de otros clubs marítimos en todo el perímetro de la isla y por teléfono, con los puertos más pequeños y más insignificantes. Era una maravilla. Y una putada. No podías poner un remo en el agua sin que ellos se enteraran. No podías arriar una vela sin que ellos lo supieran.

Pero Rossenhill continuaba siendo una incógnita. Porque tampoco se trataba de un club nocturno de Carlton, ni el nombre de ningún *Pussy-Cat Escorts* de los que se anuncian en los periódicos y las guías de espectáculos y restaurantes. Justamente, eso era lo primero que yo había buscado.

Y volvía a Eltham cansada de buscar inútilmente aquel espejismo. En los seis meses y pico que estaba en Melbourne, nunca me había pateado la ciudad tanto como en aquellos días. De una gestión a otra, de una punta a otra de la ciudad, leía los rótulos de las empresas, las marcas de los mostradores, las inscripciones en las estatuas de los parques, los carteles que debajo de cada árbol anunciaban su nombre y procedencia. Y para acabar de arreglarlo, no podía desembarazarme de la sensación de estar perdiendo miserablemente el tiempo. Y que el tiempo me perseguía. Pero era incapaz de hacer otra cosa que no fuera buscar sin descanso, tozuda, obsesiva, estúpidamente. Era como si con aquella especie de viacrucis laico e idiota quisiera hacerme perdonar mi tontería.

Y por las noches, a veces de madrugada, llegaba desfallecida a casa de Maurice. Pero a las mujeres no nos va eso del reposo del guerrero. Aunque el guerrero seamos nosotras. Estaba cansada físicamente y derrumbada psíquicamente. Me dolía el alma, el alma o lo que sea: pero me dolía. El muchacho oscilaba entre la queja y la dulzura empalagosa. Entre la una y la otra, yo prefería la queja, porque cuando me abrazaba, pobre chico, yo veía a la abuela envuelta dentro de la bañera. Y cuando intentaba penetrarme, veía el silenciador de la pistola que había matado a la mujer de la limpieza.

Una mañana, muy ofendido, se fue a la radio sin decirme nada. Por la noche vino acompañado: tuve que dormir en el sofá.

Tenía que tomar una determinación. Con mi jovencito y con mi búsqueda de Cristina.

Por lo que respecta a las investigaciones, podía utilizar los servicios de un detective del país, que quizá no perdiera el tiempo tan miserablemente como yo. En Barcelona sólo habría tardado un día –estoy segura– en encontrar qué diablos era Rossenhill, aunque fuera el nombre del alcalde, o el que la persona más anónima daba a su patinete cuando era niño. En Barcelona poseía recursos aun para descubrir que algo como aquello era el nombre que un pintor desconocido había puesto a una de sus telas. En Barcelona tenía amigos que se movían en círculos muy diversos, tenía confidentes por todas partes. En Melbourne no tenía nada: sólo un chiquillo con el que ya no me divertía follar, una pareja de amigos que navegaban vete a saber por qué mares, y dos cadáveres sin denunciar. En Barcelona yo era una profesional. En Australia era una imbécil despistada que buscaba agujeros para meter la pata. Sí, tenía que tomar una determinación: quizás intentar hablar con Alexia, se me ocurrió de repente.

Me daba miedo volver a ponerme en contacto con cualquiera de entre aquella gente, así fuera con una mujer extraviada como yo. Y por eso me pasé no sé cuántos días visitando museos –yo, Lonia, a quien los museos producen urticaria–, consultando catálogos y archivos en busca del título de un cuadro o de una escultura. Y preguntando estúpidamente a los bedeles y a los vendedores de reproducciones si les sonaba Rossenhill, y diciéndoles que quería ver un cuadro titulado

Rossenhill. Y todavía más días recorriendo las orillas del Yarra e intentando leer los nombres de veleros y canoas.

Y en todos aquellos días sólo me compré un triste pintalabios en el barrio griego.

Una noche, Maurice se puso francamente pesado.

–Lo siento, chico, pero no tengo ganas.

–Existe otro hombre –dijo convencido. Yo me puse a reír. ¡Era una frase tan ridícula!

–¿Por qué ya no vas al curso de patronaje? ¿Qué haces, pues, durante todo el día?

–¿Acaso me espías? Había quedado bien claro que ninguno de los dos se inmiscuiría en la vida del otro –yo también estaba a favor de los tópicos aquella noche.

–Pues resulta que ya no estoy dispuesto a soportar más esta situación –dijo él, muy digno.

Yo estaba al borde de un ataque de nervios. Tenía que tomar una determinación con aquel muchacho. Y decidí seguir el consejo de Lida.

–No deseo hacerte daño. Pero no estoy dispuesta a servirte de niñera.

–Si no me quieres, me suicidaré.

–Allá tú.

–Pues vete.

–Ya lo había decidido. Pero tendré que esperar a que el Manyac regrese. No querrás dejarme en la calle.

–Puedes ir a un hotel.

–Me exigirán el visado.

–Es tu problema.

–Eres un cabrón, Maurice. Un niño caprichoso.

Por supuesto, me largué. A la mañana siguiente a primera hora. Y me sentí contenta por dejar de ver a aquel niño malcriado.

Kathleen me cedió el sofá de su apartamento.

Y aquel mismo día, ya tarde, recibimos la noticia de que el Manyac había regresado a puerto. Era algo raro, había comentado Kathleen. Siempre solían avisar por radio con unos días de antelación. Pensé que seguramente una tormenta les había impedido el viaje a la Barrier Reef.

Aquel mismo día, por la mañana temprano, había hablado con Alexia.

–*Hello?*

Colgué: era una voz de hombre.

Era la tercera vez que llamaba y en ninguna de las tres había reconocido la voz de Alexia. Las tres veces había colgado. Suponía que no debía de ser muy corriente que recibiera llamadas y, por lo tanto, podía comprometerla si preguntaba por ella. Y era la única esperanza que me quedaba.

Por fin, hacia mediodía tuve suerte.

–*Hello?*

Era ella.

–¿Alexia?

–*Yes. Who speaks?*

–Hola, soy Puttie –dije yo en inglés–. ¿Te acuerdas de mí?

–Sí, ya llamaste otra vez...

–Oye, hoy estoy libre... Si quieres, podemos hablar...

–¿Para qué quieres hablar ahora?

–Mujer... creía que tenías ganas de hacerlo... Te dije que te llamaría y lo he hecho en cuanto he podido...

Silencio.

–¿Alexia? ¿No puedes hablar? ¿Hay más gente contigo?

–Estoy sola. Pero no me fío de ti. No te conozco. No sé qué quieres. No hay ninguna Puttie en la residencia Rutherford –frases cortas a causa de su poco dominio del inglés.

Se calló. Y yo volví a emplear la táctica autoritaria que tan buen resultado me había dado antes. Era una lástima, pero así era.

–Eres idiota, nena. ¡Mira que preguntar por mí! No me extraña que tengas problemas, es que tú misma te los buscas.

–Yo no tengo problemas.
–El otro día parecías tenerlos.
–Yo no te dije nada. Y no sé quién eres. No quiero hablar contigo.
–¿Y por qué no cuelgas?
No colgó. Oía su silencio a través del auricular y volví a cambiar de táctica.
–Escucha, Alexia, no es extraño que te digan que no existe ninguna Puttie en la Rutherford –en realidad las había a montones, pero eso ella no lo podía entender: ¿Cómo se diría «puta» en griego?–. Me he escapado. La Joil... ya no podía aguantarla más...
La oí sollozar, como la otra vez que había hablado con ella y había nombrado a la Joil. Decidí comprobar si mi intuición funcionaba.
–Tú tampoco, ¿verdad, Alexia? Es una mala pécora cuando se encapricha de una chica... –sollozos–. Escucha, quiero ayudarte.
–¿Por qué? ¿Por qué me quieres ayudar?
–Digamos por..., porque quiero vengarme de la Joil... y también porque quiero que tú me ayudes.
–¿Por qué? Sería todavía peor si me ayudaras. A mí me tiene bien atrapada... –sollozos.
–Mira, chica, no pienso seguir hablando por teléfono. Si te interesa, lo dices y quedamos. Me necesitas más tú a mí que yo a ti.
Vaya jeta tienes, Lonia. Silencio. Tenté la suerte:
–Oye, ¿qué es Rossenhill?
Silencio. ¿Lo sabe o no?
–*Okay*, –oí que decía finalmente–. ¿Qué quieres que haga?
–¿Podemos vernos? ¿Dónde?
–No puedo salir.
–¿Y yo, puedo entrar? Sin peligro, ¿eh?
–Sí, por el callejón de atrás.
–¿Sin trampas?
–Sí...
Quizá me tendiera una celada, pero me arriesgué.

Monash St. tenía el mismo aire de elite que días antes, la misma calma sibarítica balanceándose en el arrullo apagado de las calles a su alrededor: era como un oasis, un poco demasiado rebuscado para mi gusto ciudadano, pero lo cierto es que contagiaba una gran calma.

Fui al callejón posterior del pasaje que me había indicado Alexia y entré en la casa por detrás. Alexia me abrió la puerta. Era como el negativo de la foto que había en su ficha. La Joil era una mujer elegante, parecía tener buen gusto. Con tantas chicas bonitas como tenía a su alcance, no entendía cómo se había encaprichado con aquel despojo humano.

–Es que a mí me gustan las mujeres –me confesó la chica, como avergonzada–. Pero la señora Joil no me ha gustado nunca. Ella lo sabe y no puede consentirlo..., no me lo perdona... y es como si me castigara, ¿sabes? Y ahora, ahora me tiene bien sujeta...

–Si quieres venir conmigo... –no podía decir otra cosa, no la podía dejar allí.

–No... ¿Qué haría fuera de aquí?

–Para empezar..., ir a una clínica de desintoxicación...

Pero no pude convencerla de ninguna manera. Tal vez fuera que en el fondo no quería convencerla. Pues si me decía que sí, ¿qué iba a hacer yo con ella?

–No puedes estar mucho tiempo aquí –dijo–. No tardarán mucho en venir. Sería peligroso intentar esconderte... Has dicho que querías que te ayudara...

Le mostré la foto de Cristina.

–Sí, la trajeron por aquí algunas veces... Aquí se empezó a pinchar. Y luego no he vuelto a verla más.

–¿Qué es Rossenhill?

–Eso...

–¿Quieres decir esta casa? ¿Osseto?

–No, no... Aquí o en otro lugar... Cuando saben que no existe nadie en el mundo que te pueda reclamar, cuando empiezan a pincharte... No se puede salir de Rossenhill...

De modo que no era un lugar, sino una situación.

Habría podido estar buscando toda mi vida sin acertarlo nunca.

–¿Y dónde tienen a las chicas Rossenhill?

–Diseminadas. Yo aquí, otras en otros lugares, supongo... Ya van a dar las once. Tienes que irte –me dijo, y se levantó.

–¿No quieres venir conmigo?

No quiso venir.

–Dios mío, ¿pero qué ha sucedido? –dije al ver el Manyac.

El Manyac desarbolado, combado; las velas, hechas trizas; el timón, roto y reemplazado a la mala con un pedazo de remo; el tambucho, hundido.

¿Cómo habían podido llegar con aquel agujero en las cuadernas? ¿Con qué especie de temporal se habían tropezado? ¿Qué monstruo marino los había atacado? ¿Acaso también había gigantes por aquellas aguas? Yo ya les había advertido que era una locura navegar en mayo, pero ellos me habían respondido que precisamente es la mejor época en el mar del Coral. Sí, pero ¿y todo el trayecto hasta llegar allí? Más de tres mil kilómetros por tierra, o sea que, costeando, aún más... Pero ellos habían preferido aprovechar aquellos clientes, y ahora...

Lida, sentada en cubierta, con la cara como un mapa y un brazo vendado; Jem, en el embarcadero, harapiento, con un labio hinchado y el otro partido.

–¿Qué ha sucedido? –repetí.

–Venían a por ti –aclaró Jem.

–Han creído que era yo –dijo Lida.

–No quieren curiosos, Lonia.

A medio camino del Trópico de Capricornio, entre Sidney y Brisbane, lejos de toda ayuda, se les había aproximado una lancha. Los dos hombres que creían clientes se habían encargado antes de inutilizar la radio y arrojar al agua las bengalas de salvamento. De los tres de la lancha, dos habían subido al Manyac. Y con los dos que aparentaban ser clientes habían simulado un naufragio y hecho de mis amigos dos muertos seguros. Los que habían dado una paliza a Liza le habían dicho que ya no volvería a meter las narices en asuntos ajenos. Ahora, seguro que no. Y que no le quedaría memoria para recordar a Cristina.

Y cuando los cinco piratas habían vuelto a la lancha, los habían embestido por un costado. Luego se habían ido, seguros de que se hundirían sin remedio.

–No sé cómo hemos llegado. No lo sé...

–¿Y por qué no fondeasteis en el puerto más cercano?

–Cuando entrábamos en Port Macquarie, vimos la lancha fondeada.

Mientras los llevaba al hospital, se lo conté todo. No sé si no me llegaron a insultar porque estaban demasiado enfermos o porque eran demasiado buenas personas. Pero un buen broncazo me habría hecho sentir más aliviada.

–Pobre Lonia, tus heridas aún son peores que las nuestras –dijo Lida, en cambio.

A veces la gente dice frases como ésa. En otra situación, me habría echado a reír. Pero en aquellos momentos me puse a llorar.

–¿Qué piensas hacer? –preguntó Jem cuando lo ayudaba a bajar del coche.

Cuando los volvía a llevar –Jem con una costilla partida y tres puntos en el labio; Lida con una mandíbula desencajada y una ceja rota; los dos apaleados de la cabeza a los pies– seguimos con la conversación.

Decidimos que ellos tampoco irían a la policía, por el momento. Y que contrataríamos los servicios de un detective.

Ellos seguirían en la radio, y yo me encargaría de las reparaciones del Manyac.

–Hablaré con la gente de la escuela de patronaje, quizá quieran ayudarme... –dije yo.

Y cuando hubiéramos encontrado a Cristina, ya tomaríamos las decisiones que fuera menester.

Me sentí extraña: era como si los tres hubiéramos

vuelto de repente a la infancia y planeáramos un juego de adivinanzas o de estrategia en la calle.

Cuando hube dejado a Jem y Lida en la radio, fui a devolver el coche. Ya no podía permitirme el lujo de continuar alquilándolo ni de mantenerlo.

Y después fui a la escuela. No me costó mucho convencer al monitor para que un grupo de alumnos vinieran a ayudarme a reparar el Manyac. Sí, en concepto de prácticas. Pero esta vez sin pagarles ni un duro.

Finalmente, fui a contratar al detective. No era necesario que perteneciera a una empresa de las importantes. Mejor dicho, más valía que no lo fuera. Un compañero de la radio nos recomendó a uno. Henry Dhul.

–Tiene nombre de flan.

Y resultó que era tan apetecible como un flan.

«Lonia, loca:

»¿Has perdido la razón, chica? ¡Y mira que comunicármelo con una simple postalita, ya es jeta! No es que me hagas falta por aquí, que te harías cruces con la forma en que resuelvo el trabajo. Pero, chica, te tengo aprecio, qué le vamos a hacer. Y considero que es una estupidez de las gordas que hayas decidido quedarte en ese culo del mundo, que por lo que sé es un señor culazo, pero seguro que no es para tanto. ¿Qué te ha hecho tomar esa decisión? En alguna carta ya insinuabas que te gustaría quedarte, cosa que no entiendo, la verdad. Pero aún entiendo menos por qué cojones no arreglaste tus papeles a tiempo. No sé qué te lías con lo del visado improrrogable. Si en vez de dedicarme cuatro líneas me hubieras escrito una carta como Dios manda, entendería mejor de qué va la cosa. Sea como sea, estoy seguro de que habrías podido encontrar una solución mejor para no convertirte en ilegal. No es que yo sienta alguna debilidad especial por la legalidad, pero, francamente, pienso (y me sorprende) que a ti te hace mucha gracia estar en la ilegalidad. Y la verdad es que no sé muy bien en qué consiste eso tampoco. Creo que cometes un error, Lonia, y que ya sería hora de que decidieras convertirte en una persona adulta; ya empiezas a tener la edad. Es como si te diera miedo ser adulta, que no quiere decir precisamente sensata y aburrida.

»Bueno, te estoy soltando un sermón y no me gusta. ¿Verdad que hay un refrán que dice «con tu pan te lo comas»? Pues eso. Sólo me pregunto cuánto te va a durar la locura antípoda, y qué harás luego. Tampoco me dices qué piensan de eso tus amigos. ¿Ya están en condiciones de ayudarte si te sucede algo? ¿O es que ya te está sucediendo? Tú eres muy propensa a meterte en camisa de once varas. Sospecho que andas en algún follón y no quieres decírmelo. Y haces bien: meterte en un follón y no decírmelo. Igualmente me quedaría tan tranquilo en Barcelona. Ahora que puede que hayas encontrado novio y ya no quieras saber nada de mí. ¿Para cuándo la boda? Oye, por ver eso yo sería capaz de cualquier cosa. ¿Sabes? Aquí ha pasado algo muy chungo. Pero no te lo digo. Si quieres saberlo, tendrás que venir.

»Hala pues, que te den morcilla. Pero, sea como sea, un abrazo. Y espero que tan pronto como recibas esta carta me escribirás contándomelo todo con detalle, ¿eh, guapa?

»Quim.»

7

Lida casi me convenció de que todo había sido una acumulación de circunstancias adversas y de que las cosas habrían sucedido lo mismo aunque yo no me hubiera inmiscuido en ellas.

–Y por favor, Lonia, no nos des la lata con tus sentimientos de culpabilidad. Sí, sí, de acuerdo, estoy absolutamente de acuerdo en que has sido una idiota, pero la verdad es que no estabas equivocada. Tienes olfato profesional: te dio en la nariz que alrededor de Cristina todo olía a quemado y acertaste. Nosotros creíamos que se trataba de imaginaciones tuyas, pero no, tú tenías razón. No has sido una idiota por eso, sino porque has creído que Melbourne es como Barcelona y...

–En todas partes cuecen habas –sentencié.

–Vale, de acuerdo, Melbourne es como Barcelona, pero... –Lida.

–Pero yo no soy la misma Lonia en Melbourne que en Barcelona, ésa es la cuestión.

–Sea como sea, no has sido tú la que ha matado a la vieja y a la mujer de la limpieza.

–Si no hubiera sido por mí, ahora estarían vivas.

–Basta, Lonia. Ahora se trata de encontrar a Cristina, y este detective la va a encontrar. Luego iremos a la policía, como cosa nuestra, sin involucrarte a ti...

–No servirá de nada, ¡esta gente tiene las espaldas bien guardadas y es precisamente la bofia la que se las protege!

–¿Y tú cómo lo sabes? ¿Porque has visto a uno que cobraba en especies? Entonces tampoco nos servirá de nada efectuar la denuncia cuando hayamos encontrado a Cristina...

–Tendremos un testimonio. Y la embajada de nuestra parte para presionar. Además, existe lo de Mallorca...

–Bien, pues cuando llegue el momento, ya decidiremos qué hacer. Ahora no le des más vueltas.

Me dejé convencer; lo necesitaba. Necesitaba hacerme la desgraciada y que me mimaran como cuando era pequeña y tenía dolor de barriga. Realmente, Quim tenía razón; yo nunca sería una persona adulta. Y si hay que decir la verdad, estaba satisfecha de ello.

Jem, por su lado, tuvo un detalle encantador: me regaló un pintalabios por propia iniciativa.

–Tú preocúpate por el Manyac y deja que este detective se preocupe de encontrar a Cristina –insistió Jem.

Iba a caballo de los cuarenta, era dos dedos más bajo que yo, tenía los ojos azules y el cráneo comenzaba a clarearle por la coronilla. No era lo que se dice un guaperas, pero resultaba de lo más sexy. Y yo, en el mismo momento en que entré en su despacho, me quedé prendada. Nunca había tenido un tipo preferido de hombre, pero cuando lo vi supe al momento que aquél era mi tipo.

Yo también le caí bien a la primera, me di cuenta por su forma de mirarme: intentaba esconder el hecho de que yo le gustara detrás de una actitud profesional y con una mueca cínica en los labios. Y con esta corriente de simpatía, no nos resultó difícil ponernos de acuerdo.

–¿Quiere beber algo? –me dijo–. No bebo alcohol...

–¿Es abstemio?

–Vegetariano.

¡Magnífica coincidencia! Y muy difícil, por no decir imposible, de encontrar en nuestro oficio. Preparó un batido de frutas variadas para los dos y, en un clima de relajación y de confianza, se lo conté todo al detalle:

–... de manera que mis amigos me han convencido para que lo ponga todo en manos de un profesional de la ciudad, es decir, de alguien que conozca mejor la maraña de Melbourne, quiero decir del mundo de la prostitución... No es que yo..., bueno, lo que habría que hacer ahora es empezar a buscar entre las muchachas de la vida y... Bueno, si yo estuviera en Barcelona, quiero decir que no me importaría..., que me espabilaría, porque conozco los resortes de aquella ciudad... En realidad, bueno, no sería la primera vez... Lo que quiero decir...

Él me miraba fijamente y yo me habría abofeteado por balbucir de aquel modo. ¡Como si temiera decir alguna inconveniencia! Lo que quería decir, y no decía, era que yo, Lonia Guiu, no podía ir de burdel en burdel, no podía llamar a las chicas que se anunciaban, no podía pasearme por Carlton con la fotografía de Cristina.

–Ya la comprendo, miss Guiu –me sonreía con complicidad y puede que un poco sarcástico, al verme tan titubeante–. No se preocupe. Acepto el encargo...

–Pues si es así, le pasaré toda la información que he podido recoger hasta ahora.

–Muy bien.

–Por lo que respecta a los honorarios...

–¿Conoce el Marlow? –me interrumpió con una sonrisa fascinante.

–Como no se trate del...

–No, no es el que usted cree. Es mi restaurante preferido de Melbourne –tenía los dientes muy blancos y cuando se reía se le formaban unos hoyuelos en las mejillas–. Naturalmente, se trata de un restaurante vegetariano.

Así es que de las condiciones de trabajo y los honorarios hablamos durante la cena.

–... quizá no podamos llegar a sus tarifas, mister Dhul...

–No se preocupe –dijo. Y, tras una pausa, añadió con una mueca que quería ser cínica–: Si los padres de esta jovencita son tan ricos como ella dijo, hay que pensar que también serán generosos cuando les devolvamos a la hija sana y salva... Y, por favor, no me llame mister Dhul... Mi nombre es Henry... ¿Le importa que la llame Lonnie? –con voz dulcísima.

–¡Claro que no! –y me henchí de satisfacción.

¡Cuando lo sepa Quim!

–Lo que me extraña –decía Henry–, es que los padres no hayan dado todavía señales de vida...

–Probablemente habrán sido tan engañados como ella –dije yo sin demasiada convicción–. Quizás hayan efectuado gestiones y yo no me he enterado...

A la hora de los postres, él me decía, mientras atacaba con fruición una compota tropical:

–Lamento que estés en esta situación. Si quieres, nos casamos y así no tendrás problemas de ilegalidad... Bueno, al principio sí, porque los de inmigración no se creerán que nos casemos por amor, pero...

–Los de inmigración no andarían muy equivocados...

–Pues es posible que sí... yo me ofrezco como marido por alguna cosa más que por hacerte un favor.

–¿Por qué cosa más?

–¿Crees que es posible enamorarse de repente? –tenía los ojos húmedos. No me creí que se hubiera enamorado de mí de repente. Yo sí que lo había hecho. Pero no acepté su oferta de matrimonio. En cambio sí acepté ir a su casa, aquella noche.

Y con él no vi ni a la abuela muerta ni el silenciador de la pistola. Con él vi todo un cielo de colores.

Mientras no pudiéramos volver a vivir en el Manyac, Kathleen también había ofrecido refugio provisional en su casa a Jem y a Lida.

Cuando a la mañana siguiente muy temprano Henry fue al Frankston, yo fui a la radio a notificar a Jem y a Lida que Henry Dhul había aceptado buscar a Cristina y que yo, a partir de ahora, me instalaba con él.

–Es una buena noticia –dijo Jem, todavía algo incrédulo–. Por lo menos estaremos más anchos...

–Pero supongo que aún podremos contar contigo para dirigir las obras del Manyac, ¿verdad? –preguntó Lida.

–Por supuesto, mujer. No tengo otra cosa que hacer..., aparte de...

–No es preciso que nos cuentes tus intimidades, reina –se burló Lida–. Estoy contenta por ti, chica. De ayer a hoy has cambiado de color. Ese Dhul debe de ser todo un hombre, ¿eh?

–Lo suficiente.

–¡Caramba con la Lonia! ¡Hace diez años decía que no tenía éxito con los hombres y ahora los trae de cabeza! ¡Uno tras otro, y hala!

–Éste es diferente, puedes estar segura Lida.

–¡No me digas que te has enamorado! –Lo decía risueña, como una madraza a quien una hija de diez años le está hablando toda romántica de un maravilloso compañero de escuela.

–Pues creo que sí. Esta vez, sí... Y otra cosa –dije solemnemente–: Henry ha encontrado un club marítimo para que pongamos al Manyac en dique seco. Dice que, tal como pintan las cosas, no es conveniente que lo tengamos en el sitio de costumbre.

–Ya veo que tu Henry es persona razonable.

No es que lo fuera demasiado; precisamente por eso me había enamorado de él.

El Frankston Yatch Club era muy finolis y estaba muy vigilado. No había que temer que los hombres de la Joil volvieran a aparecer.

Tras haber comido juntos, él se iba a su despacho de Collinwood, cuartel general de sus investigaciones, y yo cogía el tren para ir al Yatch Club.

Hacía frío y llovía bastante, pero la atarazana del club estaba cubierta y la calefacción era tan fuerte que llegaba incluso a molestar.

Después de comer, venían los de la escuela a trabajar. Fue una suerte que el mismo monitor dirigiera las prácticas, porque yo no soy nada habilidosa con las manos, y el bricolaje no es que sea precisamente mi fuerte; pero él me daba unos trabajos concretos y yo me esforzaba por hacerlos todo lo mejor que podía. De ese modo, me entretenía y me distraía. El trabajo físico anestesiaba mis pensamientos, de la misma manera en que Henry anestesiaba mi corazón.

Cuando Jem y Lida terminaban en la radio –ahora estaban haciendo horas extras para recuperarse económicamente–, también venían, a menudo con alguien del grupo: Jem les había contado una historia de tormentas, y ellos, que no entendían ni jota de olas, vientos ni barcos, se lo habían creído con los ojos cerrados.

Y, entre todos, íbamos reparando el Manyac. Mejor dicho, nos habíamos propuesto dejarlo mejor que antes: ya que nos ocupábamos del casco, aprovechamos asimismo para hacer cortinas nuevas, redistribución de muebles, renovación de elementos decorativos, recambio de algún aparejo... Era como arreglar una casa de muñecas, y más que trabajar parecía que estábamos jugando. Y yo, si no hubiera sido por Henry –por las investigaciones de Henry, quiero decir–, casi seguro que habría llegado a olvidar la carta de Cristina y también la muerte de las dos mujeres.

Había empezado por la agencia Gardener.

–Me han preguntado si quería un servicio normal o un servicio especial. Naturalmente, he pedido un servicio especial, todo incluido. Me han mostrado una serie de fotografías y he escogido la de una chica que parecía latina. Y una de las chicas de la oficina me ha acompañado, en un coche suyo, hasta una casa lejos del centro. No, no era un coche blanco...

–Escucha, Henry... Preferiría que no me contaras los detalles... –sentía un regusto amargo en la boca, que al principio no me di cuenta de que se trataba de celos.

–Como quieras... La verdad es que no es mi estilo profesional. Sólo hago un informe cuando hay algo de interés para informar, y naturalmente no especifico todos los pasos que he dado... Pero contigo pensaba hacer una excepción...

–No hagas ninguna excepción profesional pues. En todo caso –me hice la maliciosa–, haz excepciones de otro tipo, que son las que más me gustan. Quiero que trabajes a tu aire, yo no me inmiscuiré para nada...

Por la cara de satisfacción que puso, vi que le había agradado mi actitud. Así pues, mejor para los dos.

Henry era un bohemio. Su apartamento era un desorden completo, me costó una semana descubrir que la nevera era un buen lugar para guardar una plancha y que los botes de té quedaban bien en la estantería de un laboratorio fotográfico; y que en el botiquín sólo había hierbas medicinales, pero también guardaba allí una antigua colección de sellos. No tenía ni idea de conjuntar los colores de una camisa, unos pantalones y unos calcetines, pero era un entendido en pintura. Era un obseso de la limpieza corporal, y, en cambio, odiaba cepillarse los dientes.

Y cada día, a una hora u otra, tanto si me venía a recoger al Frankston Yatch Club como si yo pasaba a recogerlo por Collinwood, tanto si ya estaba en casa cuando yo terminaba mis labores del día en el Manyac como si me veía obligada a esperarlo hasta bien entrada la noche, cada día me traía flores.

Pero mantenía al pie de la letra el acuerdo que habíamos establecido de no explicarme los detalles de su trabajo. Hasta tal punto, que a veces era yo la que intentaba tirarle de la lengua. Con este sistema, me enteré de que pasaba mucho tiempo de burdel en burdel, intentando atar los cabos de la red Gardener-Rutherford. También supe que tenía un amigo surfista que trabajaba en inmigración, y que este amigo había encontrado material sospechoso, sin registrar, en el despacho de un alto cargo.

–¿Qué tipo de material? –pregunté.

–¿No habías dicho que no te meterías en mi trabajo?

Lo decía sonriente, pero vi que en el fondo le molestaba que me inmiscuyera. Decidí no hacer más preguntas, por mucho que la curiosidad me acuciara.

Con todo, me informó de que se trataba de documentación falsa de visados, de entradas y de salidas de gente, curiosamente la mayoría pertenecientes al sexo femenino.

–Se trata de saber si está relacionado con alguna red de prostitución... –dijo.

–¿No puedo ayudarte? La vigilancia del pez gordo la podría efectuar yo misma...

No quiso. Yo tenía mi trabajo y él el suyo. «Mi madre no quería que nadie entrara en la cocina», dijo. No insistí. Con el trabajo también era hombre orgulloso y no quise que pensara que no confiaba plenamente en él.

Pero tuve la impresión de que la tarea de encontrar a Cristina se había convertido en algo secundario para él, y a mis celos sentimentales se añadieron una especie de celos profesionales. Sacudí con fuerza la cabeza para alejar los pensamientos desagradables.

Al Manyac ya sólo le faltaban los últimos retoques embellecedores. Mi romance con Henry iba viento en popa. Pero yo empezaba a ponerme nerviosa.

–Lonnie, ¿qué te pasa? ¿Estás enfadada?

–No estoy enfadada. ¡Y no me llames Lonnie, coño! Me llamo Lonia, ¿me oyes? Me pusieron Apolonia cuando nací, y no me gusta. En mi pueblo me llamaban Polita y tampoco me gustaba. Quim se emperra en llamarme Paloni, y me saca de quicio. Y ahora tú me llamas Lonnie y me haces sentir ridícula. Me llamo Lonia, ¿entendido? ¡Lonia!

–Está bien, mujer, está bien...

De pronto me sentí ridícula de verdad. El amor me había hecho perder la dignidad.

–Lo siento, Henry... Es que cuando llegas tan tarde, o no llegas, me preocupa si puede sucederte algo...

No era verdad. Suponía que sabía guardarse él solito. Y la tía Antonia siempre me había dicho que a un hombre nunca hay que demostrarle celos.

–Pero si no he pasado ni un día sin ponerme en contacto contigo precisamente para que no sufrieras...

Era verdad: siempre me avisaba en el Frankston, tanto si iba a llegar tarde como si no vendría. Pero ahora que me había acostumbrado a dormir acompañada, dormir sola era como un suplicio para mí.

–Ahora ya no sufro –dije.

–No volverá a suceder, te lo juro.

Aquella noche me compensó con creces.

Me habría sido mucho más fácil decirle que lo dejara correr, que se fuera a freír espárragos la tal Cristina; que nos casáramos y nos dedicáramos a trabajar juntos en casos nuevos en los que no estuviésemos tan involucrados, en los que pudiéramos separar el trabajo del amor...

Pero no fui capaz de hacerlo. No sólo por Cristina, sino por la abuela y la mujer de la limpieza.

Para celebrar la botadura del Manyac dimos una fiesta por todo lo alto. Vinieron los del grupo de Jem y Lida y algunos más de la radio que yo no conocía ni de vista. Los de la escuela de patronaje lo habían cubierto todo con tanto papelito y serpentina que daba asco y resultaba imposible ver lo bien que había quedado el barco tan cambiado, pintado de azul y naranja, incluso con las letras del nombre en otro estilo. Se nos unió un montón de gente del Yatch Club, y el gerente nos regaló una botella de Coonawarra para el nuevo bautizo, que nuestros amigos se negaron a romper contra el casco y se empeñaron en hacérnosla beber entera a Jem, a Lida y a mí.

También vinieron unos cuantos amigos de Henry. Naturalmente, el ex surfista –los *aussies* somos todos surfistas o ex surfistas, dijo en medio de una gran risotada–, dos colaboradores eventuales suyos, un viejecito con pinta de buscador de oro que se hacía llamar «tío» y una chica fea como un pecado de los feos.

—Se nota que se ha dado cuenta de lo celosa que eres —se burló de mí Lida cuando se la presenté—. Por cierto, ¿dónde está él?

—Últimamente va de putas —respondí, adusta.

—Venga, Lonia, no seas tonta —dijo Lida.

—¡No lo puedo remediar, puñeta! Y no será porque no intente disimular ni me arrepienta de mis celos. No habría pensado nunca que me sucediera esto... Y lo peor es que estoy segura de que con esas chicas no hace nada... Pero cuando pienso que va por aquellas casas, y va por un trabajo que yo misma le he encomendado, quisiera no haber conocido nunca a Cristina... ¡Sólo de pensar que mira a otra mujer se me ponen los pelos de punta, dime tú si tiene gracia la cosa!

—¡Pues no pienses en ello, si serás tonta!

—¿Qué estáis haciendo aquí murmurando con las caras tan serias? —Jem se había aproximado con un sombrero de cartón dorado y un matasuegras—. Lonia, ¿quieres aguarnos la fiesta? ¿Y Henry, no va a venir?

—¡Claro que vendrá, hombre! —exclamó Lida—. Tienes el don de la oportunidad, hombre.

—¿Qué pasa? —No respondimos—. ¿Sabes lo que pienso, Lonia? Pues que tendrías que casarte con Henry... ¡Hala, venid conmigo, venid!

Nos unimos a la fiesta. Yo intentaba divertirme, pero ver a la gente hacer el gamberro más bien me deprime. Y para distraerme me dediqué a pensar que era una lástima para Jem y Lida haber botado el Manyac justo ahora, a punto de entrar de lleno en el invierno, tan calentitos como estábamos en la atarazana cubierta; tenía suerte con Henry, su apartamento era cómodo, pequeño pero cómodo, con calefacción, y no necesitaría instalarme de nuevo en el barco, a la intemperie y acunada, a pesar de que en el Manyac también habíamos colocado un sistema de calefacción y Jem y Lida estaban muy satisfechos de ello... Quizá sí tuviera razón Jem; tendría que casarme con Henry, pero pensar en el matrimonio me provoca urticaria, aunque ¿qué más da un documento más o menos?, bien mirado, no podía vivir toda la vida con él sin tener un visado o un documento de residente, en cualquier momento me podían atrapar y me expulsarían del país, ¿y entonces qué?...

–¿En qué piensas? –su voz me cosquilleó en el oído.

–¡Henry!

–Esta gente parece pasárselo de perlas. Y tú, ¿por qué estás triste?

Me di cuenta de que había un barullo de mil demonios y de que yo no había hecho ningún esfuerzo para integrarme en él.

–No estoy triste –me abracé a Henry–. Sentía nostalgia de ti.

Él también me abrazó, muy fuerte, muy fuerte.

–Te quiero –le había enseñado a decirlo en mi lengua–. Y tengo una buena noticia –siguió en inglés–. Me parece que la he encontrado.

–¿A quién?

Se puso a reír. ¿A quién tenía que encontrar? Yo también me puse a reír. En aquellos momentos, la persona que menos me importaba en el mundo era Cristina.

8

–De acuerdo, yo no puedo infiltrarme en el mundo del puterío si no es haciéndome pasar por puta, y por eso te contraté a ti. Pero puedo hacer otras cosas. Puedo efectuar tareas de vigilancia, por ejemplo. Podría ir a la agencia de viajes en la que contrataron el Manyac, a ver qué me encuentro... Podría ir a esa hemeroteca tan cojonuda que tenéis en Melbourne y ponerme a investigar las noticias que...

–No, Lonnie. No lo quiero. Quedó bien claro que tú tenías tu trabajo y yo el mío, y que no habría interferencias.

–Escucha, Henry, no quiero interferir en tu trabajo; eso quedó muy claro desde el principio. Tú eres quien lleva la dirección del caso y yo sólo me ofrezco para ayudar..., para hacer lo que me mandes... Tú tienes tu trabajo, pero yo ya he terminado el mío. El Manyac ya está reparado y no existe ningún viaje en perspectiva hasta pasado el invierno. Hace cinco días que has dicho que te parecía haberla encontrado...

–Resulta poco amable por tu parte echarme en cara mi poca fortuna.

–¡Si no lo digo por eso, hombre! Lo digo porque durante estos cinco días me he dedicado a ordenar la casa, planchar tus camisas, ir a la compra y hacer la comida... ¡Y ya estoy hasta el moño de todo eso! No me gusta, me aburro y me siento estúpida... Además, no quiero que me mantengas...

–Si nos casamos, claro que voy a mantenerte.

–Ah, no, eso sí que no. Si nos casamos llevaremos el negocio juntos. Ahora, el negocio es sólo tuyo, y te agradezco que hayas decidido no cobrar por tu trabajo hasta que devolvamos a Cristina a su casa, pero si encima tienes que cargar conmigo...

–Es un placer, cargar contigo, *love*...

–No para mí. Es...

–Ocúpate en otra cosa.

–¿Dónde quieres que me den trabajo, con el visado caducado?

–Estudia inglés.

–Ya sé el suficiente. ¿Pero por qué diablos no quieres que te ayude? ¿Quieres decírmelo?

–Es que... mira, la verdad, *darling*, creo que ésta no es una tarea para mujeres.

¡Ah, coño!

–¿Qué quieres decir? –dije, como una idiota.

–Exactamente lo que he dicho. Hay tareas para hombres y tareas para mujeres. Y la de investigador privado no es una tarea para mujeres. No me gustaría que quisieras volver a dedicarte a ella.

Me quedé tan petrificada que no tuve ánimos para reaccionar. Si Mercè hubiera oído aquello, sin duda lo habría arañado. Pero yo estaba enamorada de él y sólo me sentí desconcertada. Tanto por su manera de pensar –que no había sospechado que pudiera ser ésta–, como por renunciar a aprovecharse de una ayuda que habría podido hacer avanzar mucho, no sólo en lo que respecta a encontrar a Cristina, sino también en cuanto a aclarar todo el embrollo que, a buen seguro, había ido descubriendo paralelamente a la búsqueda de la muchacha, embrollo del que yo sabía muy poca cosa.

–Bueno, ahora me tengo que ir... –dijo Henry, y me dio un beso en la mejilla.

¿Eran manías mías o era cierto que desde hacía unos días no estaba tan apasionado? Tierno y amable, eso sí. Pero más distante, como preocupado. ¿Acaso se sentía fracasado? Estaba tan seguro de haber encontrado a Cristina, el día de la fiesta del Manyac. En cambio, a la mañana siguiente, cuando yo le esperaba en casa con la certeza de que confirmaría el hallazgo, regresó cabizbajo y desmoralizado. Había sido una falsa esperanza. El contacto que la había reconocido en la fotografía lo había engañado. Y alguien se había reído de él por haber confiado en aquel granuja, que era conocido en el mundo del hampa precisamente por estafar a novatos.

Ésta había sido la ocasión en que me había dado más explicaciones. ¿Era por eso por lo que no quería que me entrometiera, para no tener un testigo –profesional y por lo tanto crítico– de sus descuidos...?

Aquella misma noche, con cara muy larga, me presentó un informe escrito a máquina.

–Es aún algo provisional –dijo muy seco, y se sentó en una butaca a leer el periódico.

El pez gordo de Inmigración era miembro del Consejo de Administración de una agencia de transportes internacionales. Una empresa semipública del Estado de Victoria, por lo tanto controlada e impoluta. Pero estaba relacionada comercialmente con una empresa similar de Sydney, privada, que tenía establecidas líneas irregulares con Singapur y sobre todo con Nueva Guinea. Había habido quejas en el Parlamento de Nueva Gales del Sur –descubiertas por Henry en la magnífica hemeroteca– justamente a causa de esta relación comercial. Parece que a la empresa de Sidney no se la acusaba tan sólo de fraude fiscal, sino del transporte de una mercancía no demasiado normal: personas. Tras el escándalo –hacía más de un año–, dimitió el Consejo de Administración en pleno, y la presidenta, Mrs. Gaynor, acabó entre rejas.

Henry había incluido una fotografía de la señora Gaynor. Y si no se trataba de una hermana gemela de Mrs. Gardener, ambas eran la misma persona.

La señora Gaynor-Gardener había sido exculpada hacía medio año y se había puesto al frente de la agencia matrimonial, propiedad del ex marido de la Joil, el cual era muy amigo del jefe del departamento de Relaciones Públicas de un Ministerio del Estado de Victoria cliente habitual de la residencia Rutherford: las chicas hacían de azafatas en todos los simposios, congresos y reuniones de aquel ministerio.

Al acabar de leer el informe, no hice comentario alguno. A pesar de haber dedicado mi vida profesional a casos mucho más sencillos, también poseía alguna experiencia en conflictos como aquél; quiero decir que no eran nuevos para mí. Desde el día de mi visita a la residencia Rutherford en que hablé con la Joil, supe que allí había mucho tomate. Detrás de esos negocios, siempre hay alguien con poder que los protege y se beneficia del asunto. Si no existiera ese alguien, no podrían tener éxito. Lógica pura, ¿no?

Pero yo no estaba acostumbrada a hacer de clienta de detective, y me sacaba de quicio saber sólo los resultados. Realmente, saber sólo los resultados sin conocer el proceso que había conducido hasta ellos, me daba la impresión de tomadura de pelo. En cierto modo, no me creía aquella historia. Y, a decir verdad, me sentía al margen. Me daba igual.

Tuve la impresión de que a aquel hombre encantador del que estaba enamorada le pasaba lo mismo con Cristina que a mí con su cuento de hadas. Porque ni siquiera la mencionaba en el informe provisional. Le daba lo mismo encontrarla o no, seguramente porque le interesaba más lo que él había descubierto. Y por eso no la encontraba.

Me sentí ultrajada, estafada. Y le devolví el informe sin decirle una palabra.

Lonia, eso lo haces por despecho. Estás resentida porque Henry no quiere que trabajes con él y buscas explicaciones que te disculpen por ese motivo: no quiere que contemples su fracaso; no le interesa el caso. Pero lo cierto es que la explicación resulta mucho más sencilla: Henry es un carca. Es un machista y punto. Pensaba en cómo se iba a burlar Mercè de mí cuando lo supiera.

Pero Mercè no sabrá nunca que me he enamorado de un podrido patriarca, porque no se lo voy a decir nunca...

Ahora que, también podría haber otra explicación: que ya no me quiere. Hace cinco días que no me ha traído flores. Y me carcomen los celos. Habrá encontrado a una pelandusca que folla mejor que tú –me dije– y pensará que eres un muermo...

–¿Quieres cenar? –le dije con el entrecejo fruncido.

Cenamos en silencio. Luego, ni siquiera me ayudó a recoger la mesa. Cuando el pequeño comedor volvió a quedar ordenado, me fui a la cama. Si aquella noche hubiera demostrado querer juerga, lo habría mandado a parir panteras. Pero cuando vino a la cama, me sentí ofendida: porque no me concedía ni la oportunidad de rechazarlo. Me removí, inquieta.

–¿No duermes?

–No.

–Me parece que exageras, *darling*. Éste es sólo un informe provisional, ya te lo he dicho...

–¡A la mierda tu informe, ostia! Yo no te contraté para que investigaras un embrollo australiano, sino para que encontraras a una chica mallorquina. ¿Y qué has encontrado de Cristina? Una pista falsa. ¿Cuánto tiempo hace que trabajas en este caso? ¡En Barcelona yo ya lo tendría resuelto hace siglos! Y dices que éste no es trabajo para mujeres, ¡vaya jeta! Naturalmente que no quieres que interfiera... ¡Para descubrir cuatro cosas obvias que yo ya sospeché desde el primer momento, no hacía falta tanta profesionalidad, cojones!

–Oye... estoy cansado, mañana hablaremos, ¿vale?

Dos no riñen si uno no quiere.

Sentí un golpe muy fuerte en el interior de mi cerebro, como un ruido oído en sueños, y me sobresalté. Pero no, todo estaba en silencio y a oscuras. Henry dormía profundamente a mi lado. Cerré los ojos.

Pero entonces oí rumor de pasos y una presencia entre las sombras. No estaba soñando: alguien había entrado.

Encendí la luz de la mesita de noche. No era una presencia. Eran dos.

Y el golpe muy fuerte que había presentido, esta vez no fue en el interior del cerebro, sino en el cráneo.

Cuando desperté, el cuerpo de un hombre proyectado con fuerza me aplastó sobre la almohada. Era Henry quien había lanzado aquel cuerpo contra mí, y ahora batallaba contra otro cuerpo, que le mantenía agarrados los brazos y le aplastaba la cabeza contra la pared. Hice rodar hasta el suelo al hombre que me había caído encima y salté por encima de su cuerpo, tendido como un saco de patatas. Corrí hacia Henry y propiné un buen golpe en la nuca al atacante, que quedó tendido en el suelo. Pero él ya había tenido tiempo de dejar sin sentido a Henry, de manera que me encontré con tres hombres caídos a mis pies, desmayados cual tres damiselas melindrosas.

Henry tenía un chichón en la frente pero se reanimó enseguida.

–*Thank you, dolly* –me dijo sin mirarme, y cogió la pistola del colgador.

A mí me saca de quicio que me llamen nena, y aún más *dolly*. Era la primera vez que Henry me llamaba así, pero no me quejé. Tenía cosas más importantes que hacer, como por ejemplo despertar a aquellos granujas y deshacernos de ellos.

–Bueno, ahora todo concuerda. La verdad es que no pensaba... –dijo Henry.

–¿Qué es lo que concuerda?

–El negocio del tráfico de mujeres y la droga.

–Eso siempre concuerda... Es una receta de cocina para aprendices –dije yo, despectiva.

–Sí, pero es muy difícil acertar con los ingredientes exactos.

–Si te explicaras, quizás yo sabría de qué estás hablando. Aunque no te guste, soy una colega, y no me costaría mucho entenderlo. Además, me parece recordar que trabajas para mí...; no estaría de más que me dijeras cómo van las cosas, que no te limitaras a un puñetero informe provisional...

Me dedicó una sonrisa encantadora para decirme:

–¿Aún estás enfadada?

–¿Los conoces? –pregunté en lugar de responder.

–No. Pero supongo que no tendría que haberlo hecho..., ha sido un error por mi parte... –¿De qué hablaba?–. Antes de venir he ido al depósito de cadáveres... Una chica muerta, sin identificar, de sobredosis me han dicho..., pero a mí me parece... No, no era tu amiga, pero era Rossenhill, seguro.

Uno de los esbirros empezaba a despertar. Con un gesto, Henry me indicó que me escondiera en la cocina y él los ayudó a que se espabilaran mediante surtidas y ligeras patadas.

–Es mejor que no te vean –me dijo, paternal.

Desde la cocina oí cómo Henry les ordenaba que se pusieran de pie y les preguntaba qué querían de él. No querían nada, sólo le avisaban de que no metiera las narices donde no le importaba. «¿Y dónde he metido yo las narices?» –gritaba Henry. Yo sí lo sabía muy bien.

Yo creía que dominaba ya todas las variantes australianas del inglés. Pero la verdad es que no me enteré de qué trataba más de la mitad de la conversación.

–Eso significa que voy por buen camino –me dijo Henry en la puerta de la cocina, cuando ya les había hecho marchar a punta de pistola. Me dedicó una sonrisa encantadora para decirme–: ¿Ya no estás enfadada?

–Lo siento, Henry..., a veces parezco una criatura, ya lo sé...

–*I love you...* –me dijo sin moverse del umbral.

–Eres una monada –dije yo en mi lengua.

–*What?*

De pronto, me asaltaron unas ganas enormes de abrazarlo, pero me contuve. Adivinaba en su rostro que, si lo hacía, saldríamos muy tarde de casa aquel día. O sea que me puse a hacer café.

–¿Has sabido quiénes eran? –pregunté.

–¿No has escuchado?

–Con las orejas de par en par. Pero he pescado poca cosa. Parecía que hablaban con el culo.

–Me han dicho que dijese a quien me manda que no sea tan curioso, que tanto él como yo podríamos hacernos daño, y que nos mantengamos en nuestra zona... Creen que trabajo para otro clan...; yo ya había detectado que existe una especie de guerra interna. La eterna rivalidad entre Sidney y Melbourne... Yo les he dicho que no sabía de qué me estaban hablando y que lo que me interesa es conseguir un poco de talco y una nena que se avenga a todo sin hacer aspavientos... Naturalmente, no me han creído. Han dicho que un privado no es nunca hombre de fiar porque, por muy hijoputa que sea, siempre guarda un punto de honradez. Y cuando les he hecho saber que no tenía intención de ir con el cuento a la bofia, se han echado a reír. Por ese lado no tienen temor alguno. Si se me ocurriera esa idea, saldría malparado...

–Eso es lo que dicen todos.

–Y siempre es cierto. Bueno, les he dicho que no me gusta esta clase de visitas y que ya estaba cansado de la conversación. Que puerta, si no querían postres. Y que seguiría buscando lo que quisiera hasta encontrarlo. Y se han ido.

–¿Sin hacer más preguntas?

–No es agradable hacer preguntas cuando te apuntan con una pistola.

–¿Y qué vas a hacer?

–Bueno..., de momento seguir por el mismo camino... con mayor precaución... No sospechan que esté buscando a ninguna chica en particular, y eso me da un cierto margen de tiempo y movimientos porque no pone en peligro a Cristina. Claro que ya está en peligro. No sólo ella, sino todas las chicas Rossenhill. Hay una partida de droga adulterada en circulación. El Piernas es uno de los clientes, porque ha salido de aquel proveedor que te dije, ¿te acuerdas?

–Sí... –dije, poco convencida.

Porque la verdad es que era la primera vez que oía hablar de droga adulterada y de «aquel proveedor».

–Ya lo han asesinado... pero la adulteración no es cosa suya. Es asunto de Sidney...

–¿De la empresa de transportes?

–Aún no lo sé seguro...

–¿Y por qué no hablas de todo esto en el informe «provisional»?

–Escucha, Lonnie, *darling*... Lo siento, pero sería conveniente que, hasta que lo haya aclarado todo..., bueno, quizá podrías volver a instalarte en el Manyac unos cuantos días... Me seguirán a todas partes y no me conviene que me vean acompañado, aparte de que podría ser peligroso para ti.

Acostumbrarme a vivir en el barco me costó más que la primera vez. Cuando una persona se encuentra en el estado de ánimo en que yo estaba, es decir, en plan pánfila, las cosas que un día le parecen soportables e incluso maravillosas, otro día le resultan insoportables. El continuo chapoteo del agua me atacaba los nervios. La oscilación de los rayos de sol sobre la mesa me provocaba hipnosis. La humedad me calaba los huesos y tenía todos los músculos doloridos por intentar mantener el equilibrio contra el incesante balanceo del casco. Menos mal que el sistema de calefacción funcionaba a la perfección y no podía quejarme del frío, pero me sacaba de las casillas que a principios de junio estuviéramos en pleno invierno y empecé a sentir nostalgia. En Barcelona los plátanos ya habrían sacado sus hojas y los árboles del Consell de Cent –¿cómo se llamaban?– debían de desprender ese olor misterioso y sensual... Por la noche, las terrazas de la Rambla de Cataluña debían de estar llenas de gente bebiendo horchata... En los mostradores de las tiendas habría ropa de verano en cantidad... Y en Mallorca, con las playas aún vacías, el agua estaría cálida y la arena limpia y blanca. Y yo, dentro de un barco anclado en el culo del mundo, limitada de espacio y de posibilidades económicas, me moría de aburrimiento. Y no podía quejarme ni a Jem ni a Lida, que bastante los había mareado al volver a instalarme con ellos.

Tampoco les conté que Henry no me dejaba trabajar con él. Me avergonzaba. A pesar de intentar autoconvencerme de que había sido un subterfugio suyo para ahorrarme los peligros. Pero, ¿y si era verdad que no le gustaba que una mujer fuera detective? ¿Qué pasaría, pues, cuando aquel caso se hubiera solucionado? ¿Volvería a vivir con él, nos casaríamos para solucionar mi situación y él seguiría con su trabajo y yo me vería obligada a buscar otro? Aunque nos casáramos, no me concederían de inmediato la carta de residente y, por lo tanto, no podría encontrar trabajo. ¿Qué haría mientras tanto? Y cuando pudiera trabajar, ¿qué oficio desempeñaría? Por encima de todo, yo ya tenía una profesión. Más de una vez había maldecido la hora en que me había dedicado a ella; precisamente ahora estaba en Australia porque un día había querido echarlo todo a rodar; en Barcelona a menudo odiaba aquel oficio. Pero entonces, sola en el Manyac, con la lluvia tamborileando en cubierta y formando burbujas en la superficie del agua, pensaba que una cosa era dejar de dedicarse a un trabajo por voluntad propia y otra muy diferente hacerlo por voluntad de otro.

Cuando Henry venía a verme, sin embargo, nunca encontraba la ocasión para mencionar aquella cuestión. En realidad, temía que me confirmara que no lo había dicho empujado por las circunstancias, sino porque lo pensaba de veras. Pues si lo pensaba en serio, yo le diría «ahí te quedas, muchacho, y que te vaya bien». Estaba segura de que luego me arrepentiría, pero también lo estaba de que no daría mi brazo a torcer. Bastaba con que alguien quisiera obligarme a hacer algo para que no quisiera hacerlo.

Además, siempre que venía, o estaban Jem y Lida o llamaban por teléfono.

–¿No podríamos vernos en otro lugar, Henry?... O ven a otras horas...

–Lonnie, yo lo siento tanto como tú... pero vengo cuando puedo, y no sé si podré venir hasta el momento en que puedo escaparme... Ahora estoy a punto de encontrarla, estoy seguro...

–Ya hace una semana que me encuentro aquí, muerta de asco...

–No tienes ninguna necesidad de estar aquí todo el día, *darling*.

–No tengo ganas de ir a pasear, con este tiempo. Además, cuando vinieras no me encontrarías...

–Si quieres, estaré unos días sin venir y así te sentirás más libre...

Lo dijo inocente, amablemente. Pero yo me enfurecí por dentro.

–Muy bien, es una buena idea... –dije, también amable–. Mejor todavía –me comía el resentimiento–, no vuelvas hasta que no hayas encontrado a Cristina.

–Pero, mujer, ve con él... o llámalo por teléfono –me decía Lida.

–¿Yo? No. Yo, cuando trabajo, soy yo la que va a ver a los clientes, no son ellos los que tienen que venir a verme a mí.

–Pero Henry es algo más que un profesional cuyos servicios has contratado, hostia de tía.

–Quedamos en que él se pondría en contacto conmigo cuando hubiera encontrado a Cristina. Yo no puedo hacer ningún movimiento para verlo porque podría estropearlo todo.

–Él no te dijo eso. ¿Y si le ha sucedido algo?

–Debe de haberse enrollado con alguna de esas tiparracas, eso es lo que le habrá sucedido.

–¡Coño, no seas niña! –protestó Lida–. El amor te ha atontado, cojones. Si no lo llamas tú, lo haré yo.

–¡Ni lo intentes!

–Claro que lo haré. También nosotros somos clientes

suyos, en cierto modo. A mí también me preocupa Cristina, ¿qué creías? Cojones con la niñata ésa, coño.

No pude contener la risa.

–Caray lo malhablada que eres, Lida –dije.

Pero no fue necesario llamar. Justo a la mañana siguiente, antes de que Lida y Jem se fueran a la radio, Henry se presentó en el Manyac. Yo me hice la dura. Él tampoco hizo esfuerzo alguno para romper mi dureza.

–Ayer la localicé –dijo–. He alquilado sus servicios para esta tarde: un *ménage a trois*, yo, mi mujer y la Lola.

–¿Qué lío es ése? ¿Quién es la Lola? ¿Y tu mujer? –exclamé yo, alarmada.

–La Lola es Cristina. Le han cambiado el nombre, claro. ¡Y mi mujer eres tú, naturalmente!

–¡Anda ya!

–Es el único sistema para que puedas hablar con ella, Lonnie. No podemos despertar ninguna sospecha.

–Ahora ya no sé si quiero hablar con ella.

–Hostia, Lonia, si no vas tú iré yo –dijo Lida–. No seas tan testaruda, mujer.

–Está muy colgada –dijo Henry–. Si no la sacamos pronto de allí, será irrecuperable.

–¿Y por qué no la has salvado tú solo?

–Sólo quiere hablar contigo. A mí no ha querido decirme nada.

Cedí. A regañadientes. Y mi amor propio me impidió pedir cuentas a Henry de lo que había hecho aquellos diez días en los que no le había visto el pelo. Por qué no había llamado, por qué me había tenido abandonada sin dar señales de vida. Me moría de ganas de saber cómo había llegado hasta Cristina, me tenía sumida en una curiosidad profesional y en una curiosidad morbosa. Pero no hice pregunta alguna. Y él no hizo ni un intento de darme explicación alguna.

–Nos veremos en el Royal Park una hora antes de la cita con ella. A las cuatro –dijo Henry.

–¡Vaya unas horas para una mandanga a tres bandas!

9

Llovía a cántaros y la glorieta del Royal chorreaba a base de bien. Tomamos un té y cogimos un taxi. Durante todo el trayecto no dije una palabra, por mucho que Henry se esforzó en ser amable. Y no era sólo por el hecho de estar enfadada con él. Estaba nerviosa, atemorizada, insegura. Henry tenía razón quizá cuando opinaba que las mujeres no servimos para detectives.

Era una casa estilo *cottage*, preciosa, con porche alrededor y barandas de madera labrada. Junto a los escalones del porche había un sauce sin hojas que me borró la rabia y el miedo pero me contagió una tristeza suave y profunda. Pero Henry ya estaba abriendo la puerta y no tuve tiempo de reflexionar acerca de mis sensaciones.

Henry me precedió directamente hacia una de las habitaciones, sin que nadie de la casa nos diera la bienvenida ni nos pusiera ninguna traba.

–¿No hay recepción en esta casa? –pregunté y me salió un tono irónico la mar de bueno.

–En estos sitios no la hay nunca. Conciertas la cita previamente, y ya te están esperando...

Cristina nos esperaba en la habitación con la cara hundida en la almohada. Su brazo izquierdo estaba acribillado por los pinchazos.

Henry, de pie junto a la cama, estaba blanco como el papel, los nudillos a punto de estallar de tanto como apretaba los puños.

La refrigeración iba a toda marcha.

¡Dios mío!

Iba a dar la vuelta al cuerpo para verle la cara, pero Henry me agarró y me alejó de la cama. Entonces noté que mis piernas no me sostenían y que todo me daba vueltas alrededor. Henry, desencajado, me obligó a sentarme en una butaca al otro extremo de la habitación.

No pude evitar las lágrimas. No sentía nada: ni pena, ni rabia, ni miedo, ni remordimientos. El llanto era sólo un desahogo físico, como una tensión de muchos días que finalmente se había convertido en agua que salía a borbotones.

Henry volvió a acercarse a la cama y dio la vuelta al cadáver para ponerlo cara arriba. Desde la butaca pude ver el rostro desfigurado de Cristina.

–Bestias –dijo Henry con un hilo de voz–. Vaya paliza, pobre chica.

–¿La han matado a golpes?

Henry estaba mirando ahora sus brazos.

–No lo sé seguro..., diría que hace muchas horas que se ha pinchado... o la han pinchado... Por eso han puesto la refrigeración...

–¿La droga adulterada?

–Puede ser, Lonnie –ahora lo tenía frente a mí, de pie, sudando–. Es mejor que nos larguemos ahora mismo... Podría ser una trampa... O pueden venir de un momento a otro para llevársela...

Se secaba el sudor. Pobre Henry, se sentía tan culpable, que no me atreví a decirle todo lo que pensaba. Porque pensaba que él tenía la culpa, claro está. Si en lugar de querer descubrir toda la red de tráfico de mujeres y de la droga se hubiera dedicado simplemente a buscar a Cristina... Pero, bien mirado, ¿acaso no era eso lo que había hecho? Las cosas no siempre suceden tal como deseamos...

Sí, teníamos que irnos: ahora ya nada podíamos hacer por ella. Otra vez había llegado demasiado tarde. Pero ahora no era culpa mía. ¿O sí?

Cuando me incorporé, el frío artificial me había helado el cuerpo. ¿O era el frío natural, mi propio frío, el que me helaba? Henry cubría el cuerpo y la cara de Cristina con las sábanas: un gesto inútil, un gesto de buena persona que hizo que lo amara más que antes.

Me apoyé en la cabecera de la cama y el frío del metal me hizo dar cuenta de que me hervían las manos. Aquel frío que sentía me venía de adentro.

Henry me cogió por la cintura y me arrastró fuera de la habitación. En la puerta, se giró de nuevo hacia la cama y se detuvo en seco. Yo también me giré y miré hacia donde me señalaba: sobre la mesilla de noche había una carta.

Me precipité sobre ella: era un sobre igual al que me había dejado en el barco. La misma letra. La misma dirección de Mallorca.

Salimos igual que habíamos entrado. Y en el taxi de vuelta, esta vez sí que leí la carta.

–No parece una de tus reacciones, pero creo que haces bien –me dijo Lida.

Porque, según Lida, mi reacción más natural, después de encontrar muerta a Cristina y leer la carta que me había dejado, habría sido irme a Mallorca a rebuscar. Y en cambio había decidido mandar a paseo todo cuanto se relacionaba con Cristina y con Mallorca y quedarme para siempre en Melbourne, casarme con Henry y empezar lo que se dice una nueva vida.

Esta vez el golpe había sido definitivo. Que una vez no consiguiera impedir la muerte de una persona que me pide ayuda, como había sucedido con Sebastiana, es un hachazo en el alma que se supera marchándose a las Antípodas. Pero que se repita el caso en las mismas antípodas, con dos muertes inútiles de propina, no se supera ni con el instinto de venganza que se había apoderado de mí en un primer momento.

Cuando Henry encontró a Cristina y le dijo que yo iría a verla, ella escribió una carta: señal de que confiaba en mí. En este culo del mundo, sólo podía confiar en mí... Y yo le había fallado, como había fallado a Sebastiana.

Había ido a Australia a buscar todo lo contrario de lo que tenía en Barcelona, y, mira por dónde, me había encontrado exactamente con lo mismo. Una agencia de detectives tan chusca como la mía, una chica muerta por los otros, pero en realidad por mi culpa. Y, por tanto, una desesperación sin límites. Sin embargo, había una diferencia sustancial: Henry. Y ahora que lo veía tan abatido como yo, lo quería más que nunca. Todos los celos de los días anteriores, toda la desconfianza, toda la rabia porque no me había contado lo que hacía, todo había desaparecido.

–¿Y Henry, qué opina de eso? –preguntó Lida.

Henry me había propuesto que fuera a Mallorca. Sola o con él. Esta muerte no puede quedar impune, había dicho, y yo había pensado que era una frase de detective barato. Además, pueden producirse otras muertes y es un deber de conciencia desbaratar toda la trama que él había descubierto entre Sidney y Melbourne. En Mallorca yo podría descubrir uno de los cabos principales de los hilos de la red, y, como mallorquina, tenía que interesarme poner al descubierto la parte de la red que llegaba o partía de mi isla.

Había estado a punto de convencerme. En realidad, su amigo que trabajaba en Inmigración me falsificó el visado caducado a fin de que no tuviera problemas en la aduana, al salir del país. Pero yo me sentía cansada, rendida, vencida. Y gasté las últimas fuerzas que me quedaban en tomar la decisión de quedarme.

–¿No te parece que es mejor que lo denunciemos desde aquí? –le había dicho a Henry–. Creo que con toda la información que podemos aportar tenemos de sobra para resolver el lío aquí, allí o dondequiera que se produzca.

Él creía que había algunas incógnitas que sólo se podrían aclarar desde mi isla y, además, estaba convencido de que, si hacíamos público lo que sabíamos en

Australia, los hilos de la red se romperían y la gente de Mallorca no sería molestada.

–No quiero insistir –había dicho por último él–. No quiero interferir. Tienes que hacer lo que creas...

Yo creía que tenía que volver a instalarme en su casa y así lo hice. Y comenzó a hacer las gestiones pertinentes para un casamiento legal.

A Jem también le sorprendió mi decisión, pero la encontró acertada. Y me pidió que le dejara ser testigo en mi casamiento. Me sentí reconfortada.

–¿Miss Lonia Guiu?

Henry me había dicho que no abriera la puerta a nadie, pero yo no estaba dispuesta a vivir a escondidas.

Ojalá le hubiera hecho caso.

El hombre me permitió efectuar una llamada, pero Henry no estaba en su despacho en Collinwood. El hombre me dejó hacer otra llamada, pero el amigo de Henry que trabajaba en inmigración estaba de vacaciones. El hombre me dejó hacer una tercera llamada: en la radio me hicieron esperar porque Lida y Jem estaban en antena. El hombre y yo escuchamos la emisión catalana hasta el final, el hombre algo mosqueado, y entonces volví a llamar.

–Lida –dije, intentando poner voz despreocupada–. Ya puedes decirle a Jem que por ahora no será testigo en mi casamiento. Aquí tengo a un tío de Inmigración. Dentro de media hora me habrán puesto en un avión...

–¡Cagoenlá! ¡No es posible! ¿Cómo ha sido eso? ¿Qué has hecho? ¿Desde dónde me llamas? ¡Ahora mismo voy para allá!

–No hay tiempo. Este tipo que tengo al lado ha sido muy paciente hasta ahora, pero empieza a ponerse nervioso. Me enseña el pasaje de avión que el Estado de Victoria me paga para echarme a patadas del país...

–¿Y Henry, no puede hacer nada? –la voz de Lida era desolada: ni ella ni Jem podían hacer nada.

–No está en el despacho. No sé dónde puedo localizarlo. Avisadle esta noche y que él decida qué tiene que hacer...

–¡¿Cómo qué tiene que hacer?! –gritó Lida al otro lado del hilo–. Tiene que ir a buscarte a Barcelona, y tú tienes que tener los papeles a punto para casaros. Así no tendrás problemas para volver a entrar.

–Supongo que sí, que haremos eso.

–Y sobre todo, Lonieta, mientras esperas a Henry en Barcelona, no te metas en ningún lío, ¿me entiendes? ¿Me entiendes? –repitió.

–Sí, mujer, sí. No me iré a Mallorca, si es eso lo que quieres decir...

–Sólo que me entiendas. Deja lo de Cristina y todo el follón... A ver si me haces caso por una vez.

–Sí, mujer, sí...

Pero ya sabía que era una mentira. Porque si hubiera estado dispuesta a hacerle caso, no habría intentado llevarme los papeles que había robado en la agencia Gardener ni los informes de Henry. Pero en casa no había ningún papel. Todos los tenía Henry en el despacho. De manera que sólo pude llevar conmigo la carta de Cristina.

En el avión leí más de mil veces la noticia en *The Age*:

«Muchacha drogadicta encontrada muerta. La autopsia ha revelado una sobredosis de heroína. La policía aún no ha podido identificarla».

Ni podría.

«Por su aspecto, parecía latina, de unos dieciocho años. Se supone que habría entrado ilegalmente en el país.»

Qué necrológica tan triste. Tan contenta, tan satisfecha como estaba de su aventura australiana nueve meses antes. Pobre tonta.

Y otra noticia:

«Incendio en un yate en la bahía de Melbourne» –aquellos titulares hicieron que mi corazón diera un brinco del susto. Y la información otro, pero de alegría: no se trataba del Manyac.

«En el yate Rossenhill, de bandera australiana, ha habido un incendio esta madrugada. Han podido salvarse todos sus ocupantes, una tripulación insólita: una docena de chicas sin ningún tipo de documentación, presumiblemente indonesias. Han confesado que habían sido ellas las causantes del fuego con tal de escapar. La policía sigue investigando.»

Pensé que era curioso que aquel yate no hubiera salido en ninguna de las listas informatizadas, cuando yo buscaba Rossenhill. Me sentí segura de que las investigaciones de la policía no sacarían nada en claro. Y confié en que Henry también investigaría.

Y volví a leer la carta de Cristina a su padre:

«... *¿acaso has olvidado que tienes una hija? No entiendo nada, papá. Yo vine a un colegio: tú no querías, ya lo sé, pero no puedo creer que estés enfadado y que por eso me abandones de esta manera. Cuando me fui no estabas enfadado. ¿Qué pasa ahora? Papá, el lugar que encontró el tío para mí no es un colegio. Es un burdel, papá. Un lugar horrible. Y no puedo entender por qué no me has venido a buscar. Había venido a Australia por medio año. Y ahora, si mis cuentas son exactas, ya hace nueve o diez meses que estoy aquí. Y no sé si voy a durar otro mes. Estoy muy enferma. Me dan droga ¿sabes? Ahora ya no me puedo pasar sin ella, y así me obligan a hacer todo lo que quieren. No puedo entender lo que ha pasado. ¿No te extraña que te escriba en tan pocas ocasiones? ¿No recibiste una carta mía? Se la di a una chica mallorquina para que te la enviara. A lo mejor se olvidó de echarla al buzón. Hoy volveré a verla y le daré ésta. Yo no puedo enviar cartas, ni telefonear. Estoy prisionera, papá. Me vigilan día y noche. Me han quitado los documentos. Me han cambiado el nombre. ¿Sabes cómo me llaman ahora? Me llaman Dolores. Le pediré también a esta chica que te llame por teléfono. Y le diré que, si me sucediera algo, te vaya a ver y te lo cuente todo. Tú ya le pagarás el viaje. Ahora que, si es que ya no te* *acuerdas de que tienes una hija, o si no quieres saber nada de mí, sólo podrá salvarme esta chica que vendrá a verme. Pero no puedo creerlo. ¿Por qué no vienes a buscarme?...*

Entonces me adormecí. Ante mis ojos cerrados bailaban las palabras Rossenhill, Gardener, Henry, Rutherford, Joil, Cristina, Cala Mura... Y sobre todo Munditourist, el nombre que figuraba en tantas fichas, con sede en Mallorca.

10

–Eso no se hace, Lonia.

Quim ponía una cara tal, que no pude evitar echarme a reír.

–Sí, eso es, encima ríete.

Estaba francamente enfadado, y con razón. No le había avisado de mi vuelta y me presenté de improviso en el despacho. Entré sin llamar: en la puerta había un cartel que decía «Pasen» y pasé.

Quim estaba sentado a mi mesa –mejor dicho, en el lugar en el que había estado antes mi mesa; porque aquello no parecía una mesa, sino una especie de cachivache que en vez de patas poseía unas superficies inclinadas que hacían ángulos por todas partes y su función principal parecía ser la de desafiar la ley de gravedad. Como los mostradores de las tiendas más modernas, como las mesas de los telediarios.

En otra de las llamémoslas mesas había un jovenzuelo de una veintena de años, con cara de ángel. Antes de que el ángel tuviera tiempo de preguntarme qué quería, me planté delante de la mesa de Quim –que no había alzado los ojos– y dejé caer la carta de Cristina sobre los papeles que estaba leyendo. Al mismo tiempo, le decía, imperiosa:

–Encuéntrame el máximo de información sobre esta familia. Y rápido.

Quim había levantado la mirada, había parpadeado, se había levantado y me miraba estupefacto. Y yo, venga a reír.

–Eso no se hace, Lonia –había dicho.

Entonces me di cuenta de que no era sólo el despacho lo que había cambiado de *look*: él tampoco tenía ya aquel aire de progre de los años setenta, había cambiado las chirucas por las Camper, el polo azul estilo Capitol y los vaqueros de imitación por una camisa la arruga es bella y unos pantalones Groc o Boulevard Rosa. Se había cortado los rizos estilo borreguil (con todo lo que aquellos rizos comportaban en cuanto a imagen y significado), que le confería una aureola bonachona: ahora llevaba el cabello al rape sobre el cráneo, y en vez de entradas de calvicie prematura parecía que tenía *la frente despejada*. Se había depilado el entrecejo, llevaba las uñas con la manicura, y, sobre todo, se había quitado la barba Che y parecía que se duchaba cada día.

–¡Vaya, Quim! ¡Estás guapísimo!

–Eso no se hace, Lonia –repitió, muy serio.

Miré el nuevo despacho a mi alrededor, que él mismo había alquilado tras haber resuelto el caso de la Gaudí; estaba arregladísimo, y la decoración era sorprendente. Más que un despacho parecía un bar de moda; frío, supermoderno –me parece que debería decir posmoderno–, con unas lámparas imposibles. Pretensiones de sencillez y de pureza de líneas, pero en realidad decorativismo puro. Tendría que empezar a acostumbrarme; eran los signos del tiempo. Si, a pesar de todo, aquel estilo que invadía la ciudad y que ahora había llegado a mi despacho –como habrá sucedido en la época del modernismo, supongo, por las muestras que aún quedaban– fuese cómodo, aun me sentiría capaz de acostumbrarme a él sin demasiado esfuerzo. Pero era incómodo, irracional, inhóspito. «Eres una antigua», me diría días después Quim; y que el modernismo también era incómodo e irracional, y a santo de qué menospreciaba lo irracional cuando yo era precisamente el paradigma de lo irracional. En esto último tenía razón. Y también en lo de antigua. Y a mucha honra.

–Ya veo que prosperas en el negocio –miré al ángel,

que me observaba con cierta impertinencia–. ¿Te has convertido en un *yuppy*?

–Sorpresa por sorpresa, Lonia. Te presento a Juan, mi novio.

Me quedé como si me hubiera convertido en piedra, pero con el cerebro de algodón.

De repente entendí muchas cosas sobre Quim: su primer trabajo en el gimnasio en donde lo había conocido; las discusiones con el dueño; su aceptación inmediata cuando le ofrecí trabajo; sus súbitas y misteriosas desapariciones; la casi enfermiza discreción con la que rodeaba su vida íntima; el hecho de que nunca me había presentado a ninguna amiga –ni amigo–, cuando yo no tenía reparos en contarle sin tapujos mis éxitos y mis fracasos amorosos; nuestra capacidad de entendimiento tácito, la complicidad que habíamos establecido entre nosotros sin proponérnoslo; sus ramalazos de misoginia, que se le escapaban, por mucho que los quisiera reprimir; y sobre todo, esa especie de tristeza indefinible que arrastraba y que ahora, curiosamente, había desaparecido de su aspecto.

Me puse a llorar sin saber por qué.

–¿Qué es eso? –dijo él, ofendido.

–Quim, es de alegría –quise aclarar.

–¡No seas tonta, Lonia! ¿Lloras de alegría porque soy marica? Que me maten si te entiendo. No sé por qué tienes que estar alegre.

–¿Pues qué? ¿Quieres que esté triste, so alcornoque?

–Ni una cosa ni otra. Me da igual. Son cosas mías, y tú no tienes arte ni parte: no necesito que te hagas la madre progre.

–Vete a la mierda.

Me senté en la butaca –es un decir– de los clientes y seguí llorando a lágrima viva, sin querer reprimirme. Lloraba por Quim, por mí, por Cristina, por Henry, y porque estaba contenta de volver a estar en Barcelona, en mi despacho, y porque no añoraba Australia lo que se dice nada de nada.

Quim y su amigo me dejaron llorar hasta hartarme, sin decirme nada, sin tratar de consolarme. Realmente, Juan había hecho el amago de levantarse, pero vi entre lágrimas que Quim le hacía señas para que permaneciera donde estaba.

Cuando me hube serenado, se lo empecé a contar todo. Y a mediodía aún estaba hablando. Como era sábado, cerramos el chiringuito y me llevaron a su casa a comer.

De camino compré dos postales, una para Jem y Lida y otra para Henry.

Mi coche, que al irme se lo había dejado a Quim, parecía nuevo, sin ni una raya, tapizado gris perla, las alfombrillas impolutas... y pintado de color rosa.

–Debe de haberte costado un ojo de la cara. ¿Pero no crees que este color es un poco chabacano? Es como si Mercè se hiciera pintar los instrumentos de ginecología de color lila porque es feminista.

Hubo un silencio. Adiviné que la parida había sido idea del novio.

–Juan es un experto en coches –dijo finalmente Quim, muy orgulloso–. Y luego, sólo hay que tener un poco de cuidado...

–¿Es una indirecta?

El piso de Quim era igual que siempre: abarrotado con una mezcla de estilos sin fronteras ni límites, de una fantasía empalagosa pero que me fascinaba. Alfombras colgadas en las paredes como si fueran tapices, tapices extendidos en el suelo como si fueran alfombras, cortinas de encaje que vestían una camilla, colchas bordadas que hacían de cortinas, manteles sobre las butacas, fotografías, flores secas, velas, trastos recogidos vete a saber dónde y colocados con una gracia especial en el lugar más adecuado. El conjunto resultaba acogedor, mucho más que mi piso, con profusión de plantas de una exuberancia erotizante, con un desorden ordenado muy particular. Ahora lo veía: tenía que haberme dado cuenta antes, las otras veces –pocas, hay que decirlo– que había entrado en aquella casa. Me sentía traicionada porque él no había tenido la suficiente confianza en mí, porque había estado escondiéndome su naturaleza, su esencia, como si yo fuera una forastera.

–Oh, qué bonito –dije mirando a mi alrededor–. Se nota el toque femenino...

Juan se me plantó delante, furioso. Pero la carcajada de Quim lo desarmó.

–¡Eso es una mujer! –proclamó Quim.

Yo me sentí aliviada: aún existía aquella misma complicidad entre él y yo. Aún seguíamos siendo amigos, al margen de nuestros amores respectivos.

Lonia, eres una sentimental.

Y el pobre Juan se quedó totalmente desconcertado cuando Quim, riendo, me abrazó y me llenó la cara de besos.

–Bienvenida, reina –dijo, con tal sinceridad que me hizo estremecer de satisfacción.

–¿Quieres acaso que vuelva a ponerme a llorar? –le pregunté.

–No es tu estilo –respondió él–. Venga, ayúdame a poner la mesa.

Juan nos miraba con unos ojos muy abiertos, sin entender nada, de pie como un bobo.

–No te escandalices, hombre –le dijo Quim–. A Lonia hay que permitirle decir estas cosas y otras aún más gruesas –Y añadió, irónico–: Quédate tranquilo: no lo hace con mala intención.

–No está escandalizado. Está celoso –dije yo con muy poco acierto.

El chico iba a quejarse, pero me adelanté y también lo abracé:

–No te lo tomes a mal, Juan... Quim y yo nos conocemos desde hace tiempo, nos gusta hacer creer que coqueteamos, pero nada de nada. Te lo dejo todo para ti. La verdad es que nunca me ha interesado como hombre... y ahora ya sé por qué, cojones –me puse a reír–. Además, yo ya he encontrado mi costilla en Australia.

Quim había empezado a poner la mesa y se quedó mirando con unos platos en las manos.

–Es al revés, Paloni: las mujeres sois las costillas de los hombres, ¿no te acuerdas de la Biblia?

–¿La Biblia? ¿Qué es? ¿Un tratado de misoginia? –eso lo había aprendido de Mercè.

–Muy bien –dijo Quim como si estuviera muy ofendido–. Pues ahora que todos somos tan felices y tan amigos, ahora que ya nos hemos desahogado y hemos borrado cualquier malentendido, ¿podéis ayudarme?

–¿Me puedo duchar? Estoy pringada con tanta dulzura como hay en esta casa.

Cuando salí del cuarto de baño me encontré con el plato en la mesa: una ensalada variada, es decir, un batiburrillo de todo lo verde que se podía encontrar en la cocina.

–Y ahora –dijo Quim, como un padre autoritario– cuéntame lo de la costilla australiana. ¿Es un negrito?

Seguí con mi relato allí donde lo había dejado. Me permitieron hablar sin interferir con ninguna pregunta. Cuando hube terminado, Quim tragó aire ostensiblemente y se puso a hablar él:

–Primero, para no perder la costumbre, te has metido en camisa de once varas, guapa. Creo que Lida tiene razón, y yo, si fuera tú, lo dejaría correr, pero mucho me temo que no me vas a hacer ni el más puto caso. Así es que ya te espabilarás, no cuentes con nosotros. No sacarás nada en limpio, y por poco que te despistes te acusarán de asesinato, y para postres no te pagará nadie. Porque seguro que a los padres de Cristina su hija les importa poco..., si es que ella te contó la verdad. Eso con suerte. Porque si te metes en el negocio de la prostitución y toda la pesca, te puedes ver haciendo el muerto en la bahía de Palma, y no precisamente por deporte...

–Oye...

–No me interrumpas. Segundo: tu aventura australiana ha sido un fracaso, y, si no quieres acabar mal, vale más que lo asumas. Te fuiste con la cabeza llena de pájaros, soñando con viajes procelosos por mares exóticos, descubrimientos de parajes y formas de vida diferentes, rupturas con la realidad y viajes al reino de los sueños... –gesticulaba pomposamente–. ¿Y qué has encontrado? Exactamente, lo mismo que aquí. No sólo no te has liberado de los problemas que tenías, sino que has añadido leña al fuego. Y es que la aventura, querida amiga mía, se lleva dentro de uno mismo o no se lleva. Y ya estás crecidita como para andar con niñerías.

–¡Mira quién habló!

–O sea que, hazme caso: a casita, que llueve. Y tercero: ya es la hostia que hayas tenido que irte a las Antípodas para encontrar a tu amor de toda la vida, pero aún lo es más que se trate de un detective. ¡Qué poca imaginación, madre de Dios!

–Ahora eres tú el que está celoso –dijo tímidamente Juan.

–¡Exacto, chaval! –dije. Y a Quim–: Y ahora que ya me has obsequiado con el sermón de ritual..., hay que decir que el reconocimiento público de tu condición de marica no te ha cambiado demasiado: sigues siendo un rompecojones de solemnidad..., bueno, pues ahora que me has ofrecido el sermón de bienvenida, me voy a casa a deshacer las maletas y a telefonear a unos cuantos amigos. Mañana me dedicaré a pasear por Barcelona, que me imagino que estará muy furiosa conmigo por haberla abandonado tanto tiempo, y el lunes iré al despacho a primera hora para empezar el trabajo.

–Habló la dueña y señora –dijo Quim levantándose–. Pero ya te he dicho que conmigo no cuentes.

Naturalmente, sabía que podía contar con él por mucho que se hiciera el estrecho. Para empezar, antes de salir de su casa me dejó dinero sin que hiciera falta pedírselo.

Aquella noche, a la una de la madrugada, telefoneé a Henry. En Melbourne eran las 9 de la mañana, más o menos.

Henry ya sabía lo del incendio, claro está. Y sabía que

el yate pertenecía a una filial australiana de una compañía con sede central en Londres: Gordon Ltd. No, no era de transportes, creía él, sino de viajes, turismo y cosas así. Aún tenía que seguir investigando más...

–¿Me quieres?

–*Yes*...

–¿Me echas de menos? Yo mucho..., me gustaría que estuvieras aquí...

–Si quieres, voy ahora mismo –propuso solícito.

–No, no, escríbeme...

Me hubiera gustado quedarme unos días en Barcelona, volver a respirar el aire polucionado, escuchar la música ensordecedora de los coches, aspirar el olor de los humos de los autobuses. Se nota que, sin saberlo, la extensión de Melbourne, su equilibrio sereno entre lo antiguo y lo nuevo, entre el urbanismo y la jardinería, me habían empalagado.

Me gustan las ciudades en domingo. Sobre todo Barcelona. Con las tiendas cerradas, el silencio de los coches parados, las animaladas que hacen los que sólo conducen en día de fiesta, la gente que parece que va más elegante que a diario aunque lleve exactamente la misma ropa. Los domingos son días para pasear sola y escuchar los propios pensamientos para creer que eres, realmente, la reina de la creación.

Pero aquel domingo fue diferente: todo me pareció sin sentido; fue como si de repente descubriera la verdad de las cosas y, por tanto, la existencia del absurdo. La gente se empeña en vivir como si la vida tuviera que durar siempre, y no obstante sólo dura, con mucho y con suerte, setenta u ochenta años; ¿y por eso vale la pena construir casas, plazas, fábricas, imperios, partidos políticos, monumentos, teorías científicas, bombas atómicas u obras de arte? Pasar como un soplo de aire sobre la tierra y desaparecer, ¿no es un absurdo? Paseé horas y horas por el Eixample, bajo los plátanos llenos de hojas, saboreando el calor. Y me puse en plan nihilista. En uno de mis momentos bajos, me di cuenta de que no tenía ningunas ganas de ir a Mallorca a investigar, que no tenía ganas de regresar a Australia, ni tan siquiera deseaba volver a ver a Henry. Tampoco me entusiasmaba la idea de ponerme al timón de la agencia, como me había recomendado Quim. Entonces, ¿qué deseaba hacer? No, nada, no tenía ganas de nada. Ni de ir al cine o al teatro. Ni de llamar a Mercè, porque, además, tampoco la iba a encontrar.

Con ese estado de ánimo tan sombrío llegué al Mercado de San Antonio. El gentío habitual curioseaba libros viejos. El olor tan particular del papel, con polvo acumulado de años, me enterneció. Los chiquillos de la acera vendían subrepticiamente programas piratas de vídeo. Dos músicos tocaban Beethoven con un violín y un contrabajo y parecían toda una orquesta; se había formado un corro a su alrededor: lo hacían muy bien.

Me compré un pintalabios en un tenderete –mi regalo de bienvenida a Barcelona–, y un libro muy antiguo con ilustraciones, para Henry. Luego, un poco más reconciliada con el mundo y conmigo misma, me fui al catre desde las dos del domingo hasta las diez del lunes.

A las once de la mañana, sin levantar el culo del asiento, Quim ya se había enterado de que:

–En Mallorca existe una familia Segura, originaria de Llucmajor, propietaria de hoteles y de edificios de apartamentos en Magalluf, en s'Arenal y en Cala Millor. También tienen tierras más al interior, en la zona de Son Servera, y una gran finca cerca de Lluc...

–¡Leche! ¡Parecen ser los dueños de toda la isla!

–Además de la isla que te dijo Cristina, Na Morgana.

–Se ve que estoy condenada a saltar de isla en isla, y cada vez son más pequeñas. Acabaré sobre un escollo, completamente sola...

–Venga, no hagas comedia. Bueno, Munditourist es una agencia de viajes del Paseo Mallorca, en Palma, y forma parte de un *tour operator* inglés que se llama...

–¿Gordon Ltd.?
–Sí...
–¿Ves como tengo que ir a Mallorca, rey mío...? –exclamé triunfante–. ¿Y qué relación hay entre Munditourist y los hoteles de la familia Segura?
–Ah, eso ya no lo sé...
–¿Lo ves? ¿Ves como tengo que ir a Mallorca?
–Haz lo que te salga de las narices, pero no cuentes conmigo. ¿A quién llamas ahora?
–Tengo que reservar pasaje, no querrás que vaya a nado.
–Te convendría. Venga, cuelga, ya te lo he reservado yo –Quim sonreía con malicia.
Me quedé patidifusa.
–Eres un sol, Quimet.
–Soy un idiota como tú, Paloni.
–Ahora me llamo Lonnie.
–¡No jodas! Seguro que es un invento de tu chorvo –y se echó a reír.

¡Aquello era una isla y no Australia, puñetas! La bruma suavizaba la Serra majestuosa y salvaje, y convertía en un sueño la violencia entre la tierra y el mar. Pensé que no tenía que haberme ido nunca de Mallorca e, inmediatamente, estuve contenta de haberme alejado a tiempo de ella. Tanta belleza es una trampa, pensé. Y tras haberlo pensado, pensé también que había construido una frase idiota.

La isla menguaba en dirección a la llanura y se perdía en azul agrisado. Todavía no se distinguía ninguna grieta en la roca, ningún pueblo, ningún bosquecillo. Sólo una silueta más oscura que se destacaba suavemente contra el cielo y el agua. Pensé en aquel amigo mío –dónde estaría ahora– que decía que Mallorca no existía, que era una invención de los mallorquines. Y en otro que decía que Mallorca sería un paraíso si no hubiera mallorquines...

Ya nos acercábamos a los peñascos, ya se distinguían claramente las olas al fondo de los acantilados. Vaya si existía. Y sí, el mito de la Roqueta era una verdad como un templo: porque una sensación de añoranza repicó en mi cerebro, como los goterones de lluvia que tamborilean sobre las tejas y resuenan en las bóvedas. El avión traqueteó como de costumbre a causa de la calentura del aire. La Serra salvaje, todavía preservada, me emocionó. Me sentí parte integrante de aquellos peñascos, y ese sentimiento volvió a ensanchar mi corazón.

Lonia, eres una sentimental.

E inmediatamente después, el Pla. Cuadriculado, manchones de colinas llenos de arbustos, coloreado, inmutable. Pasamos casi a vuelo rasante sobre mi pueblo entre las lomas. El campanario y los molinos. Para mí, la Serra era el sueño y el Pla la realidad: mi madre que trajinaba por el corral, siempre murmurando. La Serra me llenaba la cabeza de belleza, el Pla me llenaba el corazón de ternura... y de rabia. Aún no había decidido si iría a verla o no. Mi madre me atacaba los nervios. Me sacaba de quicio. Pero, sí, tendría que ir a verla. A ella y al resto de la familia. Qué remedio.

Con tía Antonia sí nos entendíamos. Me esperaba en su casa, en Palma, con ensaimadas y chismes a tope, ¿queréis mayor gozo?

—Come, niña, come, que en Barcelona no saben hacer las ensaimadas tan buenas como aquí.

—Tía Antonia, ¿conoce usted a los Segura?

Le di unos cuantos detalles más a fin de situarla. Tía Antonia era un pozo de sabiduría. Lo sabía todo. Por lo menos, poseía una versión propia de la mayoría de cosas que sucedían en la isla.

—... y ha huido a Australia, según dicen, y ni tan siquiera ha regresado para el entierro.

—¿Qué entierro?

—¡El entierro de su padre! Hace tres meses que don Bernat ha muerto... y dicen que ha sido por el disgusto, porque su hija era la niña de sus ojos. Era una mimada, una consentida, y luego mira cómo les paga.

–¿Su hija le dio un disgusto?

–Sí, se ha ido a estudiar a un colegio de Australia. ¡Date cuenta, a estudiar! No hay que irse tan lejos para estudiar. Como tú, que has dado a tu madrecita el mismo disgusto...

–Venga ya, tía Antonia, no diga tonterías. Si fue usted quien me aconsejó que fuese a Barcelona...

Tía Antonia me miró con complicidad, satisfecha de haber colaborado en disgustar a su hermana. Y siguió.

–Ahora todo lo lleva don Matías, y dicen que es un tarambana. Todo lo contrario que el pobre don Bernat. No, y ahora es no sé qué de eso de la autonomía, y sale mucho en los periódicos..., pero cuando una persona gana tanto dinero, no puede ser que todo sea limpio, puedes estar segura de ello.

–Don Bernat dices que también había ganado mucho dinero, y opinas que era buena persona...

–Yo no he dicho eso, niña. He dicho que no era un tarambana, como su hermano, lo cual no quiere decir que fuera una buena persona, sino que lo parecía.

–¿Y su mujer?

–Una engreída. Y una cabeza hueca.

Según tía Antonia, una mujer cabeza hueca no quería decir una mujer de pocas entendederas, sino una mujer que no cumplía las obligadas normas de discreción en el trato con los hombres. Con toda su liberalidad, tía Antonia creía que una mujer casada que, en una comida de matrimonios, hablaba más con los hombres que con las mujeres, era, como mínimo, una aspirante a putarranga.

–¿Quieres más ensaimadas, reina mía?

–¡Tía Antonia, que me he jalado seis! Ahora me gustaría ir a dar una vuelta por Ciutat...

Me dio la llave del piso y me preguntó si necesitaba dinero. Sólo cogí la llave.

Antes de salir, telefoneé a Henry. En Melbourne eran las ocho de la noche. No lo encontré ni en casa ni en el despacho. Le dejé el número de la tía Antonia en el contestador. Compré una postal de la Seu y se la envié.

11

—¿Doña Carmen Llofriu?

—Sí, soy yo...

—Soy una amiga de Cristina. Acabo de llegar de Australia y ella me dio su dirección y su teléfono...

Mi intuición me impedía hablarle de la carta. Antes tenía que ver qué canción sabía aquella mujer.

—¡Ay, Dios mío, Cristina! ¿Eres amiga suya, dices? ¿Por qué no vienes a verme y charlamos un rato?

Perfecto. Estuve allí en diez minutos. Barri de la Seu, umbrío, reposado, sin automóviles. Los cascabeles del cabriolé paseaturistas resonaban por las antiguas paredes y se deslizaban como un sacrilegio entre los patios abiertos a la lluvia. Calle Alzamora. Una casa con solera, una campanilla de latón inutilizada y un timbre de carillón de una ampulosidad estridente.

—Mira qué casualidad —me dijo doña Carmen al tiempo que me invitaba a pasar—, ayer mismo recibí carta de Cristina y justo cuando has llamado por teléfono quería contestarle... Pasa, pasa, mujer...

Hice todo lo posible para que no notara que me había quedado de piedra y la seguí.

Iba de luto riguroso, pero caminaba ligera, como si el trastorno de la viudez no le hubiera puesto peso alguno en las piernas.

El piso, entre las sombras al igual que la calle, de carpintería nórdica, oscura y sobria, poseía una decoración aún más sacrílega que los cabriolés endomingados.

¡En dónde se ha visto alguna vez colocar papel floreado sobre aquellas paredes! Y los muebles, de un brillo de tricornio, imitaban no se sabe qué estilo y seguramente habían robado el sitio a consolas de nogal, a sofás imperio de caoba, a escritorios de pino. El suelo, que debía de haber sido de mosaico rojo satinado por los años, era ahora de un mármol escandalosamente brillante y veteado... Y seguro que sobre las camas había cobertores de tul color rosa en vez de colchas de encaje. Pero doña Carmen combinaba a la perfección con aquel decorado, ya que iba cargada hasta los dientes de pesadas joyas de oro.

Soltó dos lagrimitas.

–Me he sentido tan sola todos estos meses sin ella...

–Cristina se quejaba de que no recibía cartas de Mallorca...

–¿Qué me dices? ¡Cómo es eso, Dios mío! Por cada una que ella manda yo le mando dos... Pero, ¿ella está bien? ¿No siente nostalgia? –suspiró–. Esta niña..., nunca comprenderé por qué no ha venido para el entierro de su padre, con lo que se querían... Ella ya me lo ha explicado en una carta, pero, Dios mío, un padre es un padre..

La viuda Segura calló al entrar la criada.

–¿Quieres tomar algo? –me ofreció.

–Sí, una naranjada.

–¿Con un poco de vodka?

–No, no bebo alcohol... No, gracias, tampoco fumo –ella había encendido un cigarrillo y me ofrecía tabaco.

La criada se había ido y doña Carmen se acercó a un secreter feo y pretencioso. Me mostraba unos papeles.

–¿Ves?, me escribe unas cartas muy breves. Y mira la que le escribo yo, la acabo justo de empezar y ya es el doble de larga que la de ella.

Efectivamente, las cartas de Cristina eran cortas y de un absoluto laconismo. Una cuartilla, unas líneas escritas a máquina y la firma.

–Yo creía que Cristina no sabía escribir a máquina –aventuré.

–Tienes razón, aquí no había querido aprender nunca, decía que se rompía las uñas... Pero seguramente le han enseñado en la residencia... ¿Tú también estabas en la residencia? Oh, perdona, aún no te he preguntado ni cómo te llamas, ni de dónde eres... Ay, niña, desde la muerte de Bernat que tengo una cabeza... –lagrimita.

Volvió la criada con un whisky para la señora y una naranjada para mí. Naturalmente, se trataba de naranjada artificial.

–Pues ya ves... Con lo bien que podría estar Cristina en Mallorca y dice que prefiere quedarse en la otra punta del mundo. Yo, hasta hace poco, todavía estaba segura de que volvería, pero ahora ya empiezo a sospechar que quiere quedarse allí para siempre...

Puede estar segura de ello, doña Carmen.

–... me gustaría saber qué hay allí que no pueda tener aquí. ¿Acaso ha encontrado algún novio? En sus cartas ella no me dice nada, pero si se tratara de eso, aun lo comprendería... Ahora que, cuando murió Bernat –lagrimita–, que Dios lo tenga en su gloria, ¡ay, Virgen del Carmen! ...pues le mandé dinero para que viniera... y estoy segura de que no lo necesitaba, porque tiene una cuenta corriente, pero vaya...

Aquella mujer o era una tonta de campeonato o más espabilada que un zorro y me estaba tomando el pelo. ¿Tenía que darle la carta o no? ¿Tenía que empezar un interrogatorio subrepticio o la dejaba charlar a ver qué llegaba a decir? Me sentía incómoda, en falso, como si estuviera en el escenario del teatrillo de las monjas. Y cuando sonó el timbre de la puerta, me sobresalté, como si un intruso viniera a descubrir mi juego. Doña Carmen alzó la cabeza, ella también sorprendida.

–¿Espera a alguien? No quisiera molestar... –dije.

Entró la criada, anunció un nombre, doña Carmen dijo:

–¡Ah, sí, ya no me acordaba! –y salió.

Mecánicamente, aproveché la ocasión para guardarme una de las cartas de Cristina en el bolsillo del pantalón.

Unos segundos más tarde volvía a estar en la calle en sombras. La viuda de Segura no había podido dedicarme más tiempo, un compromiso ineludible que había olvidado, pero tienes que volver, niña, porque tienes que contarme más cosas de Cristina, esta niña ¡Dios de mi corazón! Ahora que la necesitaba más que nunca, tan sola como se encontraba, etcétera.

En la calle decidí no intentar aclarar si se pasaba de tonta o de lista, la tal doña Carmen. Por el momento, yo tenía cosas más urgentes que hacer.

—Buenos días. Quisiera hablar con el encargado de los viajes a Australia —solicité, recuperando a conciencia el acento barcelonés.

—¿Cómo dice? —dijo la mujer.

Parecida a sor Magdalena. Pero no tenía el aspecto chupado como la monja, sino un gesto afable y tranquilo.

—Quiero hablar con la persona que organiza los viajes a Australia.

—¿Usted quiere ir a Australia? ¿Quiere un billete para Australia?

—No, no, no. Sé que esta agencia organiza viajes a Australia...

—Creo que se equivoca, señorita... Si desea ir a Australia, podemos proporcionarle los billetes, los hoteles... En fin, como si quiere ir a cualquier otra parte del mundo... También organizamos viajes de grupo, *charters*, pero no hay nadie en concreto que se ocupe especialmente de organizar viajes a Australia...

—¿Cómo que no? Precisamente vengo de parte de la señora Joil, de Melbourne, porque quiere que me encargue del próximo *charter*...

—Me parece que le han informado mal, señorita —muy amable, ella—. Aquí no tenemos previsto ningún próximo *charter* a Australia. Y desde que yo trabajo aquí, nunca hemos organizado ninguno.

Aquella mujer no tenía cara de estar mintiendo. A pesar de que se pareciera a sor Magdalena.

Dudé unos instantes. Lonia, que me parece que vuelves a meterte en un buen lío como en la agencia Gardener. Las cosas no hay que hacerlas precisamente así, tan a quemarropa. Pero, ¿cómo coño hay que hacerlas pues, cagoenlá?

La mujer me miraba con la simpatía estereotipada de la gente que trata con el público; pero, a pesar de todo, era simpatía, lo cual quería decir que era de buena pasta. Así que, confiando en la buena pasta de aquella mujer, insistí.

–¿Está segura de eso? –cambié el tono seguro por una expresión compungida.

–¡Pues claro que estoy segura! ¿Acaso cree que no sé hacer mi trabajo? –ahora sí que se parecía a sor Magdalena.

La mujer esperaba que me fuera, pero yo seguía plantada ante el mostrador, desolada. Y esta vez no fingía. Sólo dudaba sobre si dejar escapar algún otro nombre de Melbourne como anzuelo. Por último se levantó y fue a hablar con alguien al interior de la agencia. A la vuelta tenía cara de pocos amigos.

–¿Cómo se llama usted? ¿De parte de qué empresa ha dicho usted que venía? ¿Puede mostrarme su carnet de identidad?

–Pero, ¿esto qué es: una agencia de viajes o una comisaría? –exclamé muy digna.

Y me largué a toda prisa. De allí no iba a sacar nada de provecho.

Salí de Munditourist muy enfadada. El Passeig Mallorca, que tanto me gustaba cuando vivía en Palma, me pareció feo y provinciano. Y yo, una idiota, como siempre. Porque si en la agencia hubiera estado el «corresponsal» de la agencia Gardener, ¿qué diablos le habría dicho? Todavía había tenido suerte al tropezar con aquel pedazo de mula que guardaba el corral como un perro pastor. Pero el hecho de que quisieran saber tanto de mí significaba que algo tenían que esconder en relación con Australia. A partir de ahora no tenía que ir por carretera, sino por sendero para carros. Mayor número de baches y más piedras, pero menos circulación en sentido contrario.

Cuando me dedicara a mostrar la Roqueta a Henry, no lo llevaría ni a s'Arenal, ni a Cala Millor. No porque no hubiera sacado nada en limpio en los hoteles a los que fui, sino porque ese ambiente me atacaba los nervios. Ni siquiera lo iba a llevar a Magalluf, a pesar de que allí sí había encontrado abierto un postigo.

Pero era deprimente: ya no quedaba ni una rendija de paisaje. Y los turistas eran gordos y feos, y, lo que es peor, no lo sabían. Ni sabían dónde se encontraban, ni falta que les hacía. Mientras hubiera sol, se asaban; luego se arrastraban aburridos por las tiendas de *souvenirs* alineadas una junto a otra, en las que no había ni un mal objeto de buen gusto para comprar; y permanecían embobados ante los bordados *hand made*, confeccionados con máquinas de coser eléctricas.

Nunca los había encontrado tan estúpidos como entonces. Y pensar que, cuando era pequeña, había llegado a creer que los turistas eran gente superior...

En la barra del hotel Playa Dorada había una camarera. Pedí en mallorquín que me sirviera una naranjada natural y ella me preguntó en alemán si la quería con o sin gas.

Le pregunté, en español, que a ver de dónde era, y ella se sorprendió mucho de que supiera hablar en su idioma. Yo no le había dicho que fuera alemana, pero no hacía falta: en el lado de la barra donde me encontraba yo, sólo podía haber alemanes o suecos y ella había decidido que yo era alemana. No la desilusioné. Nos hicimos fácilmente amigas. Y empecé con las preguntas.

¿Acaso yo era de la policía?

–¡No! –me eché a reír.

Yo era periodista. Y nos citamos para aquella misma noche en el bar Tasmania –vaya paradojas– a partir de las diez de la noche, que era cuando ella terminaba su turno. Ella traería a las amigas y así yo podría hacer el reportaje para la revista en que trabajaba; una revista alemana, claro está.

—¿Nos harán fotos?

Yo no había pensado en lo de las fotos. Pareció decepcionada. La animé: las fotos íbamos a hacerlas otro día.

PALOMA: No, si es divertidísimo...
REMEDIOS: No tanto, no tanto...; a veces resulta muy pesado... limpiar la mierda de los demás...
PALOMA: Que no sacamos la mierda, Reme, no seas exagerada...
LOLÍN: Yo sí. Yo dejo los inodoros limpios, y lavo los platos..., vosotras habéis tenido más suerte... Pero no me quejo. Es mejor eso que las aceitunas...
PALOMA: Y que la vendimia. Yo, cuando supe que venía un señor a buscar gente, no me lo pensé dos veces. Una prima mía había ido a la Costa Brava, y se quedó allí...
REMEDIOS: Pero nosotras no vamos a quedarnos esta vez.
LOLÍN: Pero habrá valido la pena. Y puede que tengamos el trabajo asegurado para el año que viene...
REMEDIOS: Yo no. No pienso volver el año que viene. Ni que me ofrezcan la Luna.
PALOMA: Venga, Reme... Encontrarás a otro, mujer. Aquí lo que no faltan son hombres.
REMEDIOS: Para vosotras quizá, pero para mí...
LOLÍN: Es que tú te dejas llevar demasiado por los sentimientos, no puedes enamorarte del primero que te guiña el ojo. Aquí las cosas son diferentes, todo el mundo quiere divertirse. ¿Por qué no nos hemos de divertir también nosotras?
REMEDIOS: Yo estoy tan cansada que sólo tengo ganas de dormir.
LOLÍN: Yo soy la que tiene el trabajo más pesado y ¿sabes lo que hago? No pienso en el trabajo cuando lo

estoy haciendo. Pienso en lo que voy a hacer cuando lo acabe. Así el trabajo es más fácil.
PALOMA: Y yo en el dinero que nos darán a final de temporada.

¿Qué quería decir, a final de temporada?
PALOMA: Es el trato. Una cantidad por semana y todo el sueldo a final de temporada. Como tenemos comida y cama, no necesitamos más y así es seguro que ahorramos.
LOLÍN: Yo quisiera que cada semana me dieran un poco más. Aquí hay tanto ambiente, y todo es tan caro... Siempre tienes que encontrar a alguien que te invite...
REMEDIOS: Pero nadie invita por las buenas.
LOLÍN: ¿Y qué? ¿Acaso te invitan por las buenas en el pueblo? Y aquí tienes más donde escoger y después nadie se mete en tu vida.

Las chicas eran charlatanas. Con un español la mar de pintoresco, extremadamente dialectalizado, que nada tenía que ver con la *Lengua del Imperio* que yo había tenido que aprender por las buenas o por las malas, o con el español estandarizado de los medios de comunicación. En más de una ocasión la pronunciación me resultaba francamente ininteligible y me recordaba los líos de mi madrina con aquella abuela acabada de llegar del pueblo: la abuela preguntaba dónde estaba una cosa que la madrina era incapaz de entender; la abuela acababa hecha una furia porque no le cabía en la cabeza que la madrina fuera tan estúpida que no la entendiera; la madrina se subía por las paredes, que hable claro esa mujer. Y la mujer: ¿por qué no hablan en cristiano por aquí? La verdad es que las cosas no habían cambiado demasiado en este aspecto desde los tiempos de la madrina hasta hoy; pero en la torre de Babel de Magalluf eso no tenía demasiada importancia.

Y el magnetófono grababa y grababa, y yo intentaba que la conversación transcurriera por los cauces que me interesaban. Porque mi intención no era hacer un estudio sociopsicológico de realismo social sobre las trabajadoras de temporada del ramo de la hostelería en la isla, ni un reportaje particular con pretensiones genéricas acerca de la vida de una de ellas.

Pero ellas hablaban y hablaban, ilusionadas, divertidas, maravilladas o amargadas por aquel cosmopolitismo ridículo que tenían a su alrededor.

–Pero una jornada de trabajo tan larga como hacéis aquí tiene que ser por fuerza agotadora –dije yo.

PALOMA: Lo es más la recolección, que a los dos días tienes ya la espalda rota...

LOLÍN: Y el aburrimiento, cuando nada tienes que hacer. Yo, la verdad, pienso que hemos tenido suerte. No te creas, a mí me costó decidirme. Pero ahora, cuando pienso en mis amigas que no han venido porque han tenido miedo, o porque sus padres no las han dejado... A mí tampoco querían dejarme venir, pero yo no quería perderme la aventura...

PALOMA: Yo sentía nostalgia los primeros días, pero como que no podía regresar...

¿Por el contrato que habían firmado?

PALOMA: ¿Contrato? No hemos firmado ningún contrato... No, es que no nos pagan el pasaje hasta final de temporada, y nosotras no tenemos dinero para comprarlo. Pero yo no me quiero ir, ahora ya no siento nostalgia... Estoy la mar de satisfecha.

Recordé a las chicas en la piscina de la residencia Rutherford y las mujeronas de la agencia Gardener. También parecían satisfechas. Y pensé que la única diferencia que había entre unas y otras era que las de Melbourne seguramente no habían podido escoger y éstas sí –una elección muy triste, con todo: o quedarse en el pueblo o trabajar como mulas en la isla, que sólo era paradisíaca para algunos.

«¿Crees que hay alguna puta que lo sea por gusto?», me había dicho Lida. Bueno, lo que es yo, antes preferiría alquilar el coño como las putas que no las manos como estas chicas. En definitiva, ¿por qué el coño tiene que ser más sagrado que cualquier otra parte del cuerpo?

Si una mujer quiere alquilar su cuerpo a un hombre para follar, ¿no tiene el mismo derecho que si lo quiere alquilar para escribirle las cartas o los informes a máquina? ¿O para lavarle los platos y los calzoncillos, y, en este caso, ni tan siquiera cobrar? El mal era que siempre fueran las mujeres las que tenían que alquilar cualquier cosa, la patata, las manos, la espalda o la cabeza... Tendría que hablar largo de ello con Mercè, ella me ayudaría a ver las cosas claras...

PALOMA: ... a Australia.

LOLÍN: ¡Vaya suerte!

–¿Qué? ¿Qué? –interrumpí de pronto mis elucubraciones para escuchar a las chicas.

PALOMA: Una amiga nuestra se va a Australia en septiembre.

REMEDIOS: Muchos son los llamados y pocos los escogidos.

LOLÍN: Tú también habrías dicho que sí. Como yo. O sea que ahora no te hagas la estrecha.

–¿A Australia? –me había costado cerca de tres horas llegar a este punto y ahora no me parecía posible. A pesar de que lo había sospechado, a pesar de que era aquello precisamente lo que había ido a buscar al hablar con aquellas chicas, ahora que tenía la evidencia, no podía creerlo–. ¿Y qué va a hacer a Australia?

PALOMA: A trabajar.

–¿Y por qué justamente a Australia? ¿Y cómo ha encontrado este trabajo? ¿Qué clase de trabajo es? –me temblaba la voz.

REMEDIOS: ¿Te interesa ir también a ti? Las quieren más jóvenes... Jóvenes y guapas. Por eso sólo se lo han dicho a ella...

PALOMA: No sé por qué tienes que ponerte maliciosa, Reme. ¿Qué mal hay en ello? Ella no tiene la culpa de que a ti no te hayan dicho nada...

REMEDIOS: ¿Y a ti? ¿Te han dicho algo?

PALOMA: A mí me han preguntado si me interesaba...

LOLÍN: ¡Oh, qué suerte!

–¿Quién te lo ha propuesto? –pregunté, intentando esconder la curiosidad que me corroía.

PALOMA: Un amigo del dueño del hotel... Pero no tendría que hablar de eso. Me ha dicho que tenía que ser discreta...

Simulé apagar el magnetofón en señal de discreción y seguí preguntando.

–¿Un amigo de don Matías Segura? –pregunté.

–No, el dueño del hotel es don Leopoldo.

–¿Don Leopoldo? ¿Don Leopoldo qué?

–Creo que Cabrer.

–¿Y qué clase de trabajo te han ofrecido?

–Puede que camarera, como aquí, pero más descansada y mejor pagada; quizá también recepcionista, o cuidar niños en una familia rica... Lo que es seguro es que hay trabajo, como mínimo para dos o tres años...

–¿Con las mismas condiciones que aquí? ¿Sin cobrar hasta dentro de dos o tres años?

–De eso no hemos hablado todavía...

–¿Y esa amiga tuya?

–Ella sí que ya tiene trabajo: de camarera en una residencia de señoritas.

¡Por Dios bendito!

–¿Tienes ya pasaporte? –pregunté.

–No, todavía no, pero Amparo sí. Ese amigo de don Leopoldo se encarga de todo, ella no ha tenido que ocuparse de nada, ni de pasajes ni de nada...

–¿Y quién es ese señor?

–No lo sé. Aún no lo he visto.

Durante el día siguiente vagué por el Playa Dorada esperando que Paloma me mostrara a don Leopoldo. Disimulada entre los turistas, disfrazada de turista para no llamar la atención del personal. Poco me faltó para no morir de asco. Aquellos rincones de Mallorca no eran mi Mallorca. Eran como riñones trasplantados por un cirujano poco diestro que el resto del cuerpo no se decide a rechazar pero que tampoco acaba de aceptar.

Estaba bajo una sombrilla junto a la piscina cuando Paloma vino a avisarme. Don Leopoldo había llegado. Me dirigí a la barra, como una clienta más, y unos instantes más tarde vi salir a dos hombres de detrás del mostrador de recepción. Uno de ellos era don Leopoldo.

–Y el otro, ¿quién es?

–Un cliente. Desde que llegué, a principios de temporada, vive en la *suite* del tercer piso. Pero no lleva vida de turista. Me parece que es mallorquín...

Paloma estaba encantada de ayudarme. Le parecía ser la protagonista de una película. Supongo que sospechaba que yo era algo más que una periodista alemana, pero ahora parecía mejor dispuesta para la discreción. Y yo estaba también dispuesta para que ni ella ni sus amigas se fueran a Australia.

Los dos hombres se separaron en el aparcamiento. Cada uno subió a un coche y yo me preparé a seguir a don Leopoldo Cabrer.

La continuidad sin fisuras de hoteles, apartamentos, tiendas, bares y salas de fiestas llegaba a hacerse angustiosa. Sabía que, más allá, se extendían las playas atiborradas de Palma Nova, Portals Nous, Illetes, y el mar abierto de la Badía; y al otro lado, la sierra de Na Burguesa. Me hubiera gustado poder dar un vistazo al pasado y ver cómo había sido todo aquello en otro tiempo, pero el coche de don Leopoldo no me permitía demasiado margen para la imaginación. ¡Lo lanzado que iba, el muy asqueroso, por aquellas curvas tan cerradas! Si desaparecía por aquella zona, seguro que no lo encontraría: aquella aglomeración caótica me provocaba una claustrofobia física y mental y no sería capaz de quedarme ni un segundo allí para buscarlo.

Sin solución de continuidad, la carretera se convertía en avenida Joan Miró, Cas Catalá, Sant Agustí, Cala Major, todo era lo mismo: hoteles, apartamentos, bares... y turistas desaliñados. No sé si era el trabajo de aquellos momentos lo que me hacía verlo todo tan feo, o si la fealdad que me rodeaba me hacía odiar el trabajo. El caso es que me sentía más extranjera allí que en Melbourne. Tiene cojones la cosa, pensé. El alto muro del palacio de Marivent –con el museo Saridakis cerrado al público desde que los reyes veranean allí, vaya jeta–, los depósitos de la Campsa... y por poco no pierdo a don Leopoldo en una confluencia loca de avenidas y carreteras. Los edificios de la Joan Miró del Terreno estaban ruinosos, deteriorados. Pero también llenos de turistas. Don Leopoldo giró a la izquierda. Aquellas callejuelas del Terreno que se encaramaban hacia el bosque de Bellver me parecieron otro mundo. A pesar de algunas incursiones desvergonzadas y poco afortunadas de algunos bares sin pena ni gloria, aún conservaban aquel aire de placidez de veinte años antes, como si el viejo cosmopolitismo de guardarropía de la Plaza Gomila y la avenida Joan Miró –¡ay, pobre Miró!– no hubiera podido invadirlos. El castillo de Bellver, dorado, impertérrito, lo observaba todo con indiferencia medieval.

El coche de don Leopoldo se detuvo delante de un chalecito blanco de principios de siglo de la calle Dos de Mayo tocando al bosque de Bellver. La alta valla de piedra y la puerta de entrada al jardín de hierro con láminas de zinc, sólo dejaban ver las ventanas más altas que, en vez de persianas, tenían rejas. Cuando abrieron desde el interior, puede ver dos perros pastores, negros y lustrosos, que se precipitaban sobre don Leopoldo. Antes de saber si lo mordían o lo lamían, la puerta se cerró.

La calle estaba silenciosa, no pasaba ni un alma ni un soplo de aire. Por un instante me pareció que me encontraba en Monash St. y me estremecí a pesar del bochorno. ¿Un presentimiento? ¿Un pinchazo de nostalgia por Henry? Me di cuenta de que había pensado muy poco en él desde que había llegado a Mallorca. También me di cuenta de que, durante aquellos días, me había espabilado mejor yo en la pequeña isla de Mallorca que Henry en un mes en la gran isla de Australia. Y me pregunté si en Mallorca yo amaba igual a Henry que en Australia.

¿Eran la misma persona Lonnie y Lonia? Desconcertada, tuve que reconocer que no.

Pero no pude dedicar más tiempo a filosofar. Los dos perros pastores ladraban, la puerta de hierro se abría y salía don Leopoldo con dos chicas y otro tipo.

Seguir un coche por Palma es completamente diferente que hacerlo por Melbourne o por Barcelona. La circulación es tan densa como en Barcelona, pero indisciplinada. En cambio, posee la ventaja de que puedes hacer las mismas animaladas que todo el mundo y nadie se queja. Salimos a la Plaza Gomila y continuamos por la Joan Miró en dirección al centro. Tomamos por Marquès de la Sènia y giramos a la derecha hacia el Paseo Marítimo. Es Jonquet, el Baluart de Sant Pere, el Consell Interinsular, la Llotja. ¡Tanto como me gustaba pasear por el Passeig Sagrera y hacía tanto tiempo que no había alzado la cabeza para ver los verdes surtidores de las palmeras! Dimos la vuelta al beato Ramón Llull y subimos hacia el Born. Palma es tan pequeña, que siempre vas a parar a los mismos lugares. Por eso me gusta. Y justamente por lo contrario me gusta Barcelona, mira por dónde. Giramos a la derecha por la calle Unión y vi que don Leopoldo aparcaba el coche en la Plaza de Santa Catalina Thomàs. Mientras canturreaba mentalmente Sor Tomaseta dónde estáis, ya os podéis esconder, porque el demonio os busca, en un pozo os quiere meter, vi bajar del coche a las dos muchachas y al otro tipo, y los vi entrar en un portal. Desde donde yo estaba, los plátanos no me dejaban ver bien la fachada del edificio, con balcones invernáculos de madera y vidrio y unos cuantos rótulos.

No pude entretenerme demasiado en la contemplación, pues don Leopoldo ya volvía a poner el coche en marcha. Y yo detrás de él.

Plaza Weyler –el Forn del Teatre, todavía no has comprado una duquesa, Lonia, con lo que te gustan, o una ensaimada con crema–, el Teatro Principal, el aparcamiento de la Plaza Mayor, y Rambla arriba. Torcimos por Baró de Pinopar –siempre me había dado risa el nombre de esta calle– y giramos a la derecha por las Avenidas; después a la izquierda por General Riera. Don Leopoldo iba a todo gas, y yo tuve que recordar, por las buenas o por las malas, que en Palma el ámbar de los semáforos dura el tiempo suficiente como para poderlos incendiar sin peligro. Y me harté de pasarlos en ámbar. A pesar de eso, el coche de don Leopoldo iba ganándome terreno y yo tenía que forzar aquella carroza alquilada que ya empezaba a quejarse ruidosamente.

Al enfilar el Camí d'Establiments, la persecución se hizo más fácil y me relajé. Ojalá no lo hubiera hecho. Subimos casi juntos la costa de Son Berga, pero al llegar a la iglesia del pueblo ya no vi el coche. Volví hacia atrás y recorrí en coche todo lo que pude del pueblo y a pie el resto. Por último tuve que reconocer que había perdido el coche de don Leopoldo Cabrer.

12

Regresé al centro de Palma y dejé el coche aparcado de cualquier manera cerca de los Institutos. Me detuve a tomar un café con hielo en el bar donde teníamos la costumbre, una amiga y yo, de preparar los ejercicios de latín de cuarto. ¿Qué tenía que hacer, ahora? ¿Tenía que volver a Magalluf para recuperar la pista de don Leopoldo? ¿Tenía que ir a llamar al chalet del Terreno a ver si me dejaban pasar a curiosear un poco? ¿Tenía que ir primero al grafólogo para que me confirmara que la firma de la carta que yo había robado no era la de la misma persona que había escrito la carta que yo había encontrado en Melbourne? ¿Tenía que ir a ver a la viuda de Segura y decirle que Cristina estaba muerta, a ver qué pasaba? Decidí que iría a la plaza de Santa Catalina Thomàs, a ver qué encontraba en el piso al que habían subido el acompañante de don Leopoldo y las dos chicas. Pero ya lo haría más tarde, ahora no tenía ganas de nada.

Lo que sucede es que no me gusta perder. Perder el coche de don Leopoldo quizá no fuera grave, tal vez su seguimiento hasta el final no me habría aportado nada importante para mi investigación. Pero el hecho de haberlo perdido, al margen de la importancia que tuviera o dejara de tener, me había puesto de mal humor. Salí del bar y empecé a caminar sin ningún objetivo en concreto. Me gusta caminar; mirar a la gente, las tiendas, curiosear, vagabundear. Y hacía mucho tiempo que no lo hacía por Ciutat.

Sin ser demasiado consciente de ello, rehíce el camino que solía seguir desde el Instituto a la residencia de monjas. De la Via Roma fui a la Plaza de Santa Magdalena –pero no entré a ver a la momia enjoyada de no sé qué santa o monja o beata que había en la iglesia y que un día me había dado un susto de muerte–. Enfilé por la calle de San Jaime, señorial, de casas con grandes voladizos que apenas dejaban ver la línea del cielo, conservaba la misma penumbra del día en que vi el primer exhibicionista: salió de un portal blandiendo la herramienta, y parecía estar muy orgulloso de ella. Me asusté tanto que, en lugar de romper a llorar o salir corriendo, me eché a reír. Toda la gallardía de aquel pene erecto se desvaneció, y el hombre, humillado por una adolescente, guardó el pajarito y se abrochó la jaula.

Por las estrechas calles de aquellos andurriales no había turistas. La calle del Bisbe, siempre tan blanca, y la de los Capuchinos, larga y asimétrica, como un tren en una curva, con la altiva palmera que todavía se asomaba por encima de la altísima pared del jardín de las monjas capuchinas. En la calle Jaquotot entré en la perfumería. Era exactamente igual que antes, dos escalones al bajar, unos minúsculos mostradores y cristales empañados a un lado y otro de la puerta. Compré un pintalabios con idénticas sensaciones que cuando compraba tres onzas de colonia porque mi presupuesto no me permitía comprar la botella entera. Sin embargo, no era la misma vendedora. Y cuando me dijo qué desea señora, casi me puse a llorar. En aquella tienda siempre me habían dicho qué quieres niña. Pero habían pasado más de veinte años y ahora me sacaba de quicio que me llamaran señora.

No obstante, tenía que aceptarlo: el tiempo había pasado y yo no era la misma Lonia de antes. Ahora era Lonnie que volvía a las raíces sin poderse desembarazar de una pátina amorosa que le habían puesto en Melbourne. Y me encontraba con el lío de una madre que recibía cartas de una hija muerta; una hija que creía que iba a Australia a estudiar y había terminado con el estómago lleno de heroína; un propietario de hotel que ya no lo era; unas agencias de viajes que traficaban con mujeres y unos hoteles que les proporcionaban material...

Con el pintalabios agarrado bien fuerte en la mano, como si quisiera conservar allí la juventud, entré en la calle sin salida del Ca, donde estaba el pisito de juguete del ibicenco que vendía tabaco rubio de contrabando. Giré por Pueyo hasta la rinconada en donde se encuentra con la calle de la Rosa y la Plaza Weyler. Allí ya volvía a haber turistas. Desde la esquina de Weyler, miré hacia la otra plaza, la de Santa Catalina Thomàs, en donde no hacía ni dos horas que se había detenido el coche de don Leopoldo para dejar bajar a los pasajeros que había recogido en el Terreno. Desde allí se veía bien el edificio al que había subido el tipo aquel con las dos chicas. El letrero del primer piso me provocó un escalofrío por todo el espinazo. Para tranquilizame entré en la calle de la Rosa, y, delante del convento de las Reparadoras, alcé la cabeza: aquella ventana bajo el tejado era la de mi dormitorio, cuando la tía Antonia había inducido a mi madre a que me dejara venir a Palma a estudiar. Mi madre había puesto como condición que no viviera con la tía Antonia, pobre tía Antonia. Mi madre no estaba equivocada: las monjas me marcaban mucho más de cerca de lo que lo habría hecho su hermana.

Entonces decidí que no era el momento de esconder la cabeza bajo el ala de los recuerdos y salí directamente a la Plaza de Santa Catalina Thomàs por Capuchinos.

El rótulo no era luminoso como el de la agencia Gardener. El edificio tampoco se parecía nada al de Melbourne, ni en él trabajaban unas chicas opulentas como las de allí. Era una oficina destartalada –más o menos como la mía antes de trasladarme a la Ronda– con un único despacho, con los cristales sucios y las paredes grises por el polvo y el tiempo. En realidad, su apariencia era totalmente opuesta a la agencia de Melbourne; pero sólo la apariencia: la función era exactamente la misma. Mis sospechas se confirmaron cinco minutos después de haber empezado la conversación con el «gerente» de Vida Feliz–Agencia Matrimonial.

–Así que se encuentra sola en Mallorca...; sí, los mallorquines somos muy cerrados, al menos eso dicen, pero estoy seguro de que encontraremos a alguien. Y... ¿no ha pensado en volver a su país? –decía el hombre que había visto salir del chalet del Terreno con don Leopoldo.

Yo me hacía pasar por una búlgara –¡válgame Dios!– que, unos años antes me había escapado de una expedición de patinaje artístico que había participado en unos campeonatos en París. No había querido pedir asilo político, ni en Francia primero, ni en España después, por miedo a la extradición. En España había entrado en coche y en la frontera nadie me había pedido el pasaporte ni nada. Hacía cinco años que iba tirando por Mallorca, pero ya estaba harta. Además, las cosas se estaban poniendo difíciles con la nueva ley de extranjería. Y, para postres, no tenía ni un duro. Sólo buscaba un poco de compañía y un mínimo de seguridad económica para el presente.

–No, no puedo regresar. Me escapé de allí, y, si volviera, lo mejor que puedo esperar es la cárcel...

–Pero allí usted debe de tener amigos, seguro que se escribe con la familia –paternal el tío.

–No, allí no hay nadie que pueda sentir alegría por volver a verme. Por eso huí. Creía que aquí iba a encontrar amigos..., y tampoco... Quizá sea culpa mía, pero se ve que no tengo facilidades para hacerme querer... –exclamé con amargura.

–¿Y durante estos años ha vivido aquí? –Sonriente–: ¿No me hará creer que no ha hecho amigos en Mallorca? Ha tenido que trabajar..., debe de conocer a alguien... Lo digo porque en esta agencia acostumbramos a exigir unos requisitos, no podemos ofrecer a nuestros clientes..., bueno, quiero decir que..., claro que podemos hacer excepciones, pero somos una empresa seria y, como mínimo, pedimos que los clientes nuevos traigan alguna recomendación, una especie de aval personal... Por ejemplo, ¿quién le ha hablado de nosotros, quién le ha aconsejado que viniera a solicitar nuestros servicios?

Esta canción ya la tenía muy oída. Los extremos se tocan, los antípodas se parecen.

–Nadie –dije–. Precisamente por eso quiero sus servicios, porque no tengo a nadie que me avale ni que me aconseje...

El hombre compuso la sonrisa satisfecha de un pastor que acaba de atrapar una oveja descarriada...

–Y si, en mis condiciones, quiero decir que sin documentación ni nada, es difícil encontrar para mí un hombre que se case, podría decirse que legalmente no existo... Bien, si tan difícil es... –me hice la cínica–, he de decirle que no puedo permitirme tener manías, sé que no puedo exigir papeles legales... Sólo un poco de compañía y no tener que ir perdida rondando aquí y allá para sacarme un sueldo de supervivencia... Ya me entiende...

Claro que me entendía. Me miró insistentemente de arriba abajo. Y yo, que entre mis virtudes no se encuentra precisamente el pudor, acabé por bajar los ojos, incómoda. Aquel hombre ensuciaba sólo con mirar. Pero insistí:

–Y si se trata de efectuar un trabajo, tampoco voy a poner inconvenientes..., sólo que quisiera que fuera algo seguro, y no tanto una seguridad económica sino..., bueno, física, por decirlo de alguna manera... Una persona que me protegiera de verdad...

–¿Qué clase de trabajo? ¿En qué ha trabajado usted hasta ahora?

–Oh, un poco de todo... De vendedora en una tienda de *souvenirs*, de vigilanta en una playa, de ayudanta de alguien que compraba y vendía muebles antiguos, de *call girl* con una amiga...

–Ve usted cómo tiene amigos...

–Los tenía... Esta amiga encontró a un señor y me plantó con todas las deudas del piso...

–Y ahora, ¿dónde trabaja?

–En ninguna parte. Estoy cansada de ir de arriba abajo. –Hice una larga pausa, llena de suspiros–. Bueno, la verdad es que no me disgustaría cambiar de aires. Me gustaría. Pero sin documentación no puedo salir de España, en Francia las cosas aún están peor... Quiero decir que, si encuentra a alguien que quiera compañía para viajar, o alguien que necesite gente fuera de aquí... Yo no pediré nada más que protección, ya me entiende...

–Sí, ya... ¿Y dónde vive usted?

Con eso no había contado. ¡Siempre tiene que fallar algo, cagoenlá! Tuve que improvisar a toda prisa.

–Realquilada en casa de una señora... Pero no puedo pagarle la habitación y un día de estos me echará...

–¿Aquí en Palma? –insistió él–. ¿Dónde?

Tuve que darle la dirección de la tía Antonia. Después ya vería cómo solucionarlo. Pero el cabrón todavía se hacía el estrecho.

–Bueno, si es que la he comprendido, eso es harina de otro costal. Esta agencia no se dedica a eso..., no sé qué puedo hacer yo en este aspecto. Pero en fin... –Me miró con ojos de profesional y yo tuve que aguantarme las ganas de romperle la cara–. Tengo algunos clientes que también buscan compañía fija, pero sin compromisos legales... Por regla general quieren fruta más verde y fresca...

¡Claro, yo era fruta pocha a punto de caer del árbol!

–... pero usted tiene clase –prosiguió–, y eso es importante... Naturalmente, tendremos que hacerle un examen médico... Son cuestiones de rutina y le garantizamos una absoluta discreción...

Me eché a reír. Yo tenía clase, pero él no. Tenía mucha más clase la Gardener. Aunque precisamente por eso la Gardener era más temible que este petimetre que jugaba a mafioso y no pasaba de ser un comemierda.

–La verdad es que no me importa nada la discreción: nadie de este mundo me exigirá cuentas de lo que hago ni de cómo lo hago.

–Pues muy bien. Creo que la podremos ayudar, pero necesito unos días... Pase mañana al atardecer...

Me dio la mano, una mano fofa y pringosa, y me preguntó el nombre.

–Lonnie... Lonnie Dhul –me salió así, sin darme cuenta.

Se presentaron en casa de tía Antonia a las once de la noche. Me había costado un poco que mi tía quisiera hacer el papel, pero en el momento de la representación fue genial.

–Vive aquí –le dijo–. Pero no por mucho tiempo, porque no paga, y porque es algo rara... Las extranjeras, ya se sabe. No sé cómo la he tenido tanto tiempo, no me hace mucha gracia, vete a saber qué es...

Les dio toda clase de explicaciones durante media hora, sin dejarles meter baza. Parecía una radio. Creo que se fueron más cansados que convencidos. Y yo me pasé la noche en blanco. A pesar de que aquel zopenco parecía cortito de luces, yo tenía miedo. No de él en concreto, sino del engranaje que tenía detrás. Porque estaba segura de que había encontrado un extremo del hilo que unía Mallorca con Melbourne, el hilo que había estrangulado a Cristina. Ahora podía seguir ese hilo sin despertar sospechas. A través del hombre de la agencia de la plaza de Santa Catalina podía llegar hasta Cabrer, a través de Cabrer a Munditourist. Podía descubrir cómo y por qué Cristina había ido a parar a Rutherford y cómo había terminado en situación Rossenhill. Seguramente podría romper ese hilo que serviría para ahorcar a todo un atajo de cabrones que traficaban con mujeres.

Por otro lado, las cartas de Cristina me quitaban el sueño. Era evidente que habían falsificado su firma, resultaba obvio que alguien no quería que se supiera que primero había sido víctima de una trampa brutal, y luego víctima sin retorno de una sobredosis. Pero, ¿quién? ¿Y por qué? ¿Y cómo era posible que su madre no sospechara nada? ¿Era tonta hasta tal punto? ¿Y hasta qué punto era cierto que doña Carmen no sospechaba nada?

De madrugada logré conciliar el sueño. Tía Antonia me había dicho que mi madre ya sabía que yo corría por Mallorca –por supuesto se lo había dicho ella– y que estaba muy enfadada porque no la había ido a ver. Quizá me llegara allí en algún momento.

Cuando tía Antonia me despertó, soñaba que mi madre y el cabrón de la agencia recogían judías en el corral de mi casa, en el pueblo. Al verme llegar, me miraban con ironía y cuchicheaban. De repente, las judías crecían y los dos quedaban ocultos, invisibles detrás de las judías. Mecachis en la mar, no hacía falta ser un Freud para interpretar semejante sueño.

Mientras mojaba la ensaimada en el café con leche, iba hojeando el periódico. Iría a Santa Eugenia, a ver a mi madre. Dejé el periódico con mal humor. La idea no me agradaba y menos cuando pensaba que también tendría que ver a mi hermano y a mi cuñada.

–¿Has leído eso? –me dijo tía Antonia.

–¿El qué?

–¿No preguntabas por los Segura el otro día? Pues hoy salen en el periódico. Y esos chicos que les hacen la vida imposible.

–¿Qué dices?

–Mira tú misma.

Efectivamente, hablaban de los Segura. Porque el GEM comenzaba una campaña para salvar Na Morgana de las palas y las excavadoras. Pensé en esa canción de Pete Seeger, pero en ese momento no pude recordar ni la tonada ni el título.

–¿Qué es el GEM? –pregunté.

–Oh, arman mucho ruido, de cuando en cuando. Y tienen razón... –dijo tía Antonia.

Leí en un recuadro. La dirección del Grupo Ecologista Mallorquín y una solicitud de colaboración para todo aquel que estuviera interesado en salvar Cala Mura de la destrucción.

–Tieta, hoy tampoco iré a Santa Eugenia.

–Ay, Virgen del Carmen, tu madre me matará –exclamó histriónicamente. Pero en el fondo estaba contenta.

Dejé el coche en Sa Porta des Camp, al final de las avenidas, y me adentré por las calles de detrás de la muralla: casonas de solera que aún mantenían –al menos en el exterior– una cierta dignidad mezclada con un barraquismo vertical sin ambages. Conventos de monjas de clausura y humedades sospechosas en las paredes; silencios de calles estrechas por donde no pasaban coches porque no cabían y griterío de chiquillos de familias emigradas. Y un sol espléndido que se empeñaba en meterse entre las barbacanas pero sólo lo conseguía a medias.

Me pareció que hacía siglos que no pasaba por esa zona del barrio antiguo. Una vez había ido a casa de una amiga mía que vivía en Sa Calatrava. Desde el comedor de su casa se veía la bahía; era como un espejo del cielo, y pensé que me gustaría vivir en un lugar como aquél. ¿Qué habrá sido de María Luisa? A principios de los setenta la había visto una o dos veces por Barcelona, pero no pertenecía a nuestro grupo. Después había desaparecido del mapa. Pensé que me gustaría poder reunir en un mismo lugar a todas las personas que he conocido hasta ahora y que he amado o apreciado con mayor o menor intensidad. Sería un batiburrillo descomunal.

La claridad de la bahía me cegó. Los jardines de encima de la muralla estaban algo abandonados, pero aún conservaban su encanto. Bajo la muralla, el Parque del Mar –pronto lo terminarían– era espectacular, grandioso, aunque no poseía aún el encanto de aquella humilde tierra batida que ahora estaba pisando.

Ante el emplazamiento del GEM, en el mismo paseo, me pregunté si las personas somos siempre las mismas con la gente con la que nos relacionamos, o si actuamos de diferente manera según la persona con la que tenemos contacto. Pero ya estaba subiendo la oscura escalera y tuve que abandonar las reflexiones filosófico-sentimentales si no quería terminar rompiéndome los morros contra el suelo.

Me abrió la puerta un muchacho menudo que se movía como un ratón.

–He leído en el periódico que solicitáis que todo el mundo interesado en salvar Cala Mura se ponga en contacto...

–Sí, sí, pasa... –me invitó muy decidido.

Había una sala de espera con unas sillas y una mesa llena de papeles de propaganda. Las paredes forradas de carteles. Una puerta entreabierta daba a otra sala más grande muy iluminada, con ventanas que hacían intuir el mar. Por el alboroto y las voces, debería haber un buen montón de gente. El chico respiraba satisfacción.

–Oí hablar de Cala Mura en Australia. Creía que su virginidad estaba bien asegurada –dije, a guisa de presentación.

La satisfacción de su rostro se convirtió en suspicacia.

–¿En Australia? ¿Y quién te lo dijo en Australia?

–Cristina Segura.

–¿Usted de parte de quién viene?

¡¿Otra vez lo mismo?!

No intentaba esconder ni que estaba sorprendido ni que no se fiaba demasiado de mí. Para empezar, había cambiado el tuteo inicial por el usted distanciador.

No me extrañé de ello: estarían acostumbrados a recibir hostias por todos lados. Por otra parte, la gente joven que se agrupa para defender cosas, paisajes, ballenas, aire puro, me provocan una irresistible ternura, no puedo evitarlo. Por lo tanto, cuando hubiera sido lógico que le hubiera respondido como mínimo usando su mismo tono, opté por ser amable y facilitarle las cosas.

–No me envía nadie. Sencillamente, conocí a Cristina Segura en Australia, y me habló de Cala Mura...

–Ah, Cristina... ¿Y usted que estaba haciendo en Australia? –con impertinencia.

–Escucha, guapo –a pesar de mi buena voluntad,

empezaba a perder la paciencia–, no tengo ningún inconveniente en contarte mi vida, pero no creo que tenga mucho interés para vuestra causa. Soy amiga de Cristina Segura y ella me dijo que había convencido a su padre para que no urbanizara Cala Mura y ahora veo que no es verdad...

–Sí que es verdad. Bueno, verdad a medias. Lo consiguió gracias a nosotros. –Pausa. Reflexión–. ¿Dice usted que es amiga de Cristina? ¿De Cristina o de don Matías?

–¿Don Matías?

–Si es don Matías Segura el que la envía para espiarnos, ya puede ir de vuelta a decirle que no tenemos nada que esconder...

–¡Un momento! ¡No te subas a la parra ya de buenas a primeras! He leído una información en el periódico, ponía esta dirección, y..., bueno, como Cristina...

–Cristina –me cortó la palabra–, vaya morro Cristina... Una niña de papá... A ella le importaba un huevo preservar Cala Mura...

–Ella me dijo que sí, que le importaba...

–Le importaba poder tener una playa privada para ella y sus amigos. Nos vino a buscar para que le organizáramos follón, porque su tío y su madre querían urbanizar Na Morgana, con Cala Mura incluida, y estaban a punto de convencer a su padre.

–Sí, me dijo que don Bernat era su tutor, pero ahora que ya es mayor de edad...

–Sí, pero ahora ya tanto le da..., según parece. Nos utilizó la otra vez, pero ahora no nos va a engañar, ahora montaremos una gran campaña, y si fuera necesario... –Calló en seco, como si tuviera miedo de haber hablado demasiado–. Si usted es amiga de Cristina, todo eso tendría que saberlo mejor que nosotros. Y si quiere de verdad colaborar con el GEM, en vez de intentar sacarnos información tendría que proporcionárnosla...

–Escucha, que yo aún no te he hecho ninguna pregunta. Eres tú el que te has puesto a darme explicaciones...

–Será mejor que hable con el presidente –me cortó, como si me quisiera quitar de delante.

–Muy bien. ¿Dónde puedo encontrarlo?

–Si me dice dónde puedo localizarla, le concertaré una entrevista y ya le avisaré.

–Debe de ser una persona muy importante y muy ocupada, o vuestra organización es muy secreta –me burlé.

–No, no es eso –ahora parecía un poco avergonzado–. Todos tenemos otros trabajos, y tenemos que combinar el tiempo...

–Era una broma... –Le escribí el teléfono de la tía Antonia en un papel–. Ya veo que no te fías de mí... Pero no vengo con malas intenciones...

–No, no, yo... ¿Usted es mallorquina?

–Sí, pero vivo en Barcelona. Que sea pronto esta entrevista.

Esperé a que uno de los guardacoches me hiciera señal de que tenía un espacio libre para aparcar. Entré en Última Hora y pregunté por Miguel.

Unos instantes después se abría el ascensor del pequeño vestíbulo y aparecía Miguel; despreocupado, sonriente: no había cambiado nada.

–¿Lonia, pero eres tú de verdad? ¿Qué prefieres, bajamos o salimos?

–Lo que tú quieras.

Me abrazaba, pero a mí ya me daba lo mismo. Al verlo, un tanto fofo, medio calvo, con los ojos sin pestañas, con gesto de poca iniciativa, nadie hubiera dicho que había sido tan buen follador. Pero yo lo había comprobado y lo consideraba de los mejores. Por lo menos, hasta hacía cinco años. La última vez que lo probamos los dos juntos. Pero ahora, en mi casa las cosas habían cambiado; no había ido a verlo por eso.

–¡Venga, Miguel, no te hagas rogar, caramba! Necesito que confíen en mí, y no lo harán si no me presento con alguien conocido...

–Pero a mí tanto me da el equilibrio de la naturaleza y demás mandangas. Y como no sé decir que no, acabarán por mezclarme en ellas, y me veo haciendo artículos contra los tordos con coles o contra las maniobras militares en Cabrera: esa gente es muy persuasiva.

–Ya veo que deben de serlo más que yo, porque a mí sí que me sabes decir no.

–Si me pidieras otra cosa...

–Venga, Miguel, no seas tonto.

–¿Y por qué te interesa ahora tanto esa gente? ¿Qué te traes entre manos? Si he de dar la cara por ti, tengo que saber qué me estoy jugando.

–No te juegas nada. ¿Acaso me crees capaz de hacerle una marranada a alguien?

–¡Sí, diablos! Que más quisiera yo que me hicieras alguna marranada, cerdita de mi corazón...

–Venga, Miguel, no seas grosero. Y no les digas que soy detective.

–¿Por qué?

–Porque no.

–Vale, tú mandas. Pero más pronto o más tarde te haré confesar... con un sistema que yo me sé. ¿Cuándo los tienes que ver?

–No lo sé. Me llamarán a casa de tía Antonia.

–¡La tía Antonia! ¡Ostia con la mujer ésa! No me digas que te alojas en su casa...

–Pues sí. Es una buena manera de ahorrarme el hotel. Y además, la quiero.

–¿Quieres a esa bruja?

Me eché a reír al recordar de dónde le venía la tirria. Que, por cierto, era mutua. Tía Antonia, siempre que me oía nombrar a Miguel, decía: ¿Ese sinvergüenza?

–No es una bruja, Miguel.

–¿Y por qué no te quedas en mi casa? Tengo una cama muy grande.

–Ya lo sé. Pero, no. Gracias.

–Por lo menos podrías venir a comer conmigo.

–Hoy no. Tía Antonia me espera. Ya te llamaré.

13

El Bar Bosc seguía siendo una especie de ombligo de Ciutat. Allí era donde nos encontrábamos los amigos para decidir qué haríamos después, por la noche. Allí era donde parecía obligado citarse, cuando yo vivía en Ciutat, y también ahora, casi veinte años después... Allí era donde, a cualquier hora del día, podías encontrar a alguien conocido, si tenías conocidos. Era una institución que se mantenía, sólida y eficaz, en medio de un mundo de formas cambiantes. Aunque el secretario del GEM no me hubiera citado en aquel lugar, en un momento u otro de mi estancia en Mallorca seguro que alguien me habría citado. Y si no, yo habría ido a hacer un café por mi cuenta o a tomar la última horchata de la noche. Una visita obligada, como la Seo o casa Joan de s'Aigo.

El presidente de la organización ecologista tampoco había venido solo a la cita; con él llevaba a un muchacho delgado y a una chica de la Junta.

Efectivamente, la presencia de Miguel tuvo el efecto de un aval bancario ante un acreedor.

–Es que estamos escarmentados –se disculpó el presidente, cuando bromeé acerca de su desconfianza–. Más de una vez han intentado pararnos... por las buenas o por las malas.

–Muy bien –dijo Miguel–, puesto que ya se fían de ti, ya no hago ninguna falta aquí. Me voy al trabajo...

–No, hombre, no te vayas... Tú podrías sernos muy

útil. Desde el periódico podrías hacernos una gran tarea propagandística...

–Chicos, ya sabéis que uno no da para todo... Yo ya tengo mis trabajos y mis preocupaciones... Además, qué queréis que os diga..., me da igual si urbanizan una cala o destrozan también un marjal. En cambio, esta chica sí que puede ayudaros... y tiene ganas de hacerlo.

–Eso es –dije, y entré en materia–: Por ejemplo, hay algo que me extraña: Cristina es ya mayor de edad, por lo tanto puede disponer de la herencia de su abuela. La última vez que la vi en Australia me dijo que quería conservar intacta Cala Mura. ¿Y quién puede decidirlo sino ella?

–Es que es ella quien lo ha decidido –dijo el presidente del GEM.

Sentí un escalofrío.

–¿Cuándo? –pregunté alarmada.

–¿Cuándo qué? –dijo el presidente.

–¿Cuándo ha decidido eso Cristina?

¿Cuánto tiempo hacía que yo había visto a Cristina muerta?

–No lo sabemos, pero...

–¿La habéis visto últimamente? –pregunté.

–No, nosotros no. Ha concedido plenos poderes a su tío para urbanizar la cala.

–¿Qué quieres decir con plenos poderes?

–Plenos poderes; que Matías Segura puede hacer y deshacer Cala Mura como le salga de las narices. Hace menos de un año que Cristina vino a pedirnos ayuda para impedir que se urbanizara la cala, cuando el padre era su tutor. Conseguimos detenerlo, y ahora es ella, desde Australia, la que cambia de parecer sin decirnos palabra...

–¿Qué clase de hombre es Matías Segura? –pregunté–. ¿No tiene bastante con los hoteles que ya posee su familia, que todavía quiere más?

–Eso no tiene nada que ver –el presidente esbozó una sonrisa de comprensión ante mi inocencia–. Hay gente que nunca tiene bastante, y Segura es una de estas personas. Pero, además, resulta que todos los negocios de hostelería no le van tan bien como parece. Ya se había comprometido con un *tour operator* para hacer *bungalows* de lujo y un gran hotel en Cala Mura... El *tour operator* ya había invertido una fortuna. Y cuando conseguimos pararlo, sus otros negocios se resintieron...

–¿Por qué?

–¿No sabes cómo funciona el turismo por aquí? No pareces mallorquina...

–Vivo en Barcelona...

–Eso son excusas. Bueno, es igual. El *tour operator* quiso recobrar el dinero invertido y la familia Segura tuvo que responder con sus otros negocios.

–Pero, ¿dónde habían invertido? ¿Habían comenzado ya alguna obra en Cala Mura?

–No, materialmente en la cala, no. Pero prospecciones por la isla, proyectos, planos... Así pues, el *tour operator* se resarció pagando menos por cada cliente que esta temporada ha enviado a los hoteles de los Segura... Mejor dicho, afirman que, en realidad, los hoteles ya han pasado a ser propiedad del *tour operator*.

–Pero si se urbaniza la cala –intervino la muchacha–, el *tour operator* recuperará la inversión y don Matías se podrá rehacer... Bueno, lo que se dice rehacer... Podrá ir aguantando como aguanta todo el turismo aquí. Como mínimo podrá ir aguantando como antes, con la presión de todas las empresas multinacionales, que tienen hipotecadas a las compañías turísticas y ponen los precios que quieren... ¿Tú crees que es lógico que te cueste tanto un viaje de ida y vuelta a Barcelona en avión de línea regular, como una estancia de una semana en hotel de tres estrellas, viajes incluidos, desde Londres o desde Yugoslavia? Con este sistema, las empresas siempre tienen que hacer fugas hacia adelante, y cada vez se desbarata más el equilibrio ecológico, el paisaje se degrada y existen menos posibilidades de recuperación...

No es que no me interesara lo que decía la muchacha,

pero yo no había ido a Mallorca para efectuar un estudio sobre el capitalismo salvaje del sector turístico, sino a descubrir por qué y por culpa de quién había muerto Cristina. Posiblemente la había matado aquel capitalismo salvaje, pero yo buscaba unos culpables en concreto, con rostro y piernas. No culpabilidades estructurales que se diluían en teorías sociológicas. Por eso retomé el hilo de la conversación.

–Será por eso por lo que Cristina al final ha decidido urbanizar la cala... –aventuré.

–Cuando nos enteramos de que volvían a remover la cosa, le escribimos. Le volvimos a escribir al saber que existían estos poderes, pero ella no contestó.

Naturalmente, la pobre.

–Ya habíamos encontrado extraño que no viniera por la muerte de su padre, pero eso son cosas de familia –decía Queta–. También le mandamos una carta de pésame, que ya no contestó.

–¿Cuándo ha vuelto a moverse eso de la urbanización? –pregunté.

–No hacía ni un mes que había muerto don Bernat. No se había hecho público, pero nosotros lo supimos y escribimos a Cristina...

–¿Cómo lo supisteis?

–Había llegado una solicitud de permiso al Ayuntamiento de Llucmajor. Hay gente que trabaja allí que pertenece a nuestra organización... Así que le escribimos de inmediato. Y hasta hoy no hemos recibido respuesta. Luego nos entrevistamos con don Matías, y fue entonces cuando nos dijo que tenía el documento.

–¿Cuándo fue eso? ¿Habéis visto ese documento?

–Hace... unos dos meses, ¿verdad? –preguntó el presidente a los otros dos–. Dijo que el documento lo tenía el notario y que podíamos verlo cuando quisiéramos. Dijo que él y su abogado habían ido a Australia y que Cristina había firmado. También nos dijo que él no era como su hermano y que no se dejaría impresionar por mucho escándalo que armáramos.

–¿Qué quería decir?
–Don Bernat era una persona que tenía mucho en cuenta lo del prestigio social. No le hizo ninguna gracia lo de salir en los periódicos como una persona que no amaba Sa Roqueta, como un desaprensivo capaz de permitir que Mallorca siguiera degradándose; él, que siempre se había presentado como un benefactor y enamorado del paisaje... Tampoco le hizo ninguna gracia que su nombre saliera en un debate del Parlamento Balear, donde su hermano defendió sus intereses tan mal como supo...
–¿Es diputado Matías Segura?
–Sí, de derechas... –exclamó muy despectivo el chico de la oficina.
–¿Y no se le conoce ningún negocio sucio?
–Que nosotros lo consideremos negocio sucio no quiere decir que también lo sea considerado socialmente –dijo el presidente del GEM–. Pero, en este sentido, parece que tiene las espaldas bien cubiertas... o muy poco, según se mire. Es como todo el mundo, poco más o menos.
–Hemos oído decir que es un putero –añadió Queta–. Pero eso, aunque fuera verdad, sólo sería un escándalo, y quizá ni siquiera eso. En todo caso, ni beneficiaría ni perjudicaría al asunto de la cala. Si en lugar de don Matías fuera don Bernardo, podríamos amenazarlo con que lo diríamos por ahí..., a pesar de que no queremos utilizar esos métodos... Bueno, pero a don Matías le importaría un rábano...
–¿Dónde vive Matías Segura? –pregunté.
–En una *suite* del Playa Dorada. Hasta el año pasado fue el director, pero ahora hace de cliente...
–¿Y cómo están vuestras relaciones con él?
–Un desastre. Ya ha intentado acusarnos de no sé cuántas cosas. Drogas, inmoralidad, dijo que en la oficina celebrábamos bacanales, ¿te imaginas? También que nos subvenciona Rusia y los catalanes –dijo Queta.
–Eso significa que os tiene miedo.

–Y que queremos convertir Cala Mura en una playa nudista; y bien, eso ya nos gustaría, y realmente Cristina y sus amigos se bañaban allí en pelotas, pero es una cosa que puede poner a mucha gente en contra...

–En el último pleno del ayuntamiento de Llucmajor muchos de los concejales votaron a favor de la urbanización, para evitar, según dijeron, que la cala fuera una vergüenza para Mallorca.

–Y también porque una playa virgen no da trabajo a nadie, y en cambio, urbanizada, significaría muchos puestos de trabajo –añadió el chico.

–Sí, los argumentos de siempre. Lo malo es que estos argumentos responden a la opinión de la mayoría de la gente. Casi todos los mallorquines están en babia acerca de la destrucción de la isla; todavía hay mucha gente que se cree que eso de «la perla del Mediterráneo» –el presidente continuaba hablando con amargura–. Es como predicar en un duro desierto de cemento, hoteles y *bungalows*...

–¿Y no ha habido soborno para conseguir estos votos a favor?

–Seguro que sí. Pero no hemos podido probarlo. Y aunque pudiéramos, ésa es una práctica tan habitual que no sería suficiente para detener el permiso.

–Y ahora, ¿de quién depende?

–El Ayuntamiento tiene que volver a reunirse en sesión extraordinaria y también el Consell Insular. El Parlamento Balear también tiene que expresar su opinión, pues un diputado nacionalista ha presentado una moción. Pero como el partido de don Matías está en mayoría...

–¿Y la viuda de don Bernat? Me han dicho que era un poco alegre... –solté.

–¡Qué va! Es como una monja de clausura... Bueno, no, es una mujer muy de sociedad, pero en cuestión de líos de esta clase, nada de nada.

Mientra la tarde iba declinando, las mesas de la terraza del bar se iban llenando de gente. Entre los que estaban buscando un lugar, ya había habido más de uno que se había acercado a nosotros para saludar a los del GEM. La conversación empezaba a hacerse difícil, de manera que fui al grano.

–Bien, a mí me sigue pareciendo raro que Cristina haya firmado estos poderes. Lo podría haber hecho para salvar el patrimonio familiar, pero, vamos, no lo veo yo claro. ¿Los del GEM tenéis un abogado?

–Sí.

–¿Y conocéis gente de vuestra confianza que trabaje en Son San Juan?

–No lo sé... ¿Por qué? –preguntó el presidente: ahora era él quien parecía desconfiar de mí.

–Uno de mis hermanos está en la oficina de Relaciones Públicas –dijo Queta.

–¿Para qué quieres saber todo eso? –insistió el presidente.

Decidí mostrar una de mis cartas:

–Bueno, no creo que don Matías Segura fuera a Australia. Ni él ni su abogado. Es más, pondría la mano en el fuego al afirmar que el documento de plenos poderes es más falso que los dientes de una vieja.

–¿Y eso a qué viene? –la desconfianza del presidente aumentaba–. Tú sabes más cosas de las que dices...

–No con seguridad, sólo las sospecho. Creo que Cristina me habría hablado de esos poderes. Tenemos que comprobarlo. Si mis sospechas son ciertas, algo habremos ganado. Si son falsas, no habremos perdido nada.

–¿Y no sería mejor que se lo pidieras directamente a Cristina, tú que tienes mayor acceso a ella que nosotros? –recomendó, irónica, Queta.

Claro que sería mejor, hija mía. Pero no puedo decirte que Cristina ya no está localizable en ninguna parte.

–También lo haré –dije–. Pero podemos adelantar trabajo ¿no? Que alguien de vuestra confianza compruebe las listas de pasajeros de los últimos tres meses. Y que vuestro abogado consiga una fotocopia del documento de la cesión de poderes.

–Eso de la lista de pasajeros... –dijo Queta, dudosa–. Podrían haber ido a Madrid o a Londres, y comprar allí el pasaje...

Aquella Queta era un poco demasiado viva.

–Sí, naturalmente –dije–. Pero no sería lógico, ¿no crees? ¿Por qué tendrían que hacerlo? Al contrario, si este documento es falso como yo creo, tendrían que haber tenido interés en constar en las listas de los que habían ido a Australia.

–Sí, tienes razón –aceptó el presidente.

Quedamos en que, no bien tuviesen el material, me llamarían por teléfono. Cuando ya los tres estaban de pie, todavía les pregunté:

–Otra cosa: ¿Qué nombre tiene el *tour operator* del que me habéis hablado?

–Gordon Ltd.

¿No crees que todo eso combina demasiado fácilmente, Lonia?

–Bueno, ¿y ahora me explicarás de qué coño va todo eso? –protestó Miguel.

No había dicho ni mu durante toda la conversación. Casi ni había escuchado. Nos había dejado hablar sin demostrar el menor interés, y yo, en algún momento, había pensado incluso que tanta indiferencia resultaba de mala educación. Era un chico tranquilo, que no se preocupaba por nada ni se apasionaba ni se mojaba el culo por nada. Ahora me pedía que le explicara de qué coño iba la cosa como aquel que pide una naranjada sin tener sed. Pero yo pensé que era conveniente que alguien de confianza supiera dónde me metía, por si acaso sucedía algo.

–¿Tanto te interesa? –dije yo.

–¡Psé!

–Te lo contaré todo si me prestas la cámara fotográfica y un magnetófono.

–Muy bien, te prestaré la cámara y el magnetófono.

Silencio.

–Venga, mujer, que yo también me he de ganar las lentejas y cualquier información sobre los Segura puede proporcionar un buen artículo...

–Mañana tengo una entrevista en una agencia matrimonial... –empecé.

–Si buscas pareja, no hace falta que vayas, reina. Mientras me quede vida, estoy a tu disposición, como siempre, ya lo sabes...

Y las veces que lo habíamos probado no nos había ido nada mal.

–Estoy enamorada, Miguel... Gracias, pero no.

–¿Y eso qué tiene que ver? Además, tú siempre estás enamorada..., lástima que no lo estés de mí...

–No sé si tiene o no que ver... Hasta ahora me parecía que no..., pero ahora sucede que sólo tengo ganas de hacerlo con él...

–¿Y dónde está ese idiota, que no se aprovecha?

–En Australia.

–¿Y qué coño está haciendo allí?

–Es de allí. He estado nueve meses en Australia. Allí lo conocí.

De repente sentí nostalgia de Henry desesperadamente. Todos esos días lo había echado de menos también, pero con menor intensidad y con intermitencias. Saboreaba de antemano la idea de enseñarle mi isla, y a través de la isla a la Lonia cuando aún era la Apolonia, o la Polita, aquella persona tan lejana que a mí misma me costaba reconocer en mí. Y ahora me habría echado a llorar, como si Henry estuviera muerto, como si nunca hubiera existido salvo en mi imaginación.

–Bueno, no te pongas triste, mujer. Paciencia. Para mí, quiero decir. Había pensado que me gustaría repetir la experiencia..., pero bueno, lo superaré... –silencio–. ¿Qué, me lo cuentas o no?

–Sí y para resarcirte de las calabazas, estoy dispuesta a hacer un trato contigo. Un trato profesional.

–¿Ves cómo las mujeres siempre estáis necesitando a un hombre?

–Venga, Miguel, no seas tonto... El caso es que...

Y se lo conté todo punto por punto. Cómo había conocido a Cristina, todo lo que Henry y yo habíamos descubierto en Melbourne, el nombre de Mundotourist en las fichas de muchas chicas de la agencia Gardener, la referencia a Mallorca en aquellas fichas, la muerte de Cristina, las cartas que doña Carmen seguía recibiendo de su hija aunque estuviera muerta, mi visita a Magalluf, la conversación con las camareras, el seguimiento a don Leopoldo Cabrer, la agencia matrimonial que en realidad no era ninguna agencia matrimonial, cómo la Gardener de Melbourne...

–¿Y es con esa agencia con la que tienes cita?

–Sí.

–¿Irás?

–Naturalmente.

–¿Estás segura, Lonia?

–Sí.

–¿Lo has pensado bien?

–Ay, no seas pesado, Miguel... Estoy muy acostumbrada a meterme en líos, es mi trabajo...

–Ve con cuidado... esa gente...

–Sí, hombre, sí... Y, sobre todo, de momento no escribas nada de todo eso. Si lo hicieras antes de que yo haya descubierto todo el pastel..., es decir, hasta que no tenga pruebas que sirvan para un juicio, bueno, tú y yo las pasaríamos putas...

–¿Y cómo piensas obtener esas pruebas? Con una máquina fotográfica y un magnetófono. ¿Piensas mezclarte entre esa gente así por las buenas? ¿Crees que se han creído tu cuento de que eres una búlgara indocumentada? ¿Crees que dejarán que te metas en su mundo para que curiosees por ahí?

–Claro que se lo han creído. Han venido a comprobarlo a casa de tía Antonia. –Puso cara de no entender nada–. No sospechan que voy allí a curiosear. Soy una buena mercancía..., puede que un poco ajada, pero libre de impuestos.

–Pero, ¿cómo te las vas a arreglar?

–Aún no lo sé. De momento, mañana volveré a Vida Feliz a ver qué me dice ese rufián. Lo ideal sería poder entrar a husmear en los archivos...

–Si es que los tienen. Puede que aquí no estén tan bien organizados como en Australia.

–Quizá, pero por ahora es el único camino que puedo seguir.

–Pero, ¿y si sospecharan de ti?

–Es un riesgo que debo correr. Es algo que forma parte del oficio.

–Supongo que sí... –dijo Miguel no demasiado convencido–. ¿Para cuando quieres la máquina y el magnetófono?

–Mañana los vendré a buscar.

Cuando regresé a casa de tía Antonia, llamé por teléfono a Henry pero no lo encontré. Y el contestador automático no estaba puesto, de manera que tampoco pude dejarle ningún recado.

Aquella noche también dormí mal. Pero de añoranza y soledad. Y tuve unos magníficos sueños eróticos, que ni la más porno de las películas X.

Queta me llamó a primerísima hora de la mañana, y, de entrada, maldije su mala estampa. Luego pensé que se habían dado mucha prisa en hacer los trabajos que yo les había recomendado. Pero no.

–¿Quieres venir a Na Morgana? –me propuso.

Aquella invitación me ahorró la mala conciencia que me provocaba el incumplimiento de la obligación, llamémosle moral, de ir a ver a mi madre. Y, de paso, rendiría un homenaje vital a Cristina, ya que no había podido recibir ninguno fúnebre. Estos pensamientos me hicieron sentir un tanto cínica, pero la brisa me aclaró pensamientos y sentimientos.

Hacía un sol que daba gloria. El barco del GEM era muy diferente del Manyac, tan diferente como lo eran las bahías de Port Phillip y Palma. El agua estaba en calma, pero el sol que la azotaba de lleno le contagiaba una secreta vibración que me llenó de nostalgia. No, no sentía nostalgia de Australia, sino de Mallorca.

A lo lejos, la silueta de Cabrera se difuminaba entre la bruma. Na Morgana, casi al alcance de la mano, se reflejaba en el agua reverberante, como el espejismo calabrés de la *fata morgana*, y nos encandilaba con su magia isleña.

Cala Mura era la única playa de Na Morgana. Para llegar allí, tenías que dar toda la vuelta a la isla en una barca o, si atracabas en el puertecito natural a mediodía, tenías que dar una buena caminata; atracamos en la roca y nos encaramamos por el acantilado.

Tenía que ser un imbécil el que pretendiera domesticar aquella peña salvaje, casi sin vegetación, sin agua, de una belleza áspera, eremítica. Era impresionante y poco acogedora, y el sol la azotaba sin piedad. Sin embargo, aquí y allá había trazas de prospecciones, como una herida vergonzosa y despiadada. A decir verdad, yo tenía tan pocas veleidades ecologistas como Miguel, pero en medio de aquel islote desnudo, pequeño y desamparado se me despertó el instinto maternal que nunca había tenido y le hice un juramento al mar que lo envolvía: nadie le pondría la mano encima.

–Seguro que por Australia hay islas mucho más preciosas que ésta –dijo la Queta–. La barrera coralina debe de ser mucho más maravillosa que todo eso... pero es cuanto tenemos y queremos preservarlo.

–No seas tonta, Queta. Esto es grandioso. Nada hay más hermoso en todo el mundo.

Llegamos a Cala Mura cansadas y sudorosas. Era mayor de lo que me había imaginado. Cabrera y los islotes en el horizonte. Mallorca fuera de la vista. Con todo el encanto y todos los inconvenientes de una playa virgen: verde, azul y blanco –la arena era fina y brillaba al sol como una lluvia de finos cristales–, tranquilidad, sensualidad... y una línea de alquitrán en el punto en el que rompían las olas, montones de algas podridas; el agua, de una transparencia deslumbrante, con manchas de porquería flotando en ella.

–Otros años veníamos a limpiarla –dijo Queta–. Pero éste no nos lo han permitido.

Un yate estaba encallado en la arena. Se llamaba Cala Gamba. El propietario tomaba el sol en pelotas y escuchaba música clásica. Me dio envidia aquel sibaritismo silvestre. Cuando nos vio, se apresuró a cubrirse las vergüenzas, pero Queta ya se había desnudado y lo saludaba cordialmente. El hombre le respondió con cierta desgana pero cortésmente, con un acento que no supe identificar. Me metí en el agua, detrás de Queta, con mi púdico bikini.

Aquello era la gloria. El agua tan nítida, tan fría. Abrí los ojos dentro del agua y vi un mundo inmenso, verde, luminoso y sin límites.

Pensé en Henry. Pensé en que cualquier día él y yo nos bañaríamos en esas aguas, él como el hombre de Cala Gamba y yo como Queta.

Queta nadaba desaforadamente. Pensé que aquel no era lugar para nadar así, sino para deslizarse, abrir el agua con suavidad y sentir su roce en los flancos.

El hombre del yate, con el bañador puesto, entraba también en el agua, en la otra punta de la playa.

–¿Quién es? –pregunté.

–Un portugués... Creo que antes era policía... Lo llaman Mosqueiro. Ahora vive en este barco, viene mucho por aquí. Es un poco extraño...

Una bolsa de plástico se me aferró a los pechos como una medusa sintética. Salí del agua y me quedó un pie pringado de alquitrán. Ya no era posible la pureza total en parte alguna.

14

La primera hostia en la mejilla izquierda me convirtió el cerebro en el badajo de una campana.

No tuve tiempo de reaccionar. Y quizá fuera eso, precisamente, lo que me salvó. Porque si hubiera reaccionado a tiempo la habría devuelto y a estas horas ya no existiría una Lonia Guiu para contarlo.

El cerebro oscilaba dentro de mi cráneo en pleno repique cuando la segunda hostia, esta vez a la derecha, con la mano plana, dura y rígida como una pala de acero, me reventó la oreja. Noté una punzada profunda, helada, que me atravesaba la cabeza de un lado a otro, pero de repente otro dolor más cálido me quemó la boca: un sopapo en los morros con el revés de la mano me había clavado los dientes en el labio inferior.

Sentí náuseas y mareo todo a un tiempo, y el mundo que tenía ante mí se empañó con una niebla húmeda, lechosa, resplandeciente. Pero no caí al suelo, porque algo duro en el estómago me lo hundió y, con el mismo impulso, me hizo brincar hacia arriba. Entonces sí que, al volver a poner los pies en el suelo, me caí hacia atrás. La niebla deslumbradora se llenó de rojos centelleos cuando me golpearon en la nuca. Un desvanecimiento momentáneo, con una bien sonora tormenta de truenos que se arremolinaban en el tornavoz de mi cráneo como las olas en las rocas de la playa los días de tormenta de verano.

Yo era el candado del ancla del Manyac, o quizás un

cabo o un calabrote, cuando lo tenían que halar con el tridente porque se había enredado con cualquier cosa: algas, escollos o rocas engañosas.

Me encontraba en el fondo de un pozo repleto de barro maloliente y pegajoso que se me pegaba al cuerpo, y un tridente me agarraba por la ropa y me desgarraba el vestido, me arañaba el escote y me levantaba hacia arriba; el tridente me salvaba de aquel pudridero y de la oscuridad, pero las púas me laceraban la piel y me hacían gritar de dolor. Ya estaba viendo el brocal del pozo, un poco de claridad redondeada, lejana aún allá arriba. Y no sé por qué aquella claridad me daba más miedo que las sombras. Mientras me iban halando, la cabeza se me balanceaba y el cerebro me repicaba como el badajo de una campana.

Aquel repique de campana, siniestro, profundo, resonante, y la procesión se acercaba, un cirio al frente, el repique no era de campana sino redoble de tambor. Cuando llegue el cirio te quedarás ciega si lo miras, y el eco del tambor hará que te estallen los intestinos.

Y aquel berbiquí en el oído, delgado y frío como una de las agujas de tricotar de la abuela, la abuela australiana muerta, la abuela mallorquina muerta. Cuanto más me iban subiendo hacia la boca del pozo, mayor dolor sentía en la boca de mi cara: los labios no se correspondían con ella, me los habían colocado por equivocación, eran demasiado gruesos para el tamaño de mi cara, me sobraban morros por todas partes, me habían colocado la boca de aquella mujer de la limpieza, tendida en el suelo, un silenciador y muerta. Quería abrir los ojos para no verla, pero si los abría más me cegaba la luz redonda y dorada del cirio. Si bien tenía ya los ojos abiertos, mis ojos como dos huevos fritos en un plato blanco.

Veía borrosamente una cara que me estaba mirando, que movía los labios como si hablara pero yo no oía más que un campaneo. Abrí más los ojos pero el rostro no se definía, y después otra bofetada, y otra y otra, ¡basta!, ¡basta!, ¡no me pegue más!, ¡no me pegue más, sor Magdalena!

–¡Mala puta! –oí que exclamaba sor Magdalena.

Me salían sangre y moco de la nariz, lágrimas de los ojos y babas de la boca; mi boca con unos labios demasiado gruesos, llenos de moscas australianas. El sudor frío me adhería el polvo de tiza que saltaba de la pizarra, todo mezclado, babas, sudor, moscas ¡mamá! ¡mamá! Sor Magdalena me ha pegado y me ha hecho rebotar la cabeza contra la pizarra y me he roto la nariz, ¡ay, mamá, mamita, no quiero volver más con ella! ¡No he sabido hacer la prueba del nueve, no he sabido hacer quebrados, ay, mamita, basta con que me haga pasar a la pizarra para que no me acuerde de nada, mamita, no quiero volver más!

Me había venido un ataque de histeria, de desesperación, y mi madre, asustada, me traqueteaba. ¡Abra los ojos! ¡Abra los ojos! Y yo finalmente los abría. Pero no era mi madre, era un hombre: ¿de qué lo conocía? Me dio una toalla mojada y un tazón de agua.

–¿Te acordarás ahora? –me dijo el hombre.

–Si vuelve a levantarme la mano, le arrancaré el velo y le meteré el crucifijo donde mejor quepa –le amenacé.

El tazón de agua que tenía en la mano me impactó en la cara. Me pareció que el hueso de la nariz se me rompía y noté el agua fría que se mezclaba con un chorro caliente que se me escapaba de las fosas nasales.

–Déjala –la voz de otro hombre.

Pero no era la voz de mi padre, porque mi padre estaba muerto. Había muerto poco después de que yo le dijera a sor Magdalena que le arrancaría el velo, y la monja mandó venir a mis padres. ¡Es que ha dicho un sacrilegio! Pues usted tiene la culpa, le dijo mi padre, y si vuelve a ponerle la mano encima, seré yo quien le arrancaré el velo y le meteré el crucifijo...

Sor Magdalena se había marchado corriendo, horrorizada, y mi madre le dijo a mi padre: irás al infierno. Pero mi padre se echó a reír. Y mi madre: pareces un demonio cuando te ríes así. Pero sor Magdalena no volvió a pegarme más. Y dos meses después de aquella carcajada de demonio –me gustan los demonios cuando se ríen– mi padre se murió. ¿Se ha ido al infierno? Pero mi madre sólo lloraba y lloraba y no me respondía. Y ahora que mi padre está muerto, sor Magdalena volvía a pegarme aún más fuerte que otras veces. Y el polvillo de la tiza de escribir se me metía en los ojos y se mezclaba con las lágrimas y formaba como una pasta blanca que se me pegaba a los párpados y no me dejaba abrir los ojos.

–Déjala –repitió la voz de hombre.

Y apagaron el cirio y me dejaron encerrada en el interior del pozo, que ahora volvía a estar oscuro, de una infinita negrura, con el fragor amortiguado del tambor que se alejaba.

¿Cuánto tiempo hacía que la voz del hombre había dicho déjala? ¿Cuánto tiempo hacía que me habían dejado sola, cerrando la puerta?

Tenía todo el cuerpo dolorido como si me hubieran dado una paliza. Automáticamente, me llevé las manos a la boca y noté un pinchazo: el labio hinchado. Sangre coagulada en las fosas nasales. Tenía como un abejorro en la oreja derecha que me aguijoneaba salvajemente. Arcadas, dolor de cabeza..., igual que si me hubieran dado una paliza.

Entonces me acordé de algo. Lo que de verdad había sucedido y lo que había creído que sucedía. Sor Magdalena y aquel hombre. Pero, ¿por qué me había pegado el hombre? La monja me pegaba porque no sabía resolver los problemas en la pizarra. O porque de alguna manera tenía que descargar su angustia y sus frustraciones. Pero aquel hombre, ¿por qué? Y, sobre todo, ¿quién era? Lo conocía de algo, pero ¿de qué? A los dos los conocía: al que había dicho ¿te acordarás ahora? y al otro. ¿De qué tenía yo que acordarme?

Me aterroricé: ¡no me acordaba de nada! Sí, un tropel de recuerdos. ¿Qué había sucedido?

Intenté levantarme y por poco pierdo el sentido. ¡Señor, qué dolor tan salvaje! Me palpé todo el cuerpo.

Ahora recordaba un golpe en el estómago; y los arañazos del tridente, todo el escote lleno de rasguños. ¿Pero esos moretones en los muslos, y este dolor en el costado? El bestia debía de haberme clavado puntapiés después de que aquella voz había dicho déjala. ¿De quién era aquella voz?

La habitación me resultaba ligeramente familiar. Pero no sabía de qué. Me habían pegado. ¿Por qué? No, no era sor Magdalena. Pero quizá sólo lo había soñado esta vez, como tantas veces había soñado los golpes de sor Magdalena. Pero de éstos no podía dudar: me quedaban las marcas. Y me aterrorizaba la idea de que volvieran a pegarme.

Era como un recuerdo lejano que no me pertenecía, como si alguien me lo hubiera contado. Dos hombres que le pegaban una paliza a una mujer porque querían hacerla hablar y ella tenía la memoria en blanco a causa del pánico. Yo, si me encontrara en esa situación, creo que hasta cantaría misa; no tengo pasta de heroína –había dicho Lida–. Yo tampoco. Nunca he querido hacer ninguna heroicidad, sencillamente no recordaba nada. Juana. Y cuando por fin la habían soltado, al cabo de setenta y dos horas de inútil tortura, Juana había regresado al piso de las mallorquinas, deshecha, hundida, enferma porque había descubierto hasta dónde podían llegar la crueldad, el sadismo, la frialdad de las personas. Eso no son personas –había dicho Margarita.

¿Y éstos tampoco lo son? ¿Serían capaces estos dos de hacerme todas las brutalidades que me había contado Juana? Sentía el mismo pánico que cuando tenía que ir a la escuela. Había recibido golpes más de una vez, pero nunca había notado el ensañamiento que notaba en la monja. Hasta ahora, que lo había vuelto a notar en aquel hombre al que conocía pero no recordaba.

Todo era penumbra a mi alrededor: había vuelto a desmayarme. Tenía sed, había soñado con el desierto de Ayers Rock, que se convertía en una roca en medio del mar, una peña reverberante en una playa blanca, una línea de alquitrán y un barco varado en la arena, y un hombre desnudo que me saludaba en portugués mientras yo me metía en el agua, y toda la piel me escocía a causa de los rasguños. Había bebido agua de mar, por eso tenía tanta sed y los labios hinchados.

¿Te acordarás ahora? Y yo había creído que era sor Magdalena, pero había sido una voz de hombre, de un hombre que conocía pero ahora no podía recordar de dónde ni de qué. ¿Era de él, de quien tenía que acordarme? ¿Te acordarás ahora? El cerebro me dolía de tanto intentarlo. ¿De qué tenía que acordarme? Seguro que no se trataba de la prueba del nueve ni de los quebrados. ¿De qué tenía que acordarme pues? Sólo recordaba a una mujer vieja bebiendo cerveza y a dos jóvenes que jugaban a los dardos y cantaban Sor Tomaseta dónde estáis.

–¿Para qué te envía la señora Joil?

¿La señora Joil? ¿Quién era la señora Joil? Me sonaba, pero no recordaba de qué. Canté:

–Ya os podéis esconder, porque el demonio os busca, en un pozo os quiere arroja-ar...

Y empezaron a desnudarme sin contemplaciones, empezando por los zapatos. Cuando quedé desnuda por completo, un pellizco salvaje en el pezón me hizo proferir un alarido.

¡Piensa que si no hablas, voy a hacerte más daño, putarranga de mierda! Vas a ver...

Me había abierto las piernas. Y yo me sentía agotada, como una muñeca de trapo sin movilidad propia, vejada pero incapaz de hacer esfuerzo alguno para volver a juntar las piernas; pero el otro hombre dijo:

–¿Y ahora follarías con ese pingajo? Encima le vas a dar gusto, burro.

Y me arrojaron la ropa encima.

–Venga, ahora serás buena chica y nos dirás quién es tu macarra.

Mi macarra. ¿Quién era mi macarra? ¿Quién era yo?

¿Qué trabajo tenía? ¿Dónde había recibido los golpes, más de una vez? ¿Por qué?

–¿Por qué has venido a Vida Feliz?

Vida Feliz. Me asaltó un ataque de risa. Aquellas palabras. Aquel hombre... No era la primera vez que provocaban mi hilaridad. Pero, por lo visto, quien las había pronunciado no tenía tanto sentido del humor como yo. No las encontraba tan graciosas. Vida Feliz no era gracioso, era ridículo, y por eso me daban risa.

Pero el hombre me había agarrado por los cabellos y me los quería arrancar. Vaya cabellos tan finos tienes, guapa... Y cuando se lo conté a mi madre, ella se puso a gritar ¡cerdo, me va a oír ese cerdo, grosero, sinvergüenza! Y armó una escandalera en toda la calle, y los vecinos lloraban y lloraban, y se enfadaban conmigo, eres una mentirosa, Polita, mi marido no te ha tirado de los cabellos. Sí, me ha tirado de los cabellos, al principio no, pero cuando yo quería irme porque no quería que me los ensuciara, porque siempre lleva las manos muy sucias, entonces sí me ha tirado del pelo.

–¿Por qué has ido a la agencia de viajes? ¿Por qué has dicho que ibas de parte de la señora Joil?

¿Quién era? Habría dado cualquier cosa por recordarlo. Unas vagas imágenes, pero sin asidero. ¿Por qué? La pequeña Polita ahora era Lonia. ¿Y Lonia era yo?

Y puesto que yo callaba, volvió a empezar la ensalada de hostias. Se estaban encarnizando conmigo. Y yo era un saco de patatas con brazos, al límite del sufrimiento.

–¿Querías meterte dentro para descubrir cosas, eh? ¿Qué querías descubrir? ¿Qué has descubierto? ¿Por qué te ha enviado la Joil? –fue lo último que oí antes de perder el sentido.

Me caía, y me caía, y nunca paraba de caerme lentamente, con suavidad, en un pozo negro sin fondo. Y mientras me caía, vi una habitación muy grande, con muchas camas, y una chica apaleada tendida en una cama.

–¿Estás enferma? –le preguntaba otra chica.

Pero la chica de la cama le volvió la espalda. Allí arriba hacía mucho calor, con el techo tan bajo y los postigos cerrados. Olía mal.

¿Yo era una de aquellas chicas? No, yo estaba dentro de otra habitación más pequeña, con una cama con dosel y cortinas de raso rojo. Yo, con un hombre encima, muerta de asco.

Me escocía el oído derecho y tenía mucha sed. Los dos perros pastores, negros como el carbón, tiraban de la cadena.

–¿Qué pasa? –dijo el hombre, con la pistola en la mano.

Colocó el silenciador en la pistola, disparó y mató a los dos perros.

Yo me había quedado helada, mirando a Perla, tendida en el suelo como si durmiera. Pero al punto supe que estaba muerta. Y el oído derecho me dolía mucho y también la barriga, pero sobre todo tenía una pena que me arañaba el cerebro.

–Le han dado la bola.

Cuando mi padre hubo dicho eso, se murió. Le hicimos un entierro sencillo. Vino mucha gente, porque mi padre era muy apreciado. Pero mi hermano no soltó ni una lágrima.

–Venga, niña, un poquito más de animación –dijo Paca, sucia y grasienta, pintada como un loro.

Entonces me desperté y miré la habitación. Y supe por qué me resultaba familiar. Era del chalet del Terreno. ¿Cuánto tiempo hacía que estaba allí? Ahora empezaba a recordar algunas cosas, pero me dolía tanto todo el cuerpo... Y debía de tener fiebre: la cabeza me resonaba. Pero sobre todo la sed y el oído. Aquella puerta es de un lavabo. Me levanté para ir a beber agua. Hacía calor, pero yo sentía escalofríos. La fiebre.

Abrí el grifo y llené un vaso inmenso de cerveza negra, tan fresca pero tan amarga que no pude evitar el vómito.

Los recuerdos aún se mezclaban en mi cerebro. Los dos chicos de los dardos en el *pub* de Melbourne volvían a cantar Sor Tomaseta y yo me di la vuelta.

Habían abierto la puerta y encendieron la luz: los dos hombres que conocía pero que no recordaba.

–¿Te acuerdas ahora del motivo por el que fuiste a Vida Feliz? –me preguntó el primero.

Lo miré sin entenderlo.

El otro hombre había pisado mi vómito, al pie del sofá y maldecía. Cuando terminó de echar sus maldiciones, me dijo:

–¿Quién eres? Si eres de Pellerofa, no te conviene meter demasiado las narices por aquí, que te zurraremos tanto que ya no podrá utilizarte para nada más. Y si no lo eres, aún lo tienes más negro. O sea que te conviene hablar. ¿Quién te envió a la agencia?

–Tengo sed.

–¡Toma, bebe!

Una bofetada en plena boca.

El labio volvía a chorrearme. ¿O era la nariz?

–¡Cerda!

No, era bilis. Las arcadas me destrozaban el cuerpo dolorido. Me obligaron a levantarme del sofá y me encontré arrodillada en el suelo con algo que me empujaba la espalda y la cabeza hacia abajo, hasta que con la cara rocé la vomitada.

Pero después una mujer me hacía levantar y me decía pobrecita, y me lavaba la cara, y me daba agua fresca y una aspirina.

–Perla, soy yo... Toma, bebe..., es una aspirina... Pobrecita, ¿te han hecho mucho daño?

¿Quién era Perla? Yo soy Lonia, la Polita, la Paloni, Lonnie, Henry...

–Han reventado tu colchón a cuchilladas, han hecho pedazos tu maleta... Y entonces han preguntado si no nos habías dado algo para que lo guardáramos... Tengo miedo..., porque una ha dicho ésta que se ha hecho muy amiga suya, y me ha señalado a mí, y ellos me han cogido por su cuenta y me han dado una buena paliza... Pero yo no he dicho nada... Y tú no digas que he venido, ¿eh?... No lo digas, por el amor de Dios...

Y la mujer con cara de muñeca se marchaba de puntillas. ¿Quién era? ¿Era también una alucinación, como sor Magdalena, como mi padre y mi perrita Perla? ¿Perla? ¿Quién era Perla?

—¿Dirás quién eres o no?

Debió de ser el golpe que me dio en la cara con el periódico y la esquina del papel que se me metió en el ojo lo que aclaró la niebla que cubría mis recuerdos.

O puede que fuera la aspirina que me había dado la Cara-de-muñeca.

O el clic metálico de la navaja automática que resonó en mi oído y la sensación fría del acero en la mejilla lo que me hizo recuperar la memoria.

—¿Quién eres? ¡Habla!

Yo era Lonia Guiu. Y recordé que había ido a la agencia Vida Feliz sin documentos, justamente para que no pudieran encontrarlos e identificarme. ¿Pero era mallorquina o búlgara? ¿O australiana?

Me estremecí: Australia. Pero la imagen se esfumó tan aprisa como había aparecido. Habían vuelto a abofetearme con un periódico. Miré directo al hombre que literalmente me había roto la cara: era don Leopoldo. Al que amenazaba con marcármela de por vida no lo conocía, pero no era la primera vez que lo veía. Y la habitación era el despacho de don Leopoldo Cabrer del prostíbulo del Terreno.

Lo recordé todo de repente, enredado pero nítido. Con una vista panorámica de todos los repliegues del cerebro en donde se acumulan las memorias. Cristina en el Manyac y doña Carmen que decía pobre hija mía, y otra vez Cristina con la cara hundida en la almohada. La abuela australiana en el *pub* de Melbourne, y, al mismo tiempo, envuelta en un plástico. Jem y Lida y Henry, y aquel cerdo seboso del otro día, que las quería que no lo parecieran para tratarlas como si lo fueran. Y Miguel que me decía ¿es realmente necesario que vayas? Y Vida Feliz en la plaza de Sor Tomaseta dónde estáis.

El chalet del Terreno por dentro, lleno de miserias... Todo se me hizo claro al contacto helado de la navaja.

—Y ahora, ¿explicarás de una vez quién eres y qué has venido a buscar aquí?

Pero antes de poder articular palabra, noté el dolor agudo de un corte en la mejilla.

15

El dolor frío y agudo de la navaja me despabiló del aturdimiento que los golpes me habían provocado. De pronto, todos los hechos se me pusieron en orden cronológico estricto; pensé que me moría, porque en menos de un minuto los recuerdos de aquellos días pasaron por mi cerebro como las secuencias bien montadas de una película de argumento lineal.

La primera imagen era yo duchándome para quitarme el salobre de Cala Mura. Luego la tía Antonia que me decía:

–Ha llamado ese sinvergüenza.

–¿Miguel? Pobre chico, tía. ¿Todavía le tienes ojeriza?

–Era un sinvergüenza y lo será toda su vida.

Tía Antonia nos había pillado bailando y había creído Dios sabe qué. De aquello hacía más de veinte años.

–¿Qué quería?

–No sé lo que ha dicho acerca de una máquina fotográfica... Que vayas a buscarla a su casa, no a Última Hora.

Y después, Miguel que me decía:

–¿Y si te pasa algo? ¿Cómo lo sabré?

–Ya te llamaré, hombre. Y no sufras por tus herramientas.

–Si están en tus manos, no sufro nada –dijo con doble intención.

Salí de casa de Miguel y me dirigí a la Plaza de Santa Catalina Thomàs. Me fijé en que, sobre el rótulo que decía Agencia Matrimonial en letras grandes y rojas, había otro, en letras azules más pequeñas, que decía Vida Feliz. Subí las escaleras riendo.

–Creía que no iba a volver –me dijo el rufián.

–¿Por qué?

–Oh, sucede a menudo. Viene mucha gente decidida a encontrar compañía, pero luego se echan para atrás.

–¿Por eso vino a pedir informes en donde estoy realquilada?

–Oh, bueno, tiene que pensar que tenemos que asegurarnos de la gente con la que tenemos contacto...

–Ya... ¿Y han encontrado algo? Porque, después de su visita, la señora me ha dicho que mejor si no volvía por allí... Se ha creído que eran policías y me ha dicho que no quiere gente de esta clase en su casa...

–Sí, yo diría que sí. Espere un momento.

Cogió el teléfono.

–¿Leopoldo? Pues sí, ha venido. ¿La llevo? –Pausa–. De acuerdo, pues hasta dentro de media hora.

Colgó y me miró.

–Quizá no sea exactamente lo que usted buscaba, pero es compañía y protección –dijo.

–Es exactamente lo que yo buscaba.

–... quiero decir que..., bueno, es...

–¿Es un señor que se llama Leopoldo? ¿Y si cuando me vea no le parezco bien? ¿Y si él no me gusta a mí?

–¡Oh, no hay problema! ¡No hay compromiso por ninguna de las dos partes! –Pausa–. Pero... no se trata de don Leopoldo. Yo le he encontrado un trabajo...

–¿Con don Leopoldo?

–Sí, bien, no... Mire... usted me dijo que no tenía manías..., dentro de un rato lo verá...

Al cabo de unos momentos llegábamos al chalet del Terreno.

Por dentro, el chalet estaba descuidado. Conservaba aún la belleza de las cosas hechas a conciencia, sin ahorrar ni dinero ni buen gusto, pero ya poseía la tristeza de las cosas esplendorosas marchitas a causa del abandono y la decadencia. En el vestíbulo había unos ventanales que daban al jardín: sólo que el jardín no se veía porque los postigos estaban cerrados.

También aquí se oía música. Como en la residencia Rutherford. Y olor a perfume de violeta y clavel, que se mezclaba misteriosamente con el olor a antigüedad.

–A partir de ahora te llamarán Perla –dijo el tipo de la agencia.

–¿Qué significa eso? ¿Por qué me tienen que llamar Perla?

–Sube y lo sabrás –replicó él.

Había apeado el tratamiento de usted y la amabilidad. Me empujó con decisión hacia la escalera.

Llegamos al segundo piso y me obligó a entrar en una habitación. Era una estancia muy amplia, medio vacía, desangelada. Una mesa corriente de despacho, unas sillas, un armario empotrado, un sofá sucio; la labor que los yeseros habían efectuado en otros tiempos, molduras en el techo y las paredes, no era nada apreciada por sus actuales ocupantes.

–¡Hey, Vidal! –exclamó don Leopoldo Cabrer desde detrás de la mesa–. ¿Ésta es la búlgara?

Me miró de arriba abajo con ojos críticos. Ojos de comerciante, sin el repugnante brillo asqueroso de los ojos de Vidal.

–Sí, servirá –decidió.

–¿Para qué serviré? –me salió un tono impertinente.

–Ya no eres ninguna criatura, o sea que no te conviene ser demasiado exigente... ni mimada. Aquí estarás bien, pero si no te comportas te llevaremos a la policía y ya debes de saber que a la policía no les gustan las nenas indocumentadas... –dijo don Leopoldo y pretendía ser irónico.

–¿Usted es don Leopoldo, el señor que tiene que hacerme compañía y protegerme?

Vidal me agarró del brazo y me hizo sentar a la fuerza mientras me decía:

–El otro día no tenías tantos humos. ¡Conviene que los bajes, porque en caso contrario te los haré bajar yo de un tortazo!

–Tú tampoco eras tan bestia en Vida Feliz. Si lo hubiera sabido...

–Ahora ya no puedes elegir, ya no tienes ningún otro lugar a donde ir, tú misma me lo has dicho.

Lonia, te conviene bajar del burro. Si no, te van a hacer una cara nueva.

–Bueno, bueno –dijo don Leopoldo satisfecho–. No me gusta demasiado este carácter, pero servirá. Escucha, guapa: si aún no has adivinado en donde te has metido, ya lo aprenderás pronto. El caso es que necesitamos una encargada, para decirlo de alguna manera...

–¿Una encargada? –dije yo, intentando aparentar que estaba más mansa.

–Sí, una encargada al cuidado de que las chicas no se desmadren. Tienes que velar por si alguna tiene ganas de jaleo, o si se hacen las enfermas para no trabajar, o si hay alguna que pincha a las otras para que no estén contentas, o han entablado más amistad de la cuenta con los clientes... Las mujeres se cuentan sus cosas entre ellas, y tú tienes que velar y tienes que decírselo todo a Vidal... –Calló y me miró fijamente–. Si haces bien el trabajo, tendrás –soltó una risita– compañía y protección...

–¿Y si no?

–Más te vale no saberlo –dijo Vidal.

–Muy bien, de acuerdo –dije yo–. Haré el trabajo, pero con una condición.

–¿La chica quiere poner una condición? –dijo irónico don Leopoldo.

–Sí, que no me obliguen a ir con ningún cliente.

Don Leopoldo se echó a reír:

–Por eso ni te preocupes. Tenemos unos clientes muy exigentes, reina. Quieren fruta fresca.

Exigentes y burros. ¡Porque tampoco estoy tan mal, cagoenlá! Pero me lo callé.

Habían habilitado la buhardilla de la casa como dormitorio. Una mezcla de dormitorio comunitario de un convento de monjas, de internado de niñas huérfanas, de serrallo y de barracón de campo de concentración. Siete camas deshechas y sólo un ocupada.

–Las otras tienen trabajo. Ya irán subiendo –dijo Vidal. Miró la estancia–: ¡A ver si consigues que sean un poco más limpias!

Y se fue. La cama ocupada rechinó. Me di la vuelta y vi unos ojos hundidos en color morado, brillantes de fiebre, que me miraban con odio.

–¿Estás enferma? –me acerqué.

Pero ella me volvió la espalda.

Allí arriba hacía calor, con el techo tan bajo y en el último piso con los postigos cerrados; calor y mal olor. La esencia de violetas y de claveles había fermentado. El sudor se pegaba, agrio, a las sábanas estrujadas que habían sido usadas muchos días seguidos; las almohadas estaban manchadas de maquillaje; las toallas y la ropa interior sucia se amontonaban desparramadas por el suelo. Fui a abrir una ventana.

–¡No abras que tengo frío! –gritó la mujer de la cama.

–¿Tienes fiebre? –volví a acercarme a ella.

Tenía un labio hinchado.

–¿Qué te pasa en el labio? –pregunté.

–¿Tú qué crees? –me contestó con rabia.

También tenía abotargada la cara. Y se envolvía febrilmente con las sábanas. La destapé de un tirón. Un cuerpo desnudo de edad indefinible a causa de las manchas en la piel: moradas, amarillentas, rojas y verdes; un verdadero arcoiris de golpes.

–¿Quién te ha hecho eso? –me horroricé–. ¿Por qué?

Pero ella me arrebató la sábana de las manos y volvió a envolverse en ella sin respuesta.

La dejé y empecé a trabajar.

Saqué el magnetófono y la máquina fotográfica de la maleta y salí de aquella madriguera para familiarizarme con la casa. Además del dormitorio común había dos pisos y la planta baja, desde la que me llegaba la música y de la que sólo había visto el vestíbulo.

En el segundo piso, el pasillo estaba a oscuras, pero a través de la puerta entreabierta del despacho a donde me había llevado Vidal un rato antes, surgían luz y voces. Escuché. La voz de Vidal y otro hombre. Espié. Puse en marcha la cinta.

–... que no volverá a suceder –decía el otro hombre.

–No, habrán quedado bien escarmentadas por una temporada –decía Vidal–. Bueno, eso ya está. Y los papeles de Perla, ¿ya han llegado?

–No todos aún... Dicen que el pasaje hay que pagarlo al contado.

¡Se daban prisa aquellos granujas!

–¡Cagoén, vaya gentuza! Si empiezan a hacer el capullo... –Vidal se levantó–. ¡Si no vaciamos pronto, no tendremos sitio para las nuevas, mierda!

Vidal hizo un gesto para dirigirse a la puerta, y yo, que esperaba a que el otro se girara un poco para sacar una foto, me deslicé corriendo hacia la escalera.

En el rellano, estuve a punto de volver arriba. Pero entonces tuve conciencia de mi miedo: pensaba ir hacia arriba porque si Vidal me buscaba me encontraría en el lugar en que me había dejado. Sí, eso era miedo. Porque, sin darme cuenta, se me habían contagiado el de la chica golpeada de arriba y la sordidez de aquella casa apenas entrevista.

Pero hasta entonces nadie me había dicho que no podía moverme del dormitorio colectivo. Por eso, y para vencer el miedo que ya me iba asaltando, bajé.

En el primer piso, habitaciones cerradas que daban a pasillos estrechos iluminados con luces rojas. Habían colocado tabiques para hacer más habitaciones.

De una de las puertas salió una mujer desnuda que se fue corriendo hacia el final del pasillo. Me pareció tan vieja como yo, o más. Miré con todo descaro a través de la puerta abierta: un hombre, también desnudo, yacía satisfecho sobre la cama, con los ojos cerrados y el miembro que se iba relajando lentamente a pequeñas sacudidas, una gotita en la punta.

La habitación olía a cerrado y a semen podrido. La ventana estaba cubierta por unas cortinas de terciopelo rojo, polvoriento y raído, que parecían no haber sido tocadas por nadie desde el momento en que las habían colgado cuando construyeron la casa. Un ronroneante ventilador no conseguía refrescar el ambiente.

–¿Qué haces tú aquí?

La mujer había vuelto de lavarse y me miraba extrañada. Tenía cara de cansancio. El hombre abrió los ojos.

–¿Me envía refuerzos, la Paca? –preguntó mirándome.

La mujer se encogió de hombros y entró a vestirse.

–¿Piensas quedarte así toda la noche? –preguntó al hombre.

–¿No me lavas? –preguntó a su vez él.

–Eso no está incluido en la tarifa que has pagado.

La mujer ya se había puesto un *body* tan sexy como incómodo, y salía de la habitación con aire indiferente. Al pasar junto a mí, se detuvo por un segundo y me miró con desprecio.

–Tú debes de ser la nueva perla –escupió, remarcando artículo y adjetivo–. ¿Crees que vas a durar mucho tiempo tan vestida? –y se largó sin esperar respuesta.

¿La nueva perla? ¿Acaso había una vieja?

–¿Vienes o qué? –me dijo el hombre, con la voz y el gusanete esperanzados.

Le hice un corte de mangas y me fui hacia abajo. Por la escalera me crucé con otra pareja, ella me pareció muy jovencita; él flaco, ansioso, furtivo. Ni tan siquiera me miraron.

En la planta baja, en una sala muy espaciosa que daba al vestíbulo, una mujer cobraba a un cliente que acababa de llegar y con un gesto le indicaba un rincón en el que tres mujeres, también medio desnudas, parecían capaces de darle más pena que alegría.

Tuve la sensación de que aquel prostíbulo lo estaba

viendo en una película. O que me lo inventaba. Antiguo, decadente, como del siglo pasado. No sólo el edificio, sino las mujeres y los clientes.

El nuevo cliente, cabello gris, cara gris, expresión gris, cogía con timidez a una de las chicas y se iba hacia la escalera. Me quedé mirando a las otras desde la puerta de la sala y pensé que no ponían demasiada ilusión en el trabajo. La mujer que se ocupaba de cobrar debía de pensar lo mismo:

–¡Venga, niñas, un poquito más de animación!

Si no hubiera sido por el aire tan siniestro que allí se respiraba, sin duda me habría hecho gracia la contradicción entre las palabras de aquella mujer –semánticamente amables, que diría Jem– y el tono con que las pronunció, inconfundiblemente malasombra, que diría yo.

–¡Ay, Paca, vete a la mierda! –le gritaba una de las chicas.

Pero la otra que quedaba adoptó un gesto más envarado, se colocó mejor en los asientos. No era a causa de Paca, sino porque me había visto a mí.

Paca se giró y se quedó mirándome sin preguntarme nada.

–Soy Perla –dije, y me sentí ridícula.

–Ya me lo imagino –dijo la mujer, muy poco satisfecha. Y rezongó–: Un huésped saca al otro.

O sea que todas sabían que Perla se presentaría, pero nadie estaba dispuesto a darle la bienvenida. ¿Competencia profesional? Francamente, no lo creía, aparte del caso de Paca, por lo que había murmurado. Pero también dudé de ello cuando bajó Vidal.

–¿Qué estás haciendo aquí? ¿Quién te ha dado permiso para que bajaras?

–Nadie me ha dicho que tuviera que quedarme allí arriba –dije yo, retadora.

–¡Hey, me parece que a ti habrá que bajarte los humos! Ven que voy a explicarte cómo van las cosas por aquí.

–No me importa, ya lo sé –dije.

–Tú crees que ya lo sabes –Vidal me agarró por un brazo de mala manera.

–¡Me haces daño! –me quejé.

–Ya lo sé. Por eso lo hago.

Antes de salir de la sala arrastrada por Vidal, me pareció que las mujeres se sonreían. No sé si de satisfacción o por solidaridad.

Vidal me llevó al despacho del segundo piso.

–Veamos si aclaramos las cosas –dijo–. No te creas que porque le has caído bien al amo vas a tener un trato diferente a las demás...

¿O sea que yo le había caído bien al amo?

–Delante de ellas será lo mismo –continuó–, o incluso te trataremos peor..., para que te tengan compasión y te cojan confianza. Y tú tienes que hacer todo lo posible para hacerte amiga de ellas, para que te cuenten cosas, si se han hecho demasiado amigas de un cliente o se quieren ir...

–Eso ya me lo ha dicho el amo, no es necesario que me lo repitas.

–A partir de ahora me tratas de usted. Y cuidadito. Don Leopoldo es el amo, pero él no está siempre por aquí, y yo sí. O sea que el que manda soy yo. ¿Entiendes? –Lanzó una carcajada torva, suficiente y segura–. O eso, o a trabajar cada día, como las otras. Tú eliges.

–¿Qué le ha pasado a la que está en la cama?

La pregunta lo pilló de sorpresa y tardó unos segundos en contestar.

–Hizo lo que no debía. Habló demasiado con un cliente. Lo quiso embaucar para que la sacara de aquí. Y claro, el cliente me lo vino a contar. Estas chicas están locas. Un cliente no las ayudará nunca, los clientes de estos negocios no quieren problemas.

–Y vosotros se los crearíais, ¿verdad?

–Nosotros y todo el mundo. ¿Qué tiene que hacer? ¿Ir a hablar con la policía? Porque no te vas a encontrar con ningún cliente que entre aquí por las malas para quitarnos a una puta. Y si van a la policía, tienen que dar demasiadas explicaciones. Una vez un tipo fue a la poli y entonces la poli fue a su casa a comprobar la denuncia, su mujer supo que iba de putas y le armó un cirio...

Hablaba con asquerosa satisfacción. Pero yo no tenía que demostrarle ninguna antipatía.

–¿Y si la policía en lugar de efectuar comprobaciones en casa del cliente las hubiera hecho aquí? –me interesé en la posibilidad.

De nuevo su carcajada torva y suficiente.

–La policía nada tiene que comprobar aquí porque ya lo sabe todo. Y eso te lo digo para que tú también lo sepas –dijo en tono amenazador– como lo saben las otras, y para que no se te ocurra cometer tonterías... Tenemos las espaldas bien guardadas. Y no hemos pagado por ellas para que vayan y vengan a su antojo, sino para que trabajen. Como contigo...; y la que no se comporte, le va a ocurrir lo mismo que a ésa, o peor...

–¿Peor? –fingí mayor escalofrío del que sentía–. ¿Eso quiere decir que las matan?

Se echó a reír.

–No se matan las vacas mientras dan leche. Pero se venden.

Lancé un profundo suspiro de alivio lo suficientemente exagerado.

–Pero no te creas que se lo pasen mejor que aquí... Hala, ya hemos hablado demasiado, vete.

No quise hacer más preguntas. Me levanté, pero antes de que llegara a la puerta me dijo:

–Y a ver si mañana limpias en serio allá arriba, que parece una pocilga.

–¿Tenemos que hacerlo nosotras?

–¡Miradla, la señorona! ¿Acaso crees que contratamos a mujeres de la limpieza para que os quiten la mierda de encima?

A la mañana siguiente propuse hacer limpieza en el dormitorio. Esperaba oír sus protestas, pero no las hubo. Tomaron la proposición cual si fuera una orden, y, disciplinadamente pero sin esforzarse demasiado, pusieron manos a la obra.

No era nada fácil, no obstante, romper la hostilidad de aquellas mujeres. No sé si porque sabían o intuían que yo estaba allí para vigilarlas, o si su misma situación las impelía a esa actitud. El caso es que no hacían amistad entre ellas, y a mí me temían.

Por mi parte, me habían contagiado el temor constante en que vivían y no me atrevía a sincerarme. Yo también las temía. Temía que si les decía la verdad se chivaran a Vidal, o a Paca, o a algún otro bribón que siempre andaba por la casa montando guardia con disimulo y aprovechándose de ellas a la fuerza. Por eso me resultaba difícil sacarles fotos. Por eso no me atrevía a dejar ni un minuto los dos aparatos, porque si me los encontraban...

Sólo una se hizo amiga mía, y eso le costó también la hostilidad de las otras. La muchacha, forastera, a primera vista parecía más joven de lo que era, pero, cuando la mirabas con un poco de atención, te dabas cuenta de que su cara de muñeca tenía la piel gastada, los pechos fláccidos, las manos llenas de manchas y arrugas.

Fue ella la que se me acercó y me dio pena su mansedumbre, sus ganas de agradarme.

–Ya lo haré yo –dijo–. Tú haz alguna cosa más descansada... –y me quitó la escoba de las manos.

–¿Por qué? –dije con desconfianza–. ¿Tú no estás cansada?

–Como todas. Pero...

–Pero quieres estar a buenas con ella, ¿eh? –intervino otra con mala baba.

–¡Como con la otra encargada! ¿Y de qué te ha servido, estúpida? –dijo una tercera.

Yo seguí barriendo, pero ella no dejaba de seguirme.

Cuando terminamos el dormitorio, tuvimos que hacer las habitaciones del primer piso.

Me percaté de que las otras se turnaban para vigilarme, pero aproveché un momento en el que Cara-de-muñeca y yo estábamos en una de las habitaciones del primer piso para aclarar una cosa. Y resultaba ser que hasta hacía poco tiempo en la casa había habido otra Perla, que ejercía más o menos las mismas funciones que yo. Y que protegía especialmente a Cara-de-muñeca. Sí, yo también la protegería. Pero, ¿por qué se había marchado la Perla anterior? ¡Oh, se la llevaban a Inglaterra, le había dicho! No estaba contenta por ello, la otra Perla, y Cara-de-muñeca no entendía el porqué. Yo sí. Pero intuí que no tenía sentido explicárselo, pues era cortita de entendederas, pobre criatura.

Hicimos la limpieza de forma superficial, desganada. Y, a pesar de ello, terminamos rendidas, cubiertas de un polvo y de una roña que parecían consustanciales a la casa. Y a ellas mismas. Yo me duché, pero fui la única. Y se burlaron de mí, no directamente pero tampoco sin disimularlo demasiado. Bien mirado, ellas tenían razón. ¿Por qué iban a lavarse? ¿Para resultar más agradables a los clientes? ¿Para hacerles la estancia más confortable? Los clientes no se preocupaban de si iban limpios o sucios, y ellas no podían obligarlos a lavarse ni negarse a ir con ellos, limpios o sucios. Aunque les contagiaran toda la porquería acumulada en aquella casa y en sus cuerpos.

16

Me di cuenta muy pronto de que no podía esperar ninguna confidencia de esas pobres mujeres: eso y su desconfianza hacia mí me dificultaban el trabajo. ¿Sería lo mismo con aquellas camareras que había conocido en Magalluf? Aquellas chicas tan charlatanas, tan contentas de vivir, con sus pequeños líos y tirrias, pero tan confiadas, tan dispuestas a explicarlo todo, ¿se volverían también ceñudas, recelosas, insolidarias como éstas? Éstas se hablaban unas a otras por medio de gritos o de ladridos y eso cuando se hablaban. Se miraban con odio, cuando se miraban. Armaban una batalla campal por un gesto malinterpretado, por una exclamación o un suspiro. Y ni tan siquiera el enemigo común que yo representaba para ellas las impulsaba a unirse.

Al día siguiente continuó la vigilancia. No podía dar un paso en falso, no podía arriesgarme a bajar al segundo piso mientras ellas estuvieran en el dormitorio comunitario. Pero tampoco podía permitirme el lujo de no investigar. Para eso me había metido en la casa.

Después de comer, cuando empezaron a llegar los primeros clientes y ellas iban a la planta a trabajar, aproveché y bajé unas cuantas veces al segundo piso. Pero siempre había alguien en el despacho. En una de las ocasiones pude hacer una foto a Vidal y grabar una conversación entre él y otro hombre:

«... y tú podrías proporcionarme material... Yo me encargaría de distribuirlo...»

«¿Por dónde?»

«Oh, depende... Si se trata de mujeres del oficio, nunca hay problemas... Bueno, si es que uno sabe tratar con quienes las tienen. Si son chicas del mundo de la hostelería, se les tiene que ofrecer un trabajo honrado, bien, tú ya conoces el estilo de don Leopoldo, ¿eh? Si se trata de jovencitas un poco colgadas, o un poco frescas, pero en el fondo inocentes y con familia, primero hay que calibrar si valen y luego actuar sin descuidarse, con tacto, ¿me entiendes? Siempre da mejor resultado ir por las buenas que por las malas. Las invitas a cenar, consigues que se crean que te has enamorado de ellas, las camelas hasta que todos los papeles estén a punto...»

«¿Papeles, cuáles?»

«Bueno, eso si hay que mandarlas fuera, y en casos de chicas muy jóvenes es conveniente, porque Mallorca es pequeña y su familia las busca: es fácil encontrar una persona, por muy escondida que la tengas...»

«Ah, ya lo entiendo... ¿Y cuando ya están los papeles...?»

«Entonces las invitas a pasar unos días en Madrid o Barcelona, y ya está.»

«¿Y las colocáis en Madrid o Barcelona?»

«No, hombre, no... Por todo el mundo... Pero nosotros sobre todo en Australia... Don Leopoldo tiene contactos con una agencia de viajes que financia parte de los pasajes. Es un negocio muy bien montado, ya puedes creerlo, y te conviene participar. Sí, Australia es un buen mercado, muy bueno. Caro de inversión, sí. Pero con unas grandiosas posibilidades de resarcirse...»

«Pero eso tiene que ser muy arriesgado... Es como secuestrarlas... Y mandarlas tan lejos...»

«Precisamente, porque es tan lejos, el riesgo dura poco.»

«Claro que es buen negocio. Cojonudo. Australia, al otro lado del mundo... Nunca lo habría creído... ¿Y cuando están allí, qué?»

«Oh, allí lo tienen muy bien organizado, sobre todo

en Melbourne. En Sidney hay mucho más movimiento, pero Melbourne es mucho más seguro. Lo hacen mejor, buenas tapaderas legales, agencias matrimoniales, agencias de colocación... ¿de dónde crees que saqué yo la idea de Vida Feliz? No, si incluso hay colegios de señoritas, vaya coña, ¿eh?»

«¿Y aquí en Mallorca? Es que yo, ¿sabes? ya había oído hablar del negocio al por mayor, a pesar de que hasta el momento sólo me he dedicado a él al por menor, pero no creía que en Mallorca hubiera tanto movimiento, pensaba que todo quedaba entre nosotros... Bueno, sabía del tráfico con la península, pero al por menor...»

«¿Y con extranjeras, nunca has traficado con extranjeras? Son lo mejor, y las más seguras, sobre todo las que vienen como turistas y se quedan a trabajar. Son fáciles de engañar, ésas sí... Bueno, no todas, pero sí muchas... Además, son chicas que viven solas, a veces sin mantener demasiado contacto con su familia... Yo mismo, por ejemplo, he encontrado una, ahora... Un chollo, mira tú. Vino a la agencia por su cuenta... No tiene papeles de ninguna clase, no tiene amigos, ni familiares. ¡Se escapó de Bulgaria, fíjate! No me ha costado ni un duro...»

«¿Y podrás sacar mucho con ella?»

«Aún no lo sé. Ya está un poco hecha. ¡Y no parece nada puta, ja, ja, ja! Como que no lo es. Bueno, no tiene demasiadas manías, pero puta, lo que se dice puta, no es... Y eso gusta a según quién... Quiero decir que, aunque no se trate de carne muy fresca, también pueden interesar, sobre todo si están limpias...»

«Bueno, yo sólo tengo mujeres del oficio, compradas directamente al macarra, mujeres que tampoco proporcionan problemas porque ya no tienen a nadie que las pueda echar a faltar... Pero no siempre son de primera, tú ya me entiendes... Saben cumplir con su obligación, pero están gastadas... No sé si para un negocio con tanto jaleo...»

«Precisamente para eso me convienes. Tienes algo de experiencia, pero aún estás limpio... o sea que juntos podríamos hacer mucho trabajo, y del bueno.»

«No lo sé... Yo, yo no quiero problemas, y eso es como un traje que me queda ancho... ¿No crees que es muy peligroso? Porque eso ya es ponerse fuera de la ley, es como una mafia de las del cine, vaya..., supongo que hay que falsificar papeles... y eso ya es muy gordo...»

«Sí, es un negocio de envergadura, pero eso no tiene por qué asustarte, chaval. Tenemos peces gordos y peces pequeños... Sí, hombre, de la policía... y de la política, no creas... Tenemos las espaldas bien guardadas. Podría darte nombres, pero es mejor para ti no saberlos... No, si por ese lado puedes estar seguro... Si hay que hacer un pasaporte, pues se hace y ya está... Y lo que sea... lo que sea... Aquí lo tenemos tan bien organizado como en Australia, no creas...»

Bravucón de mierda.

Alguien subía y tuve que dejar de grabar.

Se escuchaban música y risas en el primer piso. Iba a bajar cuando uno de los chuletas de guardia me cerró el paso:

–Ahora mismo iba a buscarte, gatita.

Me pellizcó una teta. Yo le lancé una patada, pero fallé. ¡Y él siguió palpándome, mientras sonreía, el muy cerdo!

Sus intenciones estaban muy claras: quería ejercer conmigo el derecho de pernada que ellos mismos se otorgaban.

–Ya puedes mirártela bien, ya –se rió de él una de las que acababa de terminar la faena–. Pero ésta es intocable. Es del amo.

–El amo no me ha dicho nada de eso. Y todas sois del amo.

Me empujó hacia arriba. Los de la casa no podían utilizar las habitaciones del primer piso, reservadas a los clientes. El derecho de pernada se ejercía en el dormitorio comunitario, tanto si estaban las otras chicas como si no.

Escalón tras escalón, yo intentaba pensar cómo me las arreglaría para que aquel animal no me encontrara el magnetófono y la máquina de fotos. Eran unos aparatos lo suficientemente pequeños como para poder llevarlos siempre encima, pero si me hacía desnudar...

Al llegar arriba, dije:

–Tengo que ir al lavabo.

–No, mujer, no... A mí no me molesta si te meas... Y si te cagas, mejor.

Pero cuando me arrojaba sobre una de las camas, llegó Cara-de-muñeca.

–Déjala –le dijo al rufián–. Hazlo conmigo.

–Vete, la quiero a ella y no a ti.

–Está enferma. Por eso el amo no la deja bajar –dijo ella con su cara de muñeca.

El bestia no se lo hizo decir dos veces. Y yo me quedé plantada como un espantapájaros observando cómo Cara-de-muñeca se abría de piernas en un gesto habitual. Vi que cerraba los ojos y apretaba la boca. Vi como aquel bestia se la follaba, casi con la misma indiferencia con que ella había abierto las piernas. Había tan poca ilusión, tan poco deseo, tanta indiferencia en aquella copulación, un acto tan mecánico, que se me heló el corazón.

Ya no haría falta que consultara a la Mercè para saber quién tenía razón respecto a las putas, si Lida o yo. Por lo menos, en lo que respecta a las que había conocido en el Terreno.

Bajé a la planta corriendo, sin entender la generosidad de Cara-de-muñeca que me había ahorrado aquel mal trago.

Pero Paca me expulsó de la sala sin contemplaciones:

–Aquí sólo se quedan las que trabajan. ¡Las señoras, arriba, ya lo sabes!

Me fijé en el teléfono que estaba en el mostrador: permanecía cerrado con un candado. Fui a la cocina por una puerta que daba al vestíbulo. No había nadie, sólo el olor a sofrito procedente de aquel pienso infecto que nos habían dado para comer. Y el teléfono de pared, también cerrado con candado. Salí al jardín. Hierbas por todos lados. Un sol espléndido. Me llegó el olor a mar y respiré profundamente. Pero la valla del jardín era elevada y estaba coronada por una altura considerable de alambre de espino. La puerta de hierro estaba cerrada y los perros, que ladraban enfurecidos, a punto de romper las cadenas.

Cuando volvía a subir hacia arriba, me detuve en el segundo piso. Abrí la puerta del despacho. Olía a tabaco y a telarañas: esa habitación no la limpiaban las mujeres, permanecía siempre cerrada salvo cuando había alguien dentro. No había llaves en los cajones, lo cual demostraba que nada temían por parte de nadie de la casa. Pero el teléfono estaba inmovilizado con un candado.

Decidí que aquella misma noche tenía que registrar la habitación y salir del chalet con viento fresco.

–Que baje Perla... –el rufián de turno–. Vidal pregunta por ella.

Se me heló la sangre. Yo ya tenía pensado bajar. Pero precisamente cuando no hubiera nadie en el despacho. ¿Acaso aquel pedazo de animal pretendía también ejercer el derecho de pernada?

–Ahora bajo, voy a peinarme –intenté que no me temblara la voz.

Hice una seña a Cara-de-muñeca para que viniera conmigo al baño.

–¿Qué te pasa? Pones una cara...

–Tienes que hacerme un favor... Por favor, niña... Guárdame esto... Debajo de tu colchón, dentro de los zapatos, donde sea... Tú conoces mucho mejor que yo esta casa... Escóndelo... Y, sobre todo, no se lo digas a nadie...

–¿Qué es? –Cara-de-muñeca parecía más asustada que yo.

Le di el magnetófono y la máquina fotográfica.

–Por favor, por favor... –supliqué–. Si Vidal o don Leopoldo me lo encuentran encima, ya no podré protegerte más, niña...

Se lo quedó con recelo pero con buena voluntad.

Pero Vidal no me llamaba para él, sino para otro.

–... un cliente importante, de compromiso –me decía. Y como si por ello tuviera que sentirme halagada–: Tenemos que darle lo mejorcito de la casa.

–Creía que los clientes de aquí querían fruta más fresca –no pude contenerme–. Además, habíamos quedado en que yo sólo sería la enc...

–Harás lo que yo te mande, ¡¿qué te has creído?! ¿No ves cómo curran las demás? Y has de saber que si te lo digo, no es para pedirte si quieres o no, es para avisarte de que me hagas quedar bien, ¿entendido? Es un hombre exigente, no va de fantasías... Es decir, su única fantasía es que no quiere repetirlo nunca con la misma porque desea creer que lo hace con una mujer honesta, no comprada sino conquistada... ¿Comprendes lo que quiero decir? Tienes que hacerte rogar un poco, tienes que hacerte la arrepentida, tienes que fingir que eres inexperta y que él es un gran follador. No lo es mucho –risita de conejo– según me han dicho las otras, pero tú tienes que disimular. Y tienes que dormir con él toda la noche, hasta que por la mañana te deje dormida en la cama. Hala, ya lo sabes. Ahora te empolainas un poco y bajas a esperarlo a la habitación número cinco.

Mi número de la suerte.

Recuperé el magnetófono y la cámara y bajé muy poco dispuesta para el sacrificio.

No puedo decir que me forzara, porque, la verdad, yo no tenía vocación de María Goretti y no ofrecí ninguna clase de resistencia física. Intenté engatusarlo con palabras, y él se lo tomó como una especie de resistencia verbal que aún lo excitó más. Pero creí que se me habían quitado para siempre las ganas de follar. ¡Y tanto como me gusta! Pero cuando quiero, como quiero y con quien quiero. Como todas las mujeres, naturalmente. Yo había podido hacerlo así hasta entonces. Pero en aquella ocasión no se cumplía ninguna de las tres condiciones.

Resultó terriblemente desagradable, tanto que no quisiera recordarlo, ya bastante se me ha venido a la memoria muchas noches sin que yo lo deseara. Sólo hubo algo bueno: desprecié a aquel hombre como supongo que todas las putas del mundo menosprecian a los clientes, incluso las que no son conscientes de ello. Incluso las que no hacen el oficio obligadas como las del chalet del Terreno. Y ese sentimiento de superioridad frente al macho que tenía encima me hizo sentir solidaria con todas las mujeres que no tenían la oportunidad de experimentarlo.

Para animar la cosa, él había preparado dos líneas, una para mí y la otra para él. Pero yo, pudibunda –y porque no tenía ganas–, la rechacé.

–Tengo más –me decía–. Tengo tanta como quiero.

–Es que seguro que me va a marear.

Pareció que mi actitud le agradaba sobremanera. Y en esto no me hice la gazmoña para seguir las recomendaciones de mi proxeneta, sino porque las veces que lo había probado –nieve para esnifar, o hierba de fumar–, había ido en barca sin tener ganas, y en pleno temporal.

–No se lo diremos a tu tío –dijo.

¡Y Vidal decía que aquel granuja no tenía fantasías! Si llega a tenerlas... A saber quién se imaginaba que era yo. Y él. Decidí que tenía que aclararlo.

Por eso esnifé también yo. Y él se sintió satisfecho por haber conseguido pervertir a una chica mayorcita.

–¿Qué, te gusta?

–Sí, mucho –respiré profundamente–. ¿Y quién te proporciona esa nieve? ¿Don Leopoldo?

–No, reina... En todo caso, soy yo quien se la proporciona a él.

–Sois muy amigos, ¿verdad?

–Bueno, amigos amigos..., digamos que tenemos asuntos comunes... Y como me deben favores... Pero eso no tiene que saberlo tu tío...

¿Mi tío? ¿Qué diablos se inventaba?

–¿Qué es lo que no tiene que saber? ¿Que tú y don Leopoldo tenéis negocios juntos?

–¡Oh, eso ya lo sabe! Pero no tiene que saber que has estado conmigo... –siguió, misterioso.

–¿No? ¿Por qué?

–Leopoldo me ha dicho que, sobre todo, no le dijéramos nada a don Matías, porque él sabe que yo, con las mujeres..., bueno, ya me entiendes... Pero no te preocupes, si no le dices nada, todo irá bien...

¡Don Matías era el tío de Cristina, no el mío! Tuve que recuperarme, pues la cabeza me daba vueltas.

–¿Y también le das de esta nieve a él? Tienes que decirle que me dé también a mí, si tú se lo dices te hará caso... –Puse cara triste–. Pero entonces sabrá que tú y yo... –dije, y me salió voz de ingenua porque a duras penas podía contener la risa.

–Es que no se lo voy a decir. Él no tiene nada que ver con esto... Ya te daré yo... Tanta como quieras.

–¿Sí? ¡Qué bien!... ¿Y hace mucho tiempo que conoces al tío Matías? Nunca te había visto por Playa Dorada.

–Nunca he ido por allí... Y no conozco demasiado a don Matías. ¡Es un personaje importante! Sí, señor. Pero yo trato con don Leopoldo, él viene a verme...

–Ah, ya entiendo... Eres el dueño de una agencia de viajes y le envías turistas...

Se rió, divertido, el muy imbécil.

–No, no...

–¿Entonces?

–... le hago favores..., favores muy gordos...

–¿Le das dinero?

–No, papeles.

–¿Papeles? ¿Qué papeles?

Pero el hombre no quería hablar, sino otra cosa.

–Uy, la nena quiere saberlo todo... Si te portas bien, te lo diré.

Confié en que la conversación se habría grabado en el magnetófono con la suficiente claridad. Lo tenía puesto en marcha dentro del cajón entreabierto de la mesilla de noche. Y me porté bien. Tragando cantidades industriales de asco.

Pero no pudimos seguir con la conversación, porque al terminar la faena se quedó roque. Me lavé a conciencia, cerré el magnetófono y le registré los bolsillos.

Fantástico. Claro que podía darme tanta nieve como quisiera, gratis lo tenía que conseguir, ¡coño! Y muy gordos se los tenía que hacer, por cierto, los favores a don Leopoldo.

Le robé una tarjeta de visita, y unas hojas caducadas de la agenda en las que tenía anotada una visita de L. C. y una lista de los papeles que tenía que proporcionarle.

Fotografié el resto de los documentos. Y también del tipo aquel tendido en pelotas sobre la cama. Con dos objetos muy decorativos sobre la almohada, a un lado y otro de la cabeza.

Has caído con todo el equipo, monada.

Me vestí. Era el momento justo para salir pirando.

Todo estaba a oscuras en la planta baja y no se escuchaba rumor alguno procedente de allí. Desde algunas de las habitaciones del primer piso surgían risas de mujer. Pensando en lo que yo había tenido que hacer en una habitación del mismo piso, me pareció que aquellas risas eran un alarido, un insulto. Pero no podía entretenerme en consideraciones de aquel tipo. Fui hacia la escalera y subí al segundo. Entré sin problemas en el despacho. El mismo olor a polvo y telarañas. Abrí uno de los postigos: el farol de la esquina me daría un poco de luz. Esperé unos instantes, y, cuando me hube acostumbrado a la escasa claridad, me dirigí al escritorio.

En el cajón central había unas cuantas carpetas. Las dejé sobre la mesa y empecé a abrirlas. Hasta que, en una de ellas, encontré *los papeles de Perla*: un billete de avión sólo ida gestionado por Munditourist a nombre de Perla González, pero no sólo hasta Londres, sino hasta Melbourne; un pasaporte al mismo nombre y un sobre a nombre de Residencia Rutherford; en el interior del sobre, una foto de cuerpo entero –no era ninguna de las mujeres que había en el chalet– y escritos en un papel con cabecera de Munditourist, sus detalles anatómicos, el estado de su salud y un pequeño resumen en inglés de su situación, que venía a decir que ya era susceptible de ser una chica Rossenhill. Todo a máquina y firmado.

Terminé de mirar las otras carpetas pero no había nada que pareciera interesante. Lo guardé todo, pero dejé el *dossier* de Perla sobre una silla para fotografiarlo al final del registro.

Hice una pausa para escuchar. No se oía ni un grillo. Fui hasta la puerta para asegurarme y regresé a la mesa.

Noté que sentía un fuerte dolor de cabeza. Y cuando abrí uno de los cajones laterales y saqué de él unos papeles, me di cuenta de que me temblaban las manos.

De entre todo aquel montón elegí unos papeles con una lista de nombres de mujeres escritos a mano y en lápiz. Al final de la lista, en bolígrafo, el nombre de Paloma Martos, en una letra diferente. Al lado de cada nombre, unas cifras y algunas palabras. Fui hacia la ventana para verlo mejor. Llegué a la conclusión de que las cifras eran las medidas y la edad de cada una; después, al lado de unas había escrito *cam*, al lado de otras *pros*, y al lado de otras *ross*. Y luego otra cifra. No me entretuve en intentar descubrir qué significaban aquellas palabras y aquella cifra, pero dejé la lista sobre la silla.

En una caja había fotografías. Las miré. Detrás de cada una de ellas, un nombre de mujer, y, a veces, un nombre de hombre: Chato, Manolo... o bien otros nombres: Vida F. Acapulco, Roca Viva, Playa Dorada...

¿Roca Viva no era un hotel que los Segura tenían en Cala Millor?

También había una foto mía. ¿Cuándo me la habían sacado? Parecía que en el lavabo del dormitorio. Desnuda. ¡Cabrones! En el dorso, mi nombre, Vida F. y *ross*, con un interrogante detrás. ¿Significaba Rossenhill?

Me pareció escuchar ruido. Me quedé en suspenso un instante a la expectativa. Oí que los perros de abajo sacudían sus cadenas. Noté que un berbiquí me taladraba la sien izquierda. Pero seguí.

Entre las otras fotos vi la de Queta. Imposible. Fui hacia la ventana. Sí, era ella. ¿Qué hacía allí? En el dorso no había ningún nombre de mujer. Sólo las letras GEM y MS entre paréntesis. Pero estaba demasiado nerviosa para adivinar qué significaba MS. Desconcertada, escogí unas cuantas fotos y guardé las demás.

Abrí otro cajón. Estaba lleno de facturas y recibos sin ordenar. De Munditourist y de otras empresas que yo no conocía. Lástima que no pudiera llevármelas todas, y efectuar una selección a conciencia era demasiado laborioso... Pero si estaban tan desordenadas, quizá no fuera demasiado arriesgado que me llevara unas cuantas. Nadie se daría cuenta... Cuando ya las volvía a meter en el cajón después de coger unas cuantas al azar, en el fondo vi un extraño objeto. Lo saqué. Era un sello de goma. Lo estampé silenciosamente sobre una de las facturas que pensaba robar: era un matasellos de correos australiano. Con un gesto mecánico, volví a mirar en el fondo del cajón. Había una carpeta.

Y dentro de la carpeta, sobres y papeles de carta en blanco, pero también papeles de carta en blanco y con una firma debajo. La firma de Cristina Segura.

El berbiquí ya me había agujereado la sien y ahora me estaba hurgando insidioso en el cerebro. Pero las manos ya no me temblaban. Separé de uno en uno papeles y sobres y encontré una fotografía de Cristina, en una piscina, sonriente, satisfecha de sí misma y de la vida.

Pobre desgraciada.

En el dorso de la foto también estaban escritas las letras MS. Matías Segura, naturalmente.

Volví a quedarme en suspenso con la fotografía en la mano. No, ahora ya no eran los perros que sacudían la cadena. Ahora era la puerta del despacho que se abría de par en par y la luz del corredor que me deslumbraba y un hombre que se precipitaba hacia la mesa y yo que me quedaba clavada con la foto de Cristina en la mano.

La primera hostia en la mejilla izquierda convirtió mi cerebro en un badajo de campana.

17

El corte en la mejilla me había devuelto la memoria. También la clara conciencia de mi situación. ¿Cómo era posible que no me hubiera dado cuenta de que se acercaba alguien? ¿Y qué significaban algunas de las preguntas que me habían formulado entre golpe y golpe?

Escuché voces. Los dos hombres que me habían dado la paliza en tandas intermitentes estaban diciendo:

–¡... y estas putas ecologistas que se han metido también por el medio!

–Pero, ¿qué pasa?, ¿qué tienen que ver las ecologistas con Munditourist?

–Que ahora Matías quiere que enviemos a una de ellas a Australia para escarmentarlos a todos, y los de Londres no quieren ni oír hablar de ello...

–Ellos tienen la sartén por el mango. Que se joda Matías...

–Dice que si no hacemos callar a esa gentuza, no habrá urbanización. Y yo me encuentro entre dos fuegos. Y, ahora, por si fuera poco, esta...

–¿Tú crees que también es una ecologista?

–No lo sé. En Munditourist dio el nombre de la señora Joil, eso significa que sabe demasiadas cosas... Venga, empecemos de nuevo. Y esta vez tiene que cantar misa, que si no...

¿Qué me esperaba ahora?

Noté el calor de la sangre que me chorreaba. La cabeza empezó a darme vueltas como una peonza.

Volvería a perder la memoria, el sentido del tiempo, la conciencia de mi identidad personal e intransferible. Si me volvía a suceder, estaba segura de que esta vez no lo aguantaría.

Me agarraron por los cabellos y me obligaron a abrir los ojos.

–¿De qué conoces tú a la señora Joil? –me preguntaba Cabrer–. ¿Qué sabes de Australia?

Cabrer me mantenía con la cabeza levantada, con la navaja en la mejilla. Cabrer, el supuesto propietario del Playa Dorada, el mejor hotel de la familia Segura, ahora cambiaba la navaja de lugar: una pequeña presión y me cortaría la yugular.

–¿Por qué fuiste a Munditourist a buscar al encargado de los viajes a Australia?

–¿Mundiqué? –oí que me salía de la garganta sin permiso.

–¡No te hagas la longuis! –un pinchazo en el cuello–. ¡Te han reconocido!

Por eso había soñado con sor Magdalena. Había visto a su doble en persona.

Pero de pronto se distrajo al oír ruido de carreras y fuertes gritos. Enseguida se abrió la puerta y entraron muchos hombres en tropel, entre los cuales estaba Quim y Miguel.

–... y me decidí y te seguí...

–¡¿Que me seguiste?!

–Sí, hasta Vida Feliz –dijo Miguel.

¡Y yo, la gran profesional del seguimiento, no me había dado cuenta!

Ahora había entrado el médico para darme el diagnóstico. Me sentía rota por dentro y hecha un eccehomo por fuera. Según las radiografías, sólo tenía dos costillas rotas y un brazo descoyuntado. Además del hígado y el bazo inflamados, que convenía medicar y vigilar. Los riñones, bien. También convenía revisar la glándula mamaria derecha, aunque el médico confiaba en que no habría ninguna complicación. Luego estaba el problema del oído: si con las curas que me habían realizado no se solucionaba, quizá más adelante tuvieran que operarme. Vidal me había propinado un buen golpe. Pero ahora las iba a pagar todas juntas.

Por lo que respecta al resto, el labio y la ceja rotos, los cortes en la mejilla y el cuello, unas mordeduras bestiales que yo misma me había hecho en la lengua y en la parte interna de la mejilla, y el magullamiento general, todo eso se curaría con una temporada de mercromina, friegas con alcohol alcanforado y reposo.

–¿Reposo? ¡Ahora no puedo reposar!

–Es su problema –se rió el médico–. Ya verá usted cómo tendrá que hacerlo a la fuerza. –Hizo una pausa–. ¿Quiere que le ponga una inyección para dormir?

–No quiero dormir. ¡Ya me han obligado a dormir demasiado!

–Le convendría... –pausa y vacilación–. Hacía tiempo que no había visto a una mujer a la que le hubieran dado una paliza semejante... y eso que últimamente vienen muchas por aquí.

–¿Últimamente? ¿Y antes no?

–No tanto. Antes, las mujeres lo mantenían en secreto. Ahora vienen aquí y son ellas mismas las que solicitan hacer la denuncia. ¿Usted no quiere hacerla?

–Ya la ha puesto él –señalé a Miguel.

El médico se quedó de piedra.

–Yo creía que... Bueno, cada día se aprenden cosas nuevas... –murmuró.

–¿Qué significa eso? –pregunté yo. Y de repente lo entendí–. ¿Es que usted cree que me ha atizado él?

–Bueno, hay hombres que han pegado a su mujer y luego la acompañan...

–Ha sido el marido quien le ha pegado –intervino Miguel antes de que yo pudiera decir nada–. Yo no soy su marido. Y no queremos hacer ninguna denuncia.

El médico se fue. Y yo le pedí a Miguel que siguiera contándome la historia.

–... quería saber adónde te llevaban, y esperé fuera de la agencia. Cuando salisteis, os seguí en un taxi. Nunca me había sentido tan ridículo como cuando le dije al taxista «siga a ese coche»... ¡Parecía una película!

–Ves demasiado cine, Miguelito...

–Y ya que no me llamaste por teléfono...

–¿Cómo querías que te llamara, atontado? Todos los teléfonos tenían candado y la Paca guardaba celosamente la llave.

–Bueno, pues entonces empecé a preocuparme y telefoneé a Vida Feliz, y...

–¿Que telefoneaste a Vida Feliz?

–Sí...

–¡Cagoenlá, Miguel! ¡Cojones, vaya forma de ayudarme! ¡Ahora entiendo por qué me preguntaban por mi chulo! ¡He recibido la paliza más bestia de mi vida por un descuido tuyo! ¡Vaya forma de ayudarme!

Estaba tan furiosa que lo habría abofeteado. Pero pudo más el cansancio que la ira y me puse a llorar. ¿Cómo era posible que fuera tan idiota, pobre chico?

–¿Pero no has dicho que te encontraron espiando?

–Sí, pero eso seguramente me habría costado sólo una tanda de golpes. Después empezaron de nuevo, y me preguntaban quién era mi macarra... ¿Por qué no llamaste enseguida a Barcelona?

–Ya lo hice. Cuando el de Vida Feliz me dijo que quería charlar conmigo, que le dijera dónde me encontraba y que vendría al momento, me inventé una dirección de Son Gotleu y me fui allí. Lo vi llegar con dos hombres más. La dirección que le había dado resultó ser la de una tienda, pero yo vigilaba desde el exterior. Aquellos hombres armaron un buen pitote, hasta que llegó la policía. Pero la policía no les hizo nada. Entonces pensé que todo aquello resultaba muy complicado y fue cuando llamé a Quim. Y Quim vino volando...

Nunca estuvo mejor empleada la expresión.

–... y yo le conté todo cuanto sabía..., escucha, a ese Quim, ¿le patina el embrague?

–Sí, continúa.

–Quim dijo que tenía que entrar en el chalet en donde estabas. Se presentó allí al atardecer, pero no le dejaron entrar, le dijeron que era un club privado y que sólo entraban los socios y sus acompañantes. Entonces fuimos a presentar una denuncia. Pero no quieras saber la de impedimentos que nos pusieron. Nos mandaron de Herodes a Pilatos, hasta llegar al inspector Vargas, quien nos mandó encerrar en el calabozo de la misma comisaría sin dejarnos llamar a nadie. Pero como que el director del periódico sabía que habíamos ido a poner la denuncia, al ver que no regresábamos fue a la comisaría con un abogado. No estábamos ni siquiera registrados como detenidos, pero el abogado insistió y amenazó..., bueno, y nos soltaron. Quim dijo que si no podíamos entrar por las buenas en el burdel, entraríamos por las malas. Y ya lo ves, hemos entrado por las malas. ¿Y ahora, por qué lloras?

–¿Te expresas así de mal también por escrito? –le dije a lágrima viva.

–Quim dijo que un día vas a dejar la piel en el empeño –cambió de tema–. Y que no tenías que haber ido al chalet del Terreno.

–¿Ah, sí? Me hubiera gustado ver lo que hacía él en una situación como ésa. Por cierto, ¿dónde está ahora? ¡No me digas que el desgraciado se ha vuelto a Barcelona! ¡Oh, Dios mío!

–¿Qué pasa?

–Todos los papeles que había en el chalet... Aquella documentación era una mina ¡Dios mío!

–Ya lo has dicho antes de desmayarte, justo cuando hemos entrado para salvarte...

Era verdad. Tenía que reconocer que me habían salvado. Pero ahora mi cabeza estaba en otras cosas.

–¿Lo he dicho? ¿Y qué?

–Quim lo ha recogido todo...

–Y la máquina de fotografiar y el magnetófono... Los llevaba escondidos dentro de los zapatos...

–Sí, la enfermera los encontró cuando te desvestía... ¿No te dolían los pies?

Los pies era precisamente lo que menos me dolía.

–¿Y dónde se encuentra ahora Quim?

–En mi casa, ordenando todo el material...

–¿Él? ¿Qué diablos tiene que ordenar él? Lo quiero todo aquí. Y ahora mismo, Miguel.

–Lonia, tienes que descansar...

–¡¡He dicho que lo quiero todo aquí!!

–Bueno, pues llámalo tú misma.

–Ah... Oye, ¿y quién era esa otra gente con la que has entrado?

–Los del GEM. Por cierto, Queta me ha dado esto para ti.

Era un sobre. Dentro, una fotocopia del documento de plenos poderes. Buena chica Queta.

–Pobre chica –oí que decía Miguel, y a mí se me subió el corazón a la garganta–. La atracaron el otro día... Y como llevaba encima muy poco dinero, le atizaron fuerte... No tanto como a ti, ni con mucho...

–No querían su dinero. Querían escarmentarla.

–¿Por qué lo dices? ¿Cómo lo sabes?

–¿Y ahora, dónde está?

–En su casa.

–¿Y la gentuza del chalet?

–Allí los hemos dejado, con un palmo de narices...

–Y a las chicas, ¿también las habéis dejado allí?

–¡Mecachis, Lonia, no podíamos salvar a todo cristo!

Pobres chicas.

–Oye: Queta, que se esconda. Que no se quede en su casa..., pero que no vaya a casa de nadie del GEM... No hagas preguntas, Miguel. Escondedla. Y ahora vete, estoy muy cansada...

–¿Pero no has dicho que querías los papeles?

–No, ahora no... Ya los miraré mañana... Ahora quiero dormir... Ah, coge el carrete y hazlo revelar...

–Por cierto, tu tía Antonia vino a armarme un escándalo al periódico. Creía que yo te había secuestrado...

Cuando Miguel se hubo marchado, me quité aquella especie de camisa de fuerza que me habían puesto y me vestí con la ropa sudada y estrujada que había llevado todos aquellos días en el chalet. ¿Cuántos días? Me miré en el espejo. Vaya aspecto el mío, caray. ¿Recuperaría alguna vez mi estado físico anterior? Me peiné los cabellos hacia adelante, tapando parte de la cara, pero seguía ofreciendo un aspecto lamentable. Paciencia.

Miré por la ventana. Ya había salido el sol. No podía perder más tiempo. Escribí una nota: «Quim, Miguel, no hagáis nada, esperadme hasta que vuelva». Me puse el magnetófono en el bolsillo y salí de la clínica, caminando lentamente, cojeando a causa de las costillas rotas.

El taxista tuvo que ayudarme a subir al coche.

Paloma estaba en su lugar, detrás de la barra del bar del Playa Dorada. Durante el interrogatorio, no recordaba que hubieran mencionado mi ida al hotel ni mi entrevista con las camareras. Todo parecía tranquilo, no se había establecido relación alguna entre la periodista alemana y yo.

–¡Hola! ¿Vienes a hacer las fotos?

¡Coño con la chica ésta!

–No, hoy todavía no. Escucha...

–Oh, ¿qué te ha pasado? –muy asustada.

–He tenido un accidente. Escucha –le dije en tono confidencial y cómplice–, el cliente de la suite..., sí, don Matías, me citó para hoy en su habitación, pero no quiere que lo sepa nadie... La suite, ¿qué habitación es?

–La 413, pero ahora no está. Hace... –miró su reloj– unas dos horas que le serví un whisky y me ha dicho que avisara a cocina de que hoy no vendría a comer...

–Qué extraño –mentí–. Me había dicho que comeríamos juntos en su habitación.

–Siempre come en su habitación, pero hoy...

–¿Y ahora, qué hago yo? –simulé desconcierto; pero inmediatamente me rehíce–: Bueno, lo esperaré igualmente. Pero, ¿cómo puedo entrar sin llave?

–Puedo decírselo a la que hace las habitaciones de ese piso, ella posee la llave maestra...

–Perfecto. Pero, sobre todo, que sea discreta.

–No sufras... Claro que tendrías que darle una propina –saqué el monedero–. No, a mí no –aclaró muy digna–. Sube. Yo la avisaré desde aquí.

–¡Muchas gracias, guapa! Ah, si lo ves cuando regresa, avísame. Pero no le digas que estoy allí... –y añadí intentando poner cara de traviesa–: Quiero darle una sorpresa...

Fui al vestíbulo y lo crucé sin mirar a nadie, como si hiciera ya un mes que vivía en el hotel. Entré en el ascensor y subí al cuarto piso. En la puerta de la habitación 413 había una chica. Me detuve a su lado sin decir nada, y ella, también sin decir nada, abrió la puerta. Sentí un escalofrío que me recorría el espinazo. Seguramente por eso le puse un billete de mil en la mano. Ella se me quedó mirando boquiabierta. Quizás una propina tan generosa constituyera un error: iba a acordarse demasiado de mí. Pero ya estaba hecho.

No se trataba de una suite propiamente dicha, sino de dos habitaciones que se comunicaban. Un salón-comedor y un dormitorio con dos camas individuales. Arrimado a una de las paredes de la sala había un secreter. Empecé a abrir cajones y cajoncitos. Todos vacíos. O bien el mueble sólo era una pieza decorativa, o ya lo había vaciado de objetos comprometedores. Si no me hubieran llevado a la clínica, Matías no habría tenido tiempo de hacer desaparecer nada.

Volví a cerrar los cajones y me dirigí al dormitorio. Bajo una de las camas encontré una maleta a medio hacer llena de ropa amontonada. Entonces comencé a registrar el armario empotrado. En la estantería superior, más maletas –vacías– y un maletín. Un maletín cerrado, que abrí sin necesidad de llave, pero lo descerrajé: estaba más nerviosa de lo que yo misma creía.

Aquello también era una mina. En uno de los compartimientos, la carta que Cristina había dejado en el Manyac. No la leí, sólo la desplegué. Don Matías demostraba ser realmente un imbécil al haberla guardado. Debería haberla quemado.

En otro compartimiento, unas hojas de papel cebolla: copias de las cartas que doña Carmen había recibido, supuestamente de Cristina.

En otro, tres sobres a nombre de Carmen Llofriu de Segura, con sellos de Australia y matasellos. Y dentro de cada sobre, una carta como la que yo había robado a doña Carmen, pero con fecha futura, como la de los matasellos... Eran las próximas cartas que doña Carmen tenía que recibir, pero que ya nunca recibiría.

Un desbarajuste de cartas y firmas entre el chalet y el hotel. Aún no entendía por qué había material aquí y allá ni cuál sería el proceso de confección de las cartas, pero no tenía tiempo de reflexionar sobre ello. Me pareció una manera idiota de complicarse la vida.

Cogí un borrador y algunas copias de cartas ya enviadas. Un angelito quería impedirme coger también una de las cartas futuras, pero, bien mirado, Segura no se iba a entretener en comprobar si todo estaba en el maletín, sino que lo cogería y lo haría desaparecer todo entero... O sea que no le hice caso al angelito y cogí también una de las cartas apócrifas listas para ser enviadas y busqué el borrador correspondiente. ¿Para qué demonios las guardaba aquel estúpido?

Ya puestos, seguí escudriñando. Y dentro de una caja de cartón para camisas encontré planos de *bungalows*, fotos de Cala Mura, cifras en un papel... Y un sobre de Munditourist con una nota comunicándole que adjuntaban fotocopia de la carta que habían recibido de la central de Londres: una carta de Gordon Ltd, en términos muy duros, en la que reclamaban de don Matías Segura el cumplimiento del contrato. No decía cuál, pero no era necesario.

No tuve tiempo de mirar nada más: sonó el teléfono.

–¿Lonia? –era Paloma–. Acaba de llegar ahora mismo el señor que esperas.

–¿Sube a pie o en el ascensor?

–¿Qué? –la pregunta la había pillado por sorpresa–. Ah, no lo sé... Yo sólo lo he visto entrar, pero desde aquí no veo ni la escalera ni el ascensor... Puede que haya ido a la oficina...

–Bien, muchas gracias, Paloma...

Intenté cerrar el maletín de manera que, al abrirlo con la llave, pareciera que un papel había impedido cerrarlo bien, y dejé maletín y caja de camisas tal como estaban antes.

Me metí en el bolsillo los papeles robados, pero, cuando iba a salir, alguien introducía la llave en la cerradura.

Nunca me había encontrado en una situación tan ridícula como aquélla: ¿dónde tenía que esconderme? En la terraza, en el armario o en el cuarto de baño, naturalmente. Pero siempre que había visto en el cine o leído en las novelas que alguien se escondía allí, lo había encontrado poco creíble, sobre todo si la persona que se escondía tenía la bendita suerte de no ser descubierta. Porque cuando alguien entra en su habitación del hotel, lo más lógico es que vaya a mear o a cambiarse de ropa, o ambas cosas. Que salga a la terraza no es tan corriente, pero también entra en la lista de los gestos posibles y probables, más en verano y sin la refrigeración puesta. Por lo tanto, sin necesidad de reflexionar ni un momento en la cuestión, me deslicé bajo la cama en la que no había ninguna maleta. Y tuve que recordar a la fuerza que tenía dos costillas rotas y todo el cuerpo magullado.

No intenté espiar por debajo de los faldones del cobertor para ver quién había entrado ni qué hacía. Intenté escuchar, eso sí: pero el corazón me latía tan escandalosamente que temí se oyera por todo el hotel. Y para postre, volvió a acentuarse mi quebranto físico. Mientras había estado trabajando, el interés y la tensión de la labor habían conseguido que me olvidara de mi cuerpo. Pero ahora mi oído derecho me silbaba cual un tren al paso por la vía, el brazo descoyuntado se me había puesto rígido y no podía moverlo, y todas las vísceras se me quejaban del maltrato. Eso sin contar con el labio, que volvía a sangrar, y una especie de abatimiento general que me hizo dudar de mi capacidad de salir de allí debajo una vez pasado el peligro.

Asimismo, adiviné que sólo había entrado una persona y me pareció oír que abría cajones, que supuse serían del secreter. Luego oí los pasos dentro del dormitorio, una puerta que se abría y, unos instantes después, la cadena del *water*. Por último, más pasos dentro del dormitorio y la puerta del armario abierta.

Noté un peso sobre la cama, y después pasos que venían desde el armario a la cama. Adiviné que debía de estar haciendo la otra maleta. Después algo que caía al suelo y se escuchaba una maldición. Por debajo de los faldones de la cama vi el maletín abierto y todo su contenido desparramado por el suelo. Unas manos recogían los papeles, los amontonaban dentro del maletín desordenadamente, lo cerraban y lo debían de poner dentro de la maleta que estaba sobre mi cama.

El tiempo se eternizaba. Además del dolor y del miedo, sudaba de mala manera y no se podía decir que la amiga de mi amiga andaluza fuera una chica limpia y ordenada; se me había llenado la boca de esa pelusa que se acumula bajo las camas sin saber de dónde sale.

Las dos maletas ya estaban en el suelo, pero el tío aún no se iba. Ahora va a sentarse sobre la cama y me aplastará, pensaba yo. Pero no. Se sentó en una butaca al lado de la cama y se cambió los zapatos. También sudaba: me llegó una vaharada de olor a pies que por poco vomito allí mismo. Guarro.

Finalmente las dos maletas y los zapatos nuevos se pusieron a caminar, la puerta se abrió, y luego se cerró y se hizo el silencio.

No me moví hasta al cabo de un rato. No sé si porque no me sentía con fuerzas o si por estar más segura de que ya no habría peligro.

Cuando salí de debajo de la cama, tuve que sacudirme la ropa y el cabello.

El armario estaba abierto, delante de la butaca había unos zapatos y unos calcetines tirados de cualquier manera, sobre la cama una americana. En el armario no había ropa, ni caja para camisas, ni maletín. En la sala, unas estanterías disimuladas por un cuadro –Lonia, idiota, mira que no haber reparado en ello– también estaban vacías.

Fui al lavabo. Hice una larga meada, me remojé la cara con agua fresca, intenté peinarme un poco con los dedos, y, muy poco satisfecha con mi aspecto, salí de la habitación. Un ascensor se detuvo en aquellos mismos instantes. Me deslicé hacia la escalera y bajé lentamente. Fui hacia la piscina. Me mezclé entre los turistas y me despisté tan pronto como pude por la portezuela del jardín que daba a la playa.

El grafólogo arrugó la nariz. Prefería trabajar con material original. Era más seguro.

–... diría..., sí, diría que las dos firmas no están hechas por la misma mano.

–Yo no lo diría, sino que lo digo.

–¿Pues por qué me consultas?

–Porque necesito la opinión de un profesional. Y no sólo la opinión sino un dictamen o como se llame. Un dictamen legal.

–Pero yo no puedo hacerlo si no puedo comparar dos originales...

Le daba a comparar la fotocopia del documento de plenos poderes y la carta que Cristina me había dejado en el Manyac.

–Pues por el momento, en cuanto a originales sólo tengo esta carta. Del documento sólo tengo fotocopia... ¿Y dice usted que no está seguro?

–Bueno..., estoy casi seguro del todo, pero no puedo hacer un dictamen legal... Mejor dicho, aunque te lo hiciera no tendría ningún valor, no te serviría de nada, no podrías utilizarlo legalmente...

–De momento me basta con su opinión... privada.

Su opinión privada era que no había duda: la firma del documento estaba hecha por una mano diferente de la que había firmado la carta. Aún más: la carta estaba escrita y firmada por una mano de mujer y la firma del documento estaba efectuada por una mano de hombre.

Entonces le hice comparar la firma del documento con la de la carta apócrifa y futura que acababa de robar de la suite de Matías Segura.

–Sí, es casi seguro, están hechas por la misma mano –dijo el grafólogo–, pero ya te digo, con una fotocopia... Además, un estudio serio necesita más tiempo. La grafología no es un juego, es una ciencia... ¿No te encuentras bien? Tienes mala cara...

Por supuesto que tenía mala cara. Estaba a punto de desmayarme. Las costillas me apretaban el bazo y me hacían ver las estrellas. Me senté.

–Ya me encuentro mejor... Es que el calor me afecta mucho –dije–. Siga, por favor...

–Ya te he dicho que una fotocopia no servía...

Testarudo.

–Bueno, de acuerdo, ya tendremos el original cuando llegue el momento. Ahora me conformo con que exprese usted su opinión privada.

Su opinión privada coincidió con mi sospecha. La misma mano había falsificado la firma de Cristina en las cartas y en el documento de plenos poderes.

Para acabar de redondear aquella cuestión, le hice comparar el borrador que acababa de robar del hotel con las dos firmas falsas de Cristina.

El grafólogo miró el borrador de arriba abajo, contempló el escrito unos segundos, y me dijo:

–Eso ya es un poco más laborioso. Vuelve mañana o pasado mañana.

–No, tengo que saberlo sin falta ahora mismo. Pagaré lo que sea.

–El tiempo no se puede comprar.

–Ya lo sé. Pero es absolutamente necesario que lo estudie usted ahora mismo. Por favor.

–Está bien. Pero tengo para un rato.

–Esperaré.

El tiempo, que se alargaba, se llenaba de fantasmas... Noté que, si seguía mucho rato sentada, luego no podría levantarme. Quise entretenerme mirando la casa, pero empecé a ver chispitas. Hojeé libros y revistas pero no prestaba atención. Los nervios se me comían. A aquellas horas, Quim o Miguel habrían ido ya a la clínica, y a pesar de que hubieran hallado mi nota, vete a saber lo que habrían decidido hacer... Eso si antes alguna enfermera no había dado la alarma de mi desaparición o si la tía Antonia no había ido a visitarme, y al no encontrarme allí, hubiera armado un jaleo de mil demonios.

Me senté y empecé a pensar en lo que debía de estar haciendo Matías Segura en aquellos momentos. Quizá, mientras yo me obcecaba en hacer trabajar al grafólogo, él volaba hacia la otra punta del mundo... Me amodorré entre brumosos pensamientos.

Por fin el grafólogo me llamó.

–Sí, efectivamente, esta firma está hecha con la misma mano que este escrito. Fíjate en este rasgo...

–Perdóneme, yo de grafología no entiendo nada... Y no puedo entretenerme. ¿Qué le debo?

–Pasa otro día y ya hablaremos. Y que venga también Miguel, que hace años que no lo veo.

Salí satisfecha. Pero el tiempo se me echaba encima y todavía tenía que pasar por casa de tía Antonia a recoger la carta que Cristina había dejado para mí en el prostíbulo de Melbourne. Me resultaba indispensable para la última gestión que tenía que efectuar.

Mi cuerpo y mi cabeza hacía ya rato que me decían que ya tenían suficiente. Pero ya que había empezado...

18

–¿Doña Carmen Llofriu?

–Un momento, ¿de parte de quién? –preguntó la criada–. Ah, sí, usted es aquella amiga de Cristinita... ¿No se encuentra usted bien? Pase, pase...

Doña Carmen me recibió con los brazos abiertos.

–Oh, querida mía, ¿qué te ha sucedido? ¿Te han atracado? Siéntate, reina, siéntate...

–Traigo una carta de Cristina para usted –dije sin sentarme.

–¡Ay, Dios mío, de Cristina! ¿Una carta, dices? Pero no entiendo por qué te la ha enviado a ti si es para mí...

–Seguro que es una carta diferente de las otras.

La viuda de Segura me miró sin comprenderme.

–Pero, siéntate, niña, siéntate. Tienes muy mala cara. Ahora mismo ordeno que te traigan algo caliente...

¡Algo caliente con aquel calor!

–No, no, déjelo, doña Carmen. Tengo mucha prisa.

–Espera sólo un segundo... –hizo sonar una campanilla y apareció la criada–: Dile a don Matías que venga.

Aquello no me lo esperaba.

–Es mi cuñado... Él también quiere mucho a Cristinita. Le gustará conocer a una amiga de ella.

Seguro que sí.

Y entró Matías Segura.

–Es una amiga de la residencia de Cristina –se apresuró doña Carmen a presentarme–. Acaba de llegar de Australia y...

–¿Qué dices?

Don Matías era un hombre robusto, con cara de salud y de saber aprovechar todo lo bueno que la vida pudiera proporcionarle. Una cincuentena de años bien llevados, presumidos y satisfechos. Pero la noticia que le había dado la cuñada lo había hecho volver de color gris. Me di cuenta de que era el mismo hombre que yo había visto hablando con Leopoldo Cabrer el día en que lo había seguido. Llevaba los mismos zapatos que hacía un rato se había cambiado en el Playa Dorada.

Me miró como si viera un fantasma y no acabara de creérselo. Después, en una fracción de segundo, pareció que tuviera una gran idea y los colores le volvieron al rostro.

–¿Una amiga de Cristina? Debe de ser una profesora, porque usted es mayor que Cristina, ¿verdad? –me dijo con una media sonrisa de complicidad.

–No, soy amiga de ella, aunque no de la residencia –dije yo.

–Por cierto, aún no me ha dado la carta –dijo doña Carmen.

–¿La carta? –don Matías.

–Sí, mira lo que son las cosas... Ahora mismo me acabas de subir una y esta chica me trae otra...

Don Matías había vuelto a ponerse gris. Ahora, además, tenía los ojos hinchados y parecía que el cuello de la camisa lo sofocaba.

–Veamos esta carta –alargó una mano hacia mí.

Yo saqué la carta del bolsillo, pero se la di a doña Carmen.

–Qué raro..., está a nombre de Bernat... Oh, y ésta es muy larga... –exclamó con alegría.

Doña Carmen se había sentado para leer la carta.

–Ay, vaya letra tan complicada tiene esta chica. Prefiero que me escriba a máquina.

Aquella mujer era una pánfila de campeonato.

–Pero... pero... ¿de cuándo es esta carta? ¡Virgen Santísima, oh! ¿Pero qué dice esta chica?

Doña Carmen miraba a don Matías y me miraba a mí: estaba asombrada. Don Matías Segura se le acercó y le arrancó la carta de las manos. La leyó rápidamente.

–¿De dónde ha sacado esta carta? ¿Quién es usted?

–Ya se lo he dicho –dije muy tranquilamente, mirándolo fijo con toda la impertinencia de que fui capaz–, es una carta de Cristina, me la entregó ella en persona. Y no era la primera. Ya me había dado otra unos meses antes, que yo misma eché al correo... –A doña Carmen–: Pero aquella carta usted no la recibió. Pondría la mano en el fuego a que no ha recibido ninguna de las cartas que Cristina les ha escrito de verdad a usted y a su padre, y que seguramente decían más o menos lo mismo que dice la que acaba de leer, o esta otra carta que nunca ha leído.

Entregué a doña Carmen la carta que acababa de robar en la habitación de Segura, la que Cristina me había dejado en el Manyac.

Don Matías salió echando chispas de la sala y, unos instantes después, regresó con el maletín. Lo abrió y empezó a registrarlo con manos ansiosas.

–¿De dónde ha sacado esa carta? –me preguntó.

–De ese mismo maletín, don Matías.

Doña Carmen había estado leyendo la carta y ahora miraba a su cuñado.

–¿Tú tenías esta carta? ¿Y por qué no me la diste?

–¿A ti qué te parece? –escupió él con muy escasa amabilidad.

–Su cuñado no le dio esta carta porque él mismo le dejaba otras diferentes en su buzón. Como la que ha recibido hoy. Como ésta.

Le di la carta apócrifa, supuestamente sellada en Melbourne. Hice que se fijara bien en la fecha, de dentro de dos meses.

–Matías, no entiendo nada –gimoteó la viuda Segura.

–Yo se lo explicaré, doña Car...

–¡Usted no explicará nada!

Don Matías ya no tenía ahora la piel tostada como

cuando había entrado, ni gris como hace unos instantes. Ahora se había puesto rojo como un tomate. Y me apuntaba con una pistola.

–Matías, ¿de dónde has sacado eso? –Y luego a mí–: Quiero saber qué es todo eso.

La transformación de doña Carmen me sorprendió incluso a mí: ahora ya no se trataba de una señoritinga ejerciendo el papel de viuda. De repente se había convertido en una mujer que se encaraba con un enigma del que sospechaba la solución.

–Don Matías seguramente se lo puede explicar mejor que yo. Él fue quien hizo las gestiones para encontrar un colegio de señoritas de Australia para que Cristina fuera a estudiar allí. Sólo que no era un colegio, y él lo sabía. Y quizá también lo supiera usted, doña Carmen...

–¿Yo? Ay, Dios mío, ¿pero qué es esto?... No entiendo nada.

No, no lo sabía. Yo le conté qué clase de colegio era la Residencia Rutherford. Y cómo había conocido a Cristina en el avión y luego en el Manyac.

–¿Cómo es posible? Matías... tú... ¿cómo es posible, Dios mío? Es mi hija y tu sobrina... Me dijiste que era un colegio para chicas de buena familia...

Don Matías dejó la pistola sobre la mesita del centro y se sentó en el sofá junto a doña Carmen.

–Carmen, te lo juro, no lo sabía, te lo juro... Tú estuviste de acuerdo en que Cristina tenía que irse una temporadita y yo tuve noticia de este colegio, pero te juro que...

–Seguramente el colegio ése se lo recomendaría don Leopoldo Cabrer, ¿eh? –lo corté–. O quizá Vidal, de la agencia Vida Feliz. O alguien de Munditourist...

Matías Segura me miraba con el espanto pintado en el rostro. Creo que nunca había visto a un hombre tan acojonado.

–¿De dónde saca todo eso? ¿Quién es usted? ¿Quién la manda? –balbució.

–Cristina.

–¿Cuándo la ha visto? ¿Cuándo le entregó esta carta?

–He llegado hoy mismo –mentí–. Me la dio el mismo día de mi partida. Con el cambio de horario, calcúlelo usted mismo.

–No puede ser. No puede ser.

–¿Por qué no puede ser? –dije yo.

–Usted dice mentiras. No puede ser –insistió Matías Segura.

–¿Por qué no puede ser? –insistí a mi vez–. Claro que miento, pero ¿cómo es que lo sabe usted? ¿Y por qué no puede ser?

–¿De qué estáis hablando? –se quejó doña Carmen–. Matías, ahora mismo quiero saber..., quiero saberlo todo, ¡todo!

Matías Segura estalló. Miró fijamente a doña Carmen y se puso a gritar:

–¿Quieres saberlo todo? ¿Acaso no lo sabes ya? ¿Qué habría sucedido si Cristina se hubiera quedado? ¿Qué habría pasado, eh? Se lo habría dicho todo a su padre, ¿y qué habría hecho Bernat?

–¡Calla, calla!

–¡Pues ahora no me callaré! ¿No quieres saberlo todo? Sí, sabía que la Residencia Rutherford no era un colegio para señoritas. No te lo he querido decir para ahorrarte la mala conciencia. Pero estoy seguro de que aunque lo hubieras sabido te habrías avenido a hacerlo. Tenías tantas ganas como yo de quitarte de delante a Cristina. Sabes perfectamente que más pronto o más tarde se lo habría dicho todo a Bernat.

–O sea que como Cristina había descubierto que ustedes se entendían, la mandaron a Australia –apunté. Me lo estaba pasando pipa. Estas historias de pasiones desatadas me encantan. Doña Carmen y don Matías dejaron de gritarse y me miraron estupefactos.

–¿Se lo dijo Cristina? –preguntó doña Carmen, asombrada.

–No –me reí–. Me lo acaban de decir ahora ustedes mismos.

–¡Ay la Virgen! –exclamó doña Carmen.

–Y con el fin de que no volviera a molestarlos, ni a ustedes ni a la urbanización de Cala Mura, la mandaron a Rossenhill –seguí.

–¿Qué demonios es eso de Rossenhill? –preguntó don Matías, un tanto recuperado ya de la sorpresa–. La residencia se llama Rutherford.

–Rossenhill es un billete de ida sin viaje de vuelta que le dan a las chicas no reclamadas por nadie.

–Ay, Virgen del Rosario... Mi pobre Cristina...

–Tanto cuento con Cristina a estas alturas, si no os podíais aguantar... –le espetó don Matías.

–¡Pero es mi hija!

–Y Bernat también era tu marido, y no tuviste inconveniente alguno...

–¡Calla!

–No tuviste ningún inconveniente en quitarlo de la circulación.

¡Caramba! Con eso tampoco contaba yo.

La criada estaba junto a la puerta de la sala. Escuchaba con la boca abierta, los ojos como platos. Pensé que era una testigo. Pero la batalla verbal proseguía.

–¿Y las cartas que he ido recibiendo? –preguntó doña Carmen, abrumada.

–¡Ya puedes imaginártelo, puñetas! ¡Era yo quien escribía estas cartas!

–Sí, resultaba un proceso la mar de laborioso –le expliqué a doña Carmen–; don Matías hacía unos cuantos borradores y falsificaba la firma de Cristina en unas cuantas hojas de carta en blanco. En un burdel del Terreno, alguien pasaba a máquina los borradores en las hojas firmadas, y sacaban una copia en papel carbónico. Allí mismo ponían los sellos de Australia y los estampillaban. Devolvían a don Matías los borradores, las copias de las cartas pasadas a máquina y las cartas dentro de los sobres a punto de recepción. Don Matías las dejaba dentro del buzón de aquí abajo, y usted las recibía como si acabaran de llegar de Australia.

–¿Y cómo ha fabricado todo ese zafarrancho? –se burló don Matías, pretendiendo hacerse el gracioso.

Estuve a punto de parafrasear una expresión detectivesca muy popular, pero me callé. En realidad no era tan elemental, me había costado afinar las neuronas, qué diablos.

–¿Y todo por Na Morgana? –preguntó doña Carmen.

–¡Na Morgana! ¡Ya se me ha escurrido de las manos, Na Morgana! ¡Todo lo he hecho por ti! No quería que te preocuparas, ya me has hecho sufrir lo suficiente con la muerte de Bernat... Has estado a punto de destaparlo todo, ¿no te acuerdas?

–¡Ahora sí que voy a destaparlo todo, si no haces regresar a Cristina! ¡Pobre hija mía!

–¡Tú no vas a destapar nada! Serías la primera en recibir el palo.

Lo dijo enfadado, pero luego cambió el tono:

–A ti te pareció de perlas que Cristina se fuera. Y a mí unos amigos me hicieron el favor de llevársela. Los favores de esta clase cuestan caros, ¿lo sabías?... Si sólo se tratara de Na Morgana... Los hoteles también... Porque cuando llegó aquella carta..., suerte que pude interceptarla antes de que Bernat la leyera... Ahora, sólo urbanizando Na Morgana podemos dejar de perder Roca Viva, porque las otras ya las hemos perdido.

O sea que si yo no hubiera enviado la carta, posiblemente Cristina no habría sido convertida en chica Rossenhill. Y seguramente aún seguiría con vida ¡La madre que me parió!

–¿Y el documento que has ido a hacerle firmar a Australia también es falso? –preguntó entonces doña Carmen.

–Claro que es falso. Cristina no lo habría firmado por nada del mundo, y tú lo sabías. Pero no te costó nada creer que lo había firmado.

–Porque con sus cartas me habías hecho creer que había cambiado. También me he creído la excusa que dio para no venir para el entierro de Bernat...

–Te lo has creído porque te convenía creerlo, independientemente de que ahora pretendas dar a entender otra cosa. Te conozco, bacalao...

Parecía que los dos se habían olvidado de mí. Me miraron aterrorizados. Había llegado la hora de la explosión final.

–No se preocupe, doña Carmen, que su cuñado ya ha pensado en todo. Con el documento que le otorga plenos poderes, Cala Mura se urbanizará y Gordon Ltd. no andará pinchando ya más a su amante. Se han asegurado un futuro tranquilo y rico... por una temporada.

–¿Qué dice esta mujer? –preguntó molesta doña Carmen–. Ahora el futuro ya no me interesa –dijo a don Matías–. Quiero que hagas regresar a Cristina. Yo le haré firmar un documento verdadero. ¿Me oyes, Matías? Si no la haces regresar, lo confesaré todo, ¡pobre hija mía!

–Ya es tarde, doña Carmen. Porque Cristina ya no puede volver.

–¿Qué insinúa? ¿Por qué no puede volver?

–¡Carmen, pareces tonta! –saltó don Matías.

–¡¿Por qué no puede regresar?! –gritó ella, y se puso de pie con el impulso de su propia voz.

–Porque está muerta –dije yo–. Don Matías se lo acaba de explicar. Es verdad que usted parece tonta, doña Carmen. Se lo explicaré yo. Seguro que Cristina escribía, pero las cartas ni siquiera llegaban a la oficina de Correos de Melbourne. Y si llegaban allí, quizás había alguien que las interceptaba. Se lo han montado muy bien allí. O tal vez usted tenga algún amigo en la oficina de Correos de Palma... Es igual, el caso es que un día Cristina encontró un sistema diferente para enviar cartas y eso podía ser demasiado peligroso... Por lo tanto, don Matías exigió a sus amigos que, fuera como fuese, usted nunca recibiera más correspondencia de parte de su hija. Y este otro favor aún cuesta más caro. En realidad, los de Gordon Ltd. lo tienen bien agarrado por los huevos, ¿eh, don Matías?

–¡Tú la has mandado matar! ¡Maldito! ¡Oh, demonio, demonio del infierno! –repetía el mismo sonsonete doña Carmen, cada vez a gritos más altos.

–¿Cómo lo hizo, dio el encargo a Leopoldo Cabrer o telefoneó directamente a la señora Joil? –pregunté a Segura.

–¿Quién es la señora Joil? –quiso saber doña Carmen.

–La que decide, según los informes y las instrucciones que recibe, si las chicas que le envían de Mallorca tienen que ser camareras, prostitutas o sencillamente esclavas, es decir, Rossenhill... –hice una pausa: acababa de darme cuenta de que había descubierto el significado de las letras que había al lado de la lista de nombres del chalet del Terreno: *cam*, *pros*, *ross*–. Y Rossenhill –continué–, puede significar cualquier cosa, incluso la muerte.

–Yo no lo hice, Carmen. Te lo juro. Sólo dije que la vigilaran... Nunca lo hubiera creído...

De repente, don Matías pareció darse cuenta de que yo era peligrosa. Sabía demasiadas cosas. Y se me acercó amenazador. Yo preparé mis llaves de defensa personal, pero era consciente de que, tal como tenía el cuerpo, mal me podría defender. Pero no me hizo falta: doña Carmen se le abalanzó por detrás y lo despistó.

Aproveché la ocasión para recoger todo mi material y largarme con viento fresco. Si no lo hacía ahora, el tío-hermano-cuñado-amante se encargaría de impedírmelo.

Arrastré conmigo a la criada hasta la puerta.

–Que no sepan que lo has escuchado todo, te juegas la vida. Hazte la tonta. Tú no sabes nada. Pero recuérdalo todo, que te será necesario.

Llegué a la clínica cerca de mediodía y hecha una piltrafa. Habrían podido recogerme con pinzas. Pero aún tuve que soportar la bronca de Quim, los reproches de Miguel y las reconvenciones del médico.

–¡... ya puedes ir dejando notas, ya! ¡Eres una irresponsable! Yo trabajando toda la noche para que tú pudieras descansar, y ella, miradla ¡de parranda! –protestaba Quim–. Había conseguido que el juez viniera a la clínica. Pobre chica, está que no puede mover un dedo, le he dicho. ¡Y cuando llegamos aquí, el pájaro había volado!

–Ahora tiéndase, se abriga usted bien y le daremos una inyección –intervino el médico.

–¡No! –gritó Quim–. Ahora hasta que no vuelva el juez esta señora tendrá que aguantarse el sueño.

Quim llevaba una carpeta con todos los documentos perfectamente ordenados. Cuando le entregué los que había encontrado en el hotel, los examinó atentamente y después me miró:

–*Chapeau* –dijo.

–¿Están reveladas las fotos? –pregunté.

–Sí.

–Pues ahora escuchad esto.

Puse en marcha el magnetófono. Escuchamos las conversaciones de las camareras, del chalet y de la casa de doña Carmen.

–Pero eso dicen que no sirve como prueba –dijo inquieto Miguel.

–Pero servirá para enfocar los interrogatorios –repuso Quim.

Queta acababa de llegar.

–¡Oh, Lonia! –se me abrazó–. A ti te han atizado más que a mí.

–¿No estás escondida? –miré a Miguel–. ¿No te he dicho que tenía que esconderse? ¿Acaso queréis que ella también se convierta en Rossenhill?

–¿Qué dices? –se extrañó Queta.

–Ya no se urbanizará Cala Mura, Queta. Sólo es preciso que vuestro abogado haga comparar oficialmente por un grafólogo la firma del documento de cesión de poderes con esta firma y con este escrito –le di una de las cartas apócrifas y un borrador escrito por Segura.

–¿De quién son?

–Y luego, que las contraste con esta otra firma, que es de Cristina. Con todo esto detendréis la urbanización.

–Ah, por cierto –dijo Queta–. Efectivamente, no hemos encontrado en ninguna lista de pasajeros, ni por mar ni por aire, los nombres de Segura y su abogado.

–Ya me lo suponía. Ahora que, con las pruebas que tenemos, ésa ya no hace falta.

–¿Insinúas que ha sido un trabajo hecho en vano? ¡Con lo que me ha costado!

Paciencia.

–Ah, es verdad, ya casi me había olvidado –quise guiñar el ojo a Queta, pero me salió una mueca de dolor–. Un chisme que a lo mejor también os puede servir: los dos cuñados se entienden.

–¿Qué dices? –a Queta le brillaban los ojos de morbo. La dulce voluptuosidad del chismorreo–. No puede ser, no puedo creerlo... ¡Doña Carmen, esa señoritinga remilgada!

–Y desde antes de morirse don Bernat. Por cierto, ¿de qué murió?

–¿Don Bernat? De un infarto. ¿Por qué?

–Un infarto... Y...

–Pero hacía ya días que estaba enfermo, no sé de qué...

–¿Murió en su casa o en la clínica?

–En su casa.

–¿Está enterrado en Palma o en Llucmajor?

–Querían incinerarlo. Pero como para ello tenían que transportar el cadáver a Barcelona, finalmente lo enterraron... En Llucmajor. Es un escándalo que Mallorca carezca de ese servicio...

–Yo diría que es una suerte –advertí.

–No estoy de acuerdo, no me gustan los muertos archivados... –insistía Queta.

–A mí tampoco, pero es una suerte que éste lo esté. Ya os lo explicaré otro día. Ahora tenéis trabajo que hacer. Pero tú, sobre todo tú, te escondes. No salgas a ninguna manifestación, no aparezcas en los periódicos... Te escondes en cualquier parte que nadie pueda relacionar con el GEM.

–Pero, ¿por qué?

–Ya te lo explicaré otro día, cuando un montón de gente se encuentre en la cárcel...

–¿Y tú, qué vas a hacer ahora? –dijo desde la puerta.

No le respondí. Ella regresó hacia mí y volvió a abrazarme. No sabía por qué, pero esa chica me hacía sentir incómoda. Demasiado efusiva, demasiado afable.

Suerte que el juez acababa de entrar y tuvimos que dejar los abrazos para otro momento. Dije a Quim:

–¿Por qué no la acompañas?

–¿Yo? Miguel puede acompañarla.

–Preferiría que lo hicieras tú, Quimet. Estás acostumbrado a proteger a la juventud.

Quim me hizo un corte de mangas y yo me encaré con el juez.

Empecé por el principio.

Cómo había conocido a Cristina, la historia de la carta dejada en el Manyac y recuperada en el Playa Dorada. Mis investigaciones en Melbourne. Se me encogió el corazón cuando pensé en la abuela y en la mujer de la limpieza, pero dudaba si debía contar aquello al juez: a decir verdad, aquellos dos cadáveres no eran de su jurisdicción. Pero se lo conté. Para que viera cómo las gastaba aquella gente y también como un acto de contrición por mi parte. No sólo hay que contar las cosas que a una le salen bien.

–¿Y esos documentos que encontró en Australia? –preguntó el juez.

–Los tiene un colega en Melbourne. A estas horas estará haciendo lo mismo que yo.

Después puse en marcha el magnetófono con la cinta de la entrevista a las chicas de Magalluf, que hacía sospechar que Cabrer estaba involucrado en la trata de blancas hacia Melbourne. Luego la cinta con la conversación entre Vidal y otro hombre en el despacho del burdel, que hacía realidad las sospechas anteriores. Después la conversación con mi cliente circunstancial, que me provocó un ataque de vómito.

–Esta voz es la tuya –dijo Miguel.

–Sí, y mi interlocutor era éste.

Esparcí las fotos de aquel cretino por encima de la cama.

–¡Ostia, éste es Vargas! –dijo al ver la foto del hombre en pelotas.

–Sí, con la pistola y la placa sobre la almohada –dije yo–. Y ésta es su tarjeta de visita y éstas unas hojas de su agenda.

–¿Cómo has conseguido todo eso? –preguntó Miguel.

–Te lo puedes imaginar. No hagas preguntas idiotas.

–Por eso nos encerró –dijo Miguel, taciturno.

Entonces Miguel le contó al juez su peripecia con el inspector Vargas en la comisaría.

Y a continuación entregué al juez los papeles y las demás fotos que había sacado en el burdel, que no dejaban ninguna duda de la relación establecida entre Munditourist, Leopoldo Cabrer y la Residencia Rutherford. Añadí el detalle de *The Age* con información del yate Rossenhill incendiado, y la noticia que me había dado Henry por teléfono sobre la empresa Gordon Ltd., propietaria del yate cargado de indonesias.

–Fíjese que Gordon Ltd. es también la casa central de Munditourist –dije yo.

–Sí, sí, ya lo veo.

A continuación, conté mi visita a doña Carmen Llofriu y le presenté al juez la carta apócrifa que había robado a la viuda y las que había robado en la habitación de Segura. Cuando el juez hubo leído las cartas, relaté cómo habíamos encontrado a Cristina, con la cara hundida en la almohada, y la carta que ella había querido darme pero que ya no había tenido tiempo.

–¿Y por qué no lo denunció usted a la policía de Melbourne? –preguntó el juez.

Le costó un poco entenderme. El juez poseía también una idea romántica de la isla-continente. Al acabar, le entregué el recorte del periódico que hablaba de la muerte de Cristina... cadáver sin identificar.

El juez me hizo aún unas cuantas preguntas, yo le aclaré algunos detalles suplementarios, redondeé y maticé la información y, al finalizar, dije:

–Bien, ahora todo está en manos de la Justicia. Espero que la haya. Ah, y no crea que usted es el único que tiene esta documentación. Hay una copia de todo eso en la sede de cada uno de los partidos políticos de Mallorca, y otras organizaciones, o sea que...

–¿Conque me está amenazando? –dijo el juez, con una sonrisa tímida.

–No. Se lo digo sólo para que lo sepa. Si alguien, sea quien sea, intenta echar tierra sobre este asunto, siempre habrá algún otro que tendrá interés en removerla.

Cuando el juez se hubo ido, llamé a Henry, sin tener en cuenta la diferencia de horarios.

Me estremecí al oír su voz. El corazón me dolió de tanta añoranza.

–Aquí ya todo está en el saco –dije yo.

–Aquí también –oí desde muy lejos–. No he podido esperar tus noticias, porque todo se ha precipitado. La Joil, el Mec, la Gardener y toda esa gentuza ya están tras las rejas.

–Y tú, ¿estás bien?

–Sí, yo sí... ¿Y tú?

–Te echo de menos. Ahora puedes venir enseguida, ¿verdad?

–El juez me ha pedido que no saliera de la ciudad...

–¿Te han detenido?

–No, no..., es que me necesitan...

–¿Y cuándo podrás venir?

–No lo sé..., aún no lo sé...

–Pero, todo va bien, ¿verdad?

–Sí, sí... Oye, tengo que colgar...

–Te quiero... Ahora mismo te escribo y te lo cuento todo. ¿Me escribirás tú también? Ya sé que tu fuerte no es escribir cartas, pero ¿me escribirás, amor?

Ya no hubo respuesta. Se había cortado la comunicación. Sentí que la tristeza se me enroscaba al cuello y no me vi con fuerzas para escribir. Pero, bien mirado, resultaba lógico que Henry no pudiera venir inmediatamente. A mí el juez también me había pedido que estuviera a su disposición. Sólo que me pareció que Henry no lo sentía tanto como yo. Ahora que las cosas se habían calmado un poco, ahora que yo ya no iba con el susto en el cuerpo y que la obsesión por descubrir la verdad había aminorado, ahora todo mi ser sentía la nostalgia de Henry.

Dije a Miguel que quería estar sola para poderlo echar de menos con toda intensidad y llamé a la enfermera.

–Ahora sí que aceptaría una buena inyección que me hiciera dormir.

Epílogo

Habían comenzado las diligencias para dos procesos paralelos, uno internacional por tráfico de mujeres –los diarios seguían denominándolo tráfico de blancas, como si el de negras o amarillas no fuera igualmente criminal. El juez había decretado prisión sin fianza para todos los implicados, de manera que Queta ya podía circular tranquila. Queta y todas las mujeres del chalet, claro.

Segura era el principal inculpado en el otro proceso. Por asesinato doble. Y doña Carmen, de propina, por cómplice en uno de ellos.

Se exhumó el cuerpo de don Bernat y la autopsia reveló que, en efecto, había muerto de un ataque al corazón, producido con toda seguridad por una considerable cantidad de raticida. ¡Lo siniestra que había resultado la pareja!

Fueron días de ir de cabeza. Yo me había instalado en casa de mi madre, en el pueblo, para descansar. Pero la verdad es que, lo que se dice descansar, pues muy poco. Las diligencias instruidas por el juez me obligaron a testimonios, declaraciones, careos, matizaciones con el juez y los abogados, más conversaciones con inspectores venidos de fuera... Sin contar con mi madre y mi hermano, que no dejaban de incordiarme por la vergüenza que pasaban por mi culpa.

Intenté por todos los medios ahorrarme el careo con Vargas, pero no pude. Y fue penoso. El hombre intentó pegarme, me insultó, y yo me puse a llorar. Estaba tan avergonzada, me sentí tan sucia cuando lo vi, que no tuve ánimos para hacer lo que tenía que hacer con él: aplastarle los cojones. Vomité. Luego me repuse y fui toda una mujercita.

Pero soñaba con él por las noches. Lo sentía sobre mí, resollando, y vomitaba de asco. Durante quince días vomité cada noche. Mi madre ya estaba harta.

–¿No te mandó hacer reposo el médico? Pues yo no veo que reposes ni un día...

–Madre, si el juez me llama, no puedo contestarle que no voy.

–Pero puedes decirle que venga él aquí. Tanto ir arriba y abajo y mira cómo pasas las noches. No comprendo cómo no estás escarmentada..., no comprendo cómo puedes hacer ese trabajo...

Suerte que conseguí una buena indemnización por la paliza, porque, en caso contrario, mi madre habría tenido que mantenerme, con la pesada servidumbre que ello comportaba.

Mi madre rezongaba todo el tiempo que me tenía delante: que si iba a verla muy poco, que si era una hija desnaturalizada, que no contaba con ella para nada... Y que cuando iba a verla, sólo era para darle preocupaciones y convertirla en la vergüenza de todo el pueblo.

Mi hermano me ponía mala cara, no me demostraba ninguna simpatía y aprovechaba cualquier ocasión para pasarme por las narices cómo había prosperado sin necesidad de irse a Barcelona. Y mi cuñada, que era una tontorrona más corta que el rabo de un conejo, con quien resultaba imposible mantener una conversación más allá del amoníaco para los mosaicos de la cocina o del desodorante para el *water*. Los sobrinitos, como polluelos, eran huraños y mimados: nadie se había molestado en decirles que tenían una tía en Barcelona y que esa tía era yo. Todo el conjunto me pesaba como una losa de cementerio, y aún no comprendo cómo me había dejado convencer para instalarme allí mientras los médicos me tenían en observación.

Porque a consecuencia de la paliza me quedaban las costillas rotas que no terminaban de soldarse, con tanto andar de arriba abajo, y sobre todo las secuelas del fuerte golpe en el oído. Punzadas, silbidos, supuración. Y de ese oído sordo como una tapia. Tendrían que operarme. Pero quería esperar a que Henry estuviera en Mallorca.

–Si no le ponemos pronto remedio, será una dolencia irreversible –me aseguró el médico.

Pero Henry no tardaría en llegar. Con él a mi lado, incluso me habría dado lo mismo no operarme y quedarme sorda de ambos oídos.

Pero Henry aún no llegaba. Y yo lo necesitaba con desesperación para que me quitara la suciedad que el inspector Vargas había dejado en mi piel.

Le escribía cada día, unas cartas largas, de las que él acusaba recibo por medio de llamadas telefónicas amorosas, pero cortas, fugaces, que me dejaban más triste que antes.

Quim también me telefoneaba. Había regresado a Barcelona después de esconder a Queta en un lugar seguro.

Había venido a despedirse de mí en la clínica y me había regalado una docena de pintalabios.

–Por cierto –me había dicho con una risita conejil–, ¿sabes que Queta está enamorada de ti?

–No digas tonterías, Quim.

–No son tonterías. ¿O es que crees que porque a ti sólo –y recalcó la palabra sólo– te gustan los hombres, no puedes gustar a las mujeres?

Jem y Lida me escribieron. No habían vuelto a verse con Henry y yo tampoco les había comunicado nada de cómo me habían ido las cosas. Sólo sabían de mí por la postal que les había mandado desde Barcelona, y de Henry a través de unas gacetillas en el periódico...: «es como un detective de película; se ha convertido en un héroe popular. ¿Y tú...?».

Pues yo, en Mallorca, sólo había visto mi nombre impreso en el periódico una sola vez. Porque Miguel publicaba una especie de serial sobre el caso, por supuesto con seudónimo. Y era yo, naturalmente, quien le proporcionaba toda la información, que él condimentaba con literatura barata. Las conversaciones con Miguel y las visitas espontáneas de Queta me distraían de la murga de la familia, del esfuerzo de colaborar en las diligencias del juez y de la nostalgia de Henry.

Pero un día volví a creer en los cuentos de hadas: la justicia de Melbourne ya había dictado sentencia, y él quedaba libre. Ya tenía el pasaje...

–¿Y cómo van las cosas por Mallorca?

–Bien, pero lentas... Vosotros hacéis andar a la justicia a paso de canguro, nosotros de caracol... ¿Cuándo llegas? Quiero bañarme contigo en Cala Mura...

–Ha llamado esa amiguita tuya. Por cierto, te agradeceré que no utilices el teléfono de la farmacia para tus asuntos, Polita –me advirtió mi hermano.

–Y yo te agradeceré que no me llames Polita.

–Así te hemos llamado toda la vida.

–Precisamente. Y no hace falta que digas «tus asuntos» en este tono, hermanito mío.

–¿En qué tono quieres que lo diga? ¡Cuando una mujer busca a otra de esta forma, que parece que no pueda vivir sin ella!

–¿Qué coño estás liando tú ahora? –pero pensé en lo que me había dicho Quim y me alarmé.

–¿Ves?, si incluso ya hablas como un macho... –me insultaba mi hermano.

Estuve a punto de mandarlo a tomar por el culo, pero pensé en Quim y lo envié a hacer puñetas. Y ya que estaba de buen humor, decidí escandalizar al hermano que me había tocado en suerte.

–Bueno, ¿y qué? También tengo un oficio de macho –recordé a Henry de pasada–. ¿Tienes algo que decir al respecto?

–¡De ti me lo habría creído todo, pero esto...! A saber lo que habrás hecho tú por Australia todos esos meses...

–¡Ay, ya veo cómo te gustaría saberlo!
–Me das asco, Polita.
–Pero no te dan asco, por ejemplo, esos señores a los que yo he colaborado en mandar a la cárcel, ¿eh? Ni las mujeres que salen en los vídeos que alquilas, ¿eh? Quizás incluso te pones cachondo, cuando las ves realizar sus numeritos.
–¡Ay, Polita, no digas estas cosas delante de los niños! –la cuñada.
–¡Pero si saben accionar el vídeo mejor que tú, mujer! ¿Tú crees acaso que no han visto ellos estas películas, so burra?
–¡Polita! –gritó mi hermano, encendido como una cerilla.
–¡A la mierda!
Y me fui a telefonear a Queta desde una cabina.
–... una gran fiesta ecologista en Na Morgana, y queremos hacerte un buen homenaje... –la chica estaba entusiasmada.
–¿A mí? ¡Buena estoy yo para homenajes ahora!
–Venga, mujer, no te hagas de rogar...
No me hice de rogar demasiado.

El día de la fiesta en Cala Mura, Quim llegó desde Barcelona. Fui a esperarlo al aeropuerto. Traía mala cara.
–¿Qué te pasa?
–Nada, ¿por qué?
Intuí que se trataba de cosas personales y no insistí. Ya me lo confesaría cuando tuviera ganas de hacerlo.
–¿Y tú? –me preguntó.
–¿Yo, qué?
–¿Qué te pasa a ti? Pones cara de amargada. ¿Aún no ha llegado tu colega australiano?
–Aún no, pero...
–¿Y cuándo piensa venir?
–¿Por qué eres tan indiscreto, Quim? Yo no te he preguntado por qué no has venido con Juan.

No me respondió. Ni me preguntó nada más acerca de Henry. Los dos estábamos de mal humor. Más valía que habláramos de otras cosas.

Fuimos a Na Morgana con el barco de Queta.

Al final de septiembre, el mar tiene un punto de salvaje y de melancólico que combinaba muy bien con mi estado de ánimo. Estaba enfadada y triste. Las diligencias del juez ya no exigían mi participación y ahora no tenía otra cosa que hacer que esperar a Henry. Esa situación de provisionalidad me exasperaba. Estaba aburrida, dormía mal, me sentía vieja. Estaba triste porque Henry decía que venía y no llegaba nunca. Y estaba enfadada por estar triste. Incluso, en algún momento había llegado a dudar de que tuviera ganas de verlo llegar, y estuve a punto de hacerme operar del oído sin esperarlo; no sé por qué la amargura y el desencanto ocupaban el sitio de la nostalgia y el amor.

Pero aquel día, en Cala Mura, todos estaban contentos. El aire era muy cálido y el cielo estaba plomizo. Los mil colores de la fiesta contrastaban con el gris oscuro del agua, y los gritos alegres de los comensales chocaban contra los chillidos silenciosos de mi desaliento.

¿Por qué diablos no he de poder participar yo nunca en los sentimientos colectivos? Recordé la manifestación contra las centrales nucleares. Nadie hablaba ya de Chernobil. La gente posee una extraordinaria capacidad de recuperación. O de meter la cabeza bajo el ala.

Los globos de colores se habían vuelto diminutos en el cielo. Empezaban las hogueras, los bailes, los disfraces. Miguel había ligado con un chica y apenas nos había saludado. Quim no me dejaba ni a sol ni a sombra. Queta tampoco. La gente del GEM se esforzaba en hacerme participar, me presentaban a compañeros, gente que venía a felicitarme y a darme las gracias.

–Propongo que a partir de ahora Cala Mura se llame Cala Lonia –proclamó Queta con estusiasmo a través del micrófono de la tarima, entre canciones de un grupo de rock.

Grandes aplausos. Vivas. ¡Que hable! ¡Que hable!
Me cogieron en volandas y me llevaron a la tarima. ¡Que hable!
Y entonces lo vi. Pasaba al lado de una de las hogueras y venía hacia la tarima. Pero no, no podía ser Henry. Me habría avisado de su llegada.
Sentí una descarga de adrenalina, y no sabría decir si fue de placer o de disgusto. Seguro que de sorpresa. Sentía la pelusa de la nuca y de los brazos erizada, electricidad en las raíces de los cabellos, la garganta seca y los huesos de las rodillas blandos. Todo se concentraba en sensaciones físicas, no recuerdo que experimentara sentimiento alguno, aparte de la sorpresa.
Devolví el micrófono que me habían puesto en las manos y bajé del estrado. La gente me impedía el paso y la vista. El oído enfermo me silbaba escandalosamente y el olor del aire del mar se me pegaba insistente a las fosas nasales.
–Lonia, ¿qué te sucede? –preguntó alarmado Quim.
Empujé a la gente para abrirme paso. La barrera humana cedió.
Henry se estaba acercando. Sí, era él. Otra descarga de adrenalina. Y de pronto me invadió una felicidad indescriptible, una alegría tan densa que las piernas no me sostenían.
Pero él ponía una cara extraña.
–Henry...
–*Hello, dear* –como si se disculpara.
Y entonces, entre lágrimas, la vi a ella. Justo detrás de Henry.
–Cristina...
–Sí, dijo ella.
La gente había vuelto a la diversión. Henry, Cristina, Quim y yo éramos como una isla de gente turbada en medio de la felicidad reinante.
–Perdona, Lonia, ahora te lo contaremos todo.

Nos habíamos sentado en la arena, que a aquellas horas de la noche estaba húmeda y fría. ¿O era yo la que exhalaba humedad y frío?

Quim había ido a buscar una toalla y me había envuelto en ella. La hoguera que teníamos más cerca ya sólo consistía en un montón de brasas y ceniza. No había luna ni estrellas y el mar se había calmado, indiferente.

Al otro extremo de la playa se empezaban a montar las tiendas para pernoctar.

–¿Te acuerdas del día en que varamos el Manyac? –empezó Henry–. Te dije que me parecía que había localizado a Cristina...

–Sí, y luego resultó que no –dije yo, inquieta.

–Te mentí. Aquel día la había localizado de verdad.

–¿Y por qué me mentiste?

–Fue culpa mía –dijo Cristina–. Le pedí por favor que no te dijera que me había encontrado...

–¿Por qué?

–No confiaba en ti... Como no había recibido respuesta a la carta que te dejé en el barco, creía que estabas en combinación con los que me habían secuestrado...

–Y en cambio confiaste inmediatamente en él.

–Sí, adiviné que él me podía sacar de allí... Pero estaba muy vigilada y muy colgada... Henry me dijo que, sobre todo, no me pinchara más, que podría tratarse de droga adulterada... Si no hubiera sido por él, no sé cómo habría podido resistir... Venía a verme cada día..., como cliente, claro está, y me hacía compañía... y me traía dosis buenas y así yo podía tirar las que me daban ellos...

Henry callaba con la cabeza baja.

–Y mientras tú ligabas con ella –le dije– yo te ordenaba la casa. Y dejaste de mandarme flores... Ya me acuerdo... Supongo que debía de ser por ello que no quisiste que te ayudara de ningún modo, ¿eh?

Henry afirmó con la cabeza.

–Y yo, como una tonta, que creía que era para que no fuera testigo de tus fracasos profesionales... Y sospeché que ya no tenías interés en encontrar a Cristina...

–¡Como ya me había encontrado! –exclamó Cristina alegremente.

¡Allí mismo la habría abofeteado, la muy estúpida!

–Incluso me dijiste que no te gustaban las chicas detectives... y yo me quedé tan cortada, y ahora veo que también debía de ser una excusa...

–No. Creo que el trabajo de detective no es asunto para mujeres.

–¡Ah, vaya!... Pues para que lo sepas, este trabajo lo hago mucho mejor que tú...

–Henry ya me había convencido de que tú querías ayudarme de verdad –continuó Cristina–. Yo quería saber por qué me habían enviado allí, por qué mi padre no me escribía y todo eso... Henry dijo que tú podrías descubrirlo, pero que no querrías venir a Mallorca a investigarlo si sabías que él ya no te quería a ti sino a mí...

–En eso sí que acertasteis. Pero Henry continuaba visitándome en el Manyac... Sí, ahora lo recuerdo –le dije a él–: Siempre te llamaban, o coincidías con que allí estaban Jem o Lida...

–... hasta que un día –siguió Cristina–, la chica que me vigilaba se tomó la dosis que me habían traído ellos antes de que yo pudiera tirarla. Y se murió... Avisé enseguida a Henry... En ese momento sí que podría sacarme de allí sin peligro y podríamos irnos a vivir a otro estado o a Mallorca. Pero yo quería que tú vinieras a Mallorca a investigar lo que sucedía, no quería dejar perder mi herencia, quería saber por qué deseaban matarme y qué tenía que ver el tío Matías y mi madre en ello... Incluso sospechaba de mi padre.

–Y tú te debías entusiasmar pensando en que podrías convertirte en un heredero mallorquín, ¿verdad? –le dije a él–. Porque supongo que Cristina debía de contarte las mismas grandezas que me contó a mí en el avión... Y decidisteis hacerte pasar por muerta, de manera que yo me sintiera culpable...

–Henry dijo que, de la forma como habías reaccionado con la muerte de aquella vieja y de la mujer de la limpieza, estaba seguro de que te sentirías obligada a volver a Mallorca...

Cerdo. Cabrón.

Veía el cadáver de bruces, la cara destrozada... ¿La cara destrozada? Naturalmente, para que no me diera cuenta de que no se trataba de ella. Yo no la había podido ver demasiado bien. Ya se había encargado Henry de impedírmelo. Pero si no hubiera tenido la cara destrozada, me habría dado cuenta de que no se trataba de Cristina.

–¿Así que nadie había dado una paliza a aquella chica? ¿Pues cómo es que tenía la cara irreconocible?

–... fue muy desagradable... pero como ya estaba muerta, no sufrió nada... Mientras Henry lo hacía, yo escribí la carta... Pusimos la refrigeración al máximo, y a la mañana siguiente...

–Pero yo, a pesar de la carta, decidí quedarme en Australia... Eso os desbarataba todos los planes, ¿eh? Y tú –miré a Henry– intentabas convencerme de que viniera porque era un deber de conciencia, ya me acuerdo, ya... Incluso me hiciste falsificar un visado para que los de inmigración en la aduana no me molestaran a la salida del país... Pero yo, imbécil de mí, ya había decidido quedarme... Suerte tuviste con que me expulsaran...

–No fue una cuestión de suerte, Lonnie...

–¿Qué? ¿Qué quieres decir?

–No... Sencillamente puse una denuncia... –dijo Henry con aires de inocencia...

¡Cabrón!

–Perdona, Lonia... Me imagino que lo habrás pasado muy mal –intervino Cristina–, pero te lo gratificaré...

–¿Crees que todo se paga con dinero?

–Si quieres, te lo pagaré en tierras... o si lo prefieres, en acciones de los hoteles...

–Idiota.

De pronto, sentí calor. Y, curiosamente, no estaba triste. Estaba exaltada pero no triste. Era como si me hubieran quitado un peso de encima. Miré a Henry, que seguía con la cabeza baja, y lo encontré tan mezquino que me sorprendió haber estado enamorada de él. Lo encontré vulgar, feo, sin una pizca de atractivo.

Me habían estafado. Los dos. Pero sólo sentía necesidad de vengarme de Cristina. Henry era tan poca cosa que no merecía la pena.

Me quité la toalla y me levanté. La fiesta estaba ya de capa caída. Algunas parejas hacían el amor sobre la arena, algunos grupos formaban corro, se escuchaban guitarras y canciones, todo muy calmo, muy sereno.

Fui hasta la orilla del agua. Había unas olas pequeñas, suaves, de agua negra y fresca. Cristina estaba a mi lado.

—¿Qué vas a hacer ahora con Na Morgana? —le pregunté.

—Me haré construir una casa.

—Puedes estar segura de que no. Aunque no haga otra cosa en mi vida, te aseguro que no dejaré que te hagas una casa en Na Morgana...

—Si quieres, también puedo hacerte una a ti.

A pesar de todo, seguía siendo una inocente. Una jodida inocente.

—No quiero nada tuyo —dije—. Pero te debo una cosa...

—No me debes nada, Lonia.

—Sí, y ahora mismo la cobrarás.

Le aticé un sopapo con el dorso de la mano.

—Esto por la abuela australiana.

Quim y Henry vinieron corriendo hacia nosotras. Pero antes de que llegaran, yo ya le había dado otro revés en plenos morros.

—Y éste por la mujer de la limpieza.

Henry quiso agarrarme, pero Quim se lo impidió. Entonces yo le propiné un hostión salvaje en la oreja a Cristina, utilizando la mano plana.

—Y esto por lo de mi oído.

Entonces fue Quim quien me agarró y me alejó de allí.

–Es inútil, Lonia... No estamos hechos para tener pareja tú y yo. Ni para repartir hostias. Estamos hechos para estar solos y encajar. –Pausa–. A mí también me ha dejado Juan... para irse con el diseñador que nos decoró el despacho. Pero ahora volveremos a ponerlo a nuestro gusto, ¿verdad?

No respondí. El oído me dolía muchísimo.

–Vendrás mañana a Barcelona conmigo, ¿verdad?

–Sí... Odio todas las islas.

–Menos dos.

–¡No! También odio Mallorca y Na Morgana.

–No me refería a éstas. Tú y yo somos dos islas gemelas, Lonia, ¿no te habías dado cuenta?

–Ay, coño. Tú desde que eres marica te has vuelto poeta.

–Siempre lo he sido.

–¿Poeta?

–Marica.

Marzo 86-Octubre 87
Ger-Biniali-Barcelona